Swantje Lange lebt in Berlin und hegt eine Leidenschaft
für dunklen Rum, Lesen im Strandkorb und das Beobachten von
Eichhörnchen im eigenen Garten.

Manchmal wird ihr gesagt, sie hätte zu viel Fantasie.
Wie man zu viel davon haben kann,
versteht sie selbst kein bisschen,
und geschrieben, geschrieben hat sie eigentlich schon immer.

Swantje Lange

Wiedersehen im Dezember

Bibliografische Information der Deutschen Nationalbibliothek:
Die Deutsche Nationalbibliothek verzeichnet diese Publikation in
der Deutschen Nationalbibliografie; detaillierte bibliografische
Daten sind im Internet über dnb.dnb.de abrufbar.

©2021 Swantje Lange
Herstellung und Verlag: BoD – Books on Demand, Norderstedt
Korrektorat und Lektorat: Verena Engelhardt

ISBN: 978-3-7543-4213-8

Dieses Buch ist auch als E-Book erhältlich: € 7,49 [D]

Kontakt zur Autorin:
www.swantjelange.de
mail@swantjelange.de

Für die Bannarows

Prolog

Maggie wirft das Geschirrtuch gezielt ins Spülbecken, nun ist die große Tafel sauber. Bevor sie die Einkäufe verräumen wird, ist es ihr ein dringendes Bedürfnis, die Tischdecke aufzulegen. Sie steckt geschickt ihre Finger zwischen die Stoffschichten aus Leinen und breitet das Tischtuch ordentlich aus.

Nun tritt sie in die Küche und begutachtet die vielen Köstlichkeiten. Zwei große Papiertüten wurden ihr liebevoll im Feinkostgeschäft an der Hauptstraße gepackt. Frische Pasta, Dips, eingelegte Champignons, hauchdünner Schinken, ein ganzer Laib Käse, Oliven und Butter. In ihrem Weidenkorb finden sich allerlei Gemüsesorten und Obst wieder. Gelbe und grüne Zucchini, Paprika, Aubergine, Tomaten sowie Beeren, Äpfel, Birnen und Weintrauben. Auf der Arbeitsplatte direkt am Fenster steht die Kiste Wein, welche sich Maggie schon gestern liefern lassen hat – drei Flaschen Merlot, drei Flaschen Shiraz.

Sie fängt an, alles was bis zum Abend hin gekühlt werden muss, in den großen Kühlschrank zu räumen. Dabei freut sie sich über die Saftflaschen, die dort bereits vorbereitet liegen: ein Apfelsaft von Streuobstwiesen, eine Mischung aus Quitte und Birne und ein Rhabarbersaft sind in Seidenpapier eingeschlagen im Flaschenfach zu sehen.

Ein bisschen nervös ist Maggie aber bei all der Vorfreude auch, so viele Personen bei sich zu Hause zu versammeln birgt auch einige Risiken. Sie wünscht sich einen lustigen, redseligen Abend, an dem alle zufrieden sind. Es gibt keinen echten Anlass, nur Maggies Wunsch eine Tradition ins Leben zu rufen, ihre eigene. Sie stellt sich vor, wie die Leute in zehn Jahren zum Beispiel sagen würden: „Nein, da haben wir keine Zeit, am ersten Samstag im Dezember sind wir immer bei Maggie zu Gast." Vielleicht albern, sich so etwas auszumalen, aber Maggie erfüllt die Vorstellung mit Glück und Zufriedenheit.

Sie mochte die Weihnachtszeit lange nicht besonders, aber das will sie ändern. Sie will gegen Einkaufsstress, geheuchelte Freundlichkeit und Familienstreit ankämpfen und etwas Schönes erschaffen. Eine geborgene Gemütlichkeit mit Kerzen, Wärme, Leckereien und Liebe. Einen alljährlichen Abend, an den sich alle Gäste gerne und lange erinnern, mit Vorfreude auf das Treffen im kommenden Jahr.

Kapitel 1

Maggie

Maggie ist genau in der Sekunde mit allen Vorbereitungen und dem Umziehen für den Abend fertig, als es an der Tür klingelt. David ist der erste Gast, der in Begleitung seiner Freundin Nora das kleine Haus betritt. Maggie und David haben als Kinder in derselben Straße gewohnt und sind seit jeher Freunde, mal enger, sowie im Kindergarten, dann wieder etwas lockerer, zur Grundschulzeit, wo Jungs und Mädchen ja eher selten gut miteinander auskommen. Aber die Verbindung riss nie ab, auch Jahre nachdem keiner der beiden mehr zu Hause bei den Eltern lebt, mailen sie sich regelmäßig, um sich auf dem Laufenden zu halten. David wollte schon immer in eine größere Stadt ziehen, blieb allerdings, nach etlichen Reisen in die Ferne, trotzdem in der Nähe. Er arbeitet an der Uni als Dozent für Ägyptologie und ist nun schon drei Jahre mit Nora zusammen, die Maggie mittlerweile auch fest in ihr Herz geschlossen hat.

Kaum hat Maggie die Mäntel aufgehangen, läutet es erneut und eine größere Gruppe steht vor der Tür, wie ein Weihnachtschor. Das Hallo ist groß, liebevoll und laut. Maggies kleiner Bruder Jonas ist gekommen, ihre gute Freundin Penny mit ihrem Mann Tom, ihr Nachbar James mit seinen zwei Kindern Luca und Milan, Maggies Tante Serafina und Reka, Maggies liebste Kollegin sind da.

Zumindest aus Erzählungen weiß jeder von jedem eine Kleinigkeit. Kein Wunder, da all diese Menschen wichtiger Bestandteil in Maggies Leben sind. Jeder auf eine andere, aber ganz besondere Art. Kurz überlegt Maggie für sich, ob das wirklich stimmt, aber ja, selbst die Partner ihrer Freunde oder die Kinder ihres Nachbarn James haben auch alle auf ganz eigene Art ihre Rolle in Maggies Leben. So begrüßen sich alle herzlich, egal ob sie sich vorher persönlich schon einmal gesehen haben oder auch nicht. „Maggie, dein Zuhause ist wundervoll.", sagt Nora offen heraus und die vierzehnjährige Luca fragt: „Warst du etwa noch nie hier?" Nora verneint die Frage und Maggie grübelt, warum Nora ihr Häuschen noch nicht kennt. Wahrscheinlich, weil sie sich immer auswärts mit David getroffen haben.

Dann betreten alle den Essbereich, der einen Blick in die offene Küche zulässt. Kurz ist die gesamte Gruppe still, weil sie staunen und sich freuen. Der ganze Raum ist ein Kerzenmeer. Maggie stellt sich an die Kopfseite des Tisches: „Hier würde ich gerne sitzen, um schnell in die Küche zu können, sonst könnt ihr gerne selbst auswählen, wo ihr sitzen wollt." Jonas ist der Erste, der sich selbstbewusst neben seine Schwester stellt und sagt: „Na dann komme ich mal direkt zu dir, Schwesterherz." Maggie lächelt ihn an und dann wuseln alle um den Tisch herum. Die Nachbarstochter Luca findet neben Jonas Platz, was Maggie mit einem innerlichen Grinsen quittiert, sie weiß, dass das junge Mädchen für ihren Bruder schwärmt. Daneben setzt sich Serafina, die Tante von Maggie und Jonas, dann Tom und Penny. Auf der anderen Seite reihen sich gleich neben Maggie erst Reka, dann Nora und David und schließlich Milan und James auf. Alle scheinen zufrieden, nur Milan versteht nicht wirklich, warum seine Schwester so weit weg von ihm und ihrem Papa sitzt. Er akzeptiert den Zustand aber, als James und Serafina ihm versichern, dass es auch ganz schön ist, sich fast gegenüber zu sitzen.

Maggie hat alle Getränke und kalten Speisen auf der großen Tafel verteilt und geht nun nur noch in die Küche, um
zwei große Auflaufformen mit Ofengemüse und Pasta in
Kräuter-Sahnesoße zu holen, die sie auf den Untersetzern
mittig auf dem Tisch platziert.

„Ich freue mich wirklich sehr, dass ihr alle gekommen
seid. Ich weiß, die Vorweihnachtszeit ist immer stressig und
eine Feier jagt die nächste, aber diese hier soll euch nur
verwöhnen, nur ein gemütlicher Abend mit Freunden.
Nehmt euch Essen und Getränke, es steht alles bereit. Und
schreit, wenn euch etwas fehlt.", verkündet Maggie als
kleine Einleitung. Während sie spricht, hat James bereits
Wein ausgeschenkt, für die Kinder und Penny Saft. „Auf
Maggie!", ruft nun Serafina und hebt ihr Glas und alle tun
es ihr gleich: „Auf Maggie!", rufen sie im Chor.

Penny

Zum Glück wundert sich niemand, warum Penny keinen
Wein trinkt. Sie liebt Wein, aber sie ist im zweiten Monat
schwanger und bis auf ihren Mann Tom weiß niemand Bescheid. Nicht einmal Maggie. Sie will abwarten, bis die ersten drei Monate um sind. Im letzten Jahr hatte sie eine
Fehlgeburt, sie könnte es nicht ertragen nochmals mit mit-
leidigen Blicken von aller Welt bedacht zu werden. Penny
ist beruhigt, dass sich diese Woche ihre Schwangerschafts-
übelkeit gelegt hat, so wird hoffentlich niemand Verdacht
schöpfen. Maggie hätte sich schon wundern können, dass
Penny keinen Wein trinkt, aber sie kommt ihr etwas aufgeregt vor, bei all dem Besuch, dass es ihr vielleicht gar nicht

aufgefallen ist. Tom streicht ihr immer wieder über den Rücken, was Penny sehr genießt. Sie beobachtet den neunjährigen Milan und grübelt, ob sie wohl einen Jungen oder ein Mädchen bekommen wird. „Penny, hörst du mich?", Penny wird ganz plötzlich aus ihren Gedanken gerissen, schüttelt kurz ihren Kopf und schaut dann auf zu Maggie, die sie anscheinend etwas gefragt hat. „Tut mir leid, was sagst du?", fragt Penny entschuldigend. Tom nimmt Maggie eine Schüssel Salat ab und hält sie Penny direkt vor die Nase: „Ob du Salat möchtest, wollte Maggie wissen." „Sehr gerne.", lächelt Penny erst Tom und dann Maggie an. Peinlich findet sie es, dass sie so abwesend ist, aber die anderen am Tisch scheinen es kaum mitbekommen zu haben. Das Nachbarsmädchen ist wie in einen Bann gezogen, sie weicht mit ihrem Blick keine Sekunde von Jonas ab, der eine Geschichte von seiner letzten Bahnfahrt erzählt. James, der Penny gegenübersitzt, schaut, was Milan sich alles auf seinen Teller geladen hat und versucht ihn zu überzeugen, dass er die Nudeln mit Soße erst als zweiten Gang nehmen sollte.

Luca

Luca liebt es, bei Maggie zu Hause zu sein. Seit ihre Mutter nicht mehr bei ihnen wohnt, ist Luca oft hier. Und dass ihre Mutter weg ist, ist nun schon fast vier Jahre her. Maggie hat damals oft auf sie und Milan aufgepasst. Aber nie wie eine Babysitterin. Milan und sie durften einfach immer rüber zu ihrer Nachbarin gehen, wenn ihr Papa mal zu einem Termin musste oder über Nacht nicht in der Stadt war.

Maggie hat Luca schon als Zehnjährige wie eine Erwachsene behandelt, diese Tatsache wusste Luca schon immer zu schätzen. Maggie und sie haben sich die Fingernägel lackiert und geredet, wie es Mädchen eben tun, während ihr kleiner Bruder früh im Bett war oder nachmittags Zeichentrickserien auf Maggies gemütlichem Sofa ansehen durfte. Fast genauso lange kennt Luca auch Jonas. Und Jonas ist der coolste Typ auf der ganzen Welt. Er hat Luca auch nie wie ein Kind behandelt und umarmt sie immer, wenn sie sich sehen. Natürlich trifft Luca sich nie alleine mit Jonas, aber ihr Herz macht jedes Mal einen riesigen Hüpfer, wenn sie ihn sieht. Gerade als sich Luca die letzte Gabel Pasta in den Mund schiebt, hört sie Maggie fragen: „Jonas, warum hast du Clara nicht mitgebracht? Wir hätten sicher noch einen Platz für sie gefunden." Luca erstickt fast an ihren Nudeln, wer verdammt nochmal ist Clara, fragt sie sich und starrt auf ihren Teller, weil sie es nicht wagt, Jonas weiterhin anzusehen, während er von einer Frau spricht. „Clara besucht gerade ihre Eltern und keine Ahnung, irgendwie habe ich vergessen, sie so richtig einzuladen.", antwortet er seiner Schwester. „Läuft es nicht gut?", fragt Maggie daraufhin. Luca hört Jonas' Antwort nicht mehr. Sie springt auf und geht durch den Flur zur Gästetoilette. Clara scheint wirklich seine Freundin zu sein. Niemand hat Luca gesagt, dass Jonas eine feste Freundin hat. Vor vier Monaten hatte er noch keine, auf jeden Fall hat nichts darauf hingedeutet, als Luca sich bei Maggies letzter Geburtstagsfeier mit ihm unterhalten hat. Oder fand er, dass es sie gar nichts angeht?

Jonas

Jonas nimmt einen extra großen Schluck aus seinem Weinglas. Auf ein Verhör seiner großen Schwester hat er jetzt wirklich keine Lust. Clara und er kennen sich schon lange, ab und an lief lose etwas zwischen den beiden, aber seit drei Monaten entwickelt sich etwas Festeres aus der Geschichte. Nur, dass Jonas nicht weiß, ob er das wirklich will. „Es läuft wie es läuft. Ich muss sie ja nicht sofort deinem Urteil und dem von Tante Serafina aussetzen. Außerdem kennt sie doch auch sonst niemanden von deinen Gästen.", reagiert er genervter als es Maggie verdient hat und das weiß er auch. Sie sagt nichts und nimmt sich etwas vom Gemüse und drei Scheiben Schinken. Er streicht ihr über den Arm: „Tut mir leid. Einfach kein gutes Thema. Das Essen ist übrigens klasse." „Okay, danke.", sagt Maggie, aber Jonas merkt, dass sie geknickt ist. „Wo ist Luca hin?", fragt er, um das Thema zu wechseln. Maggie weiß es nicht, vermutet die Toilette.

Jonas wendet sich zu seiner Tante und beginnt eine Unterhaltung über das Buch, welches er ihr das letzte Mal mitgebracht hat. Serafina zerpflückt es in alle Einzelteile, aber ihr Fazit ist trotzdem positiv. Jonas liebt die Kritiken seiner Tante. Sie sollte so etwas beruflich machen. Aber dann hätte sie wahrscheinlich keine kleine Frühstückspension mit dem besten Streuselkuchen der Welt und das würde er auch traurig finden.

Nora ist dankbar, dass Maggie sich die Zeit nimmt, ihr das ganze Haus zu zeigen, sie scheint die Einzige zu sein, die noch nie hier war. War David mal ohne sie hier zu Besuch gewesen? Die aufflammende Eifersucht versucht Nora sofort beiseite zu schieben, denn sie vertraut David und mag Maggie. Auch wenn es manchmal ein komisches Gefühl ist, dass die zwei sich schon so lange kennen.

„Ich habe das Haus von meinem Patenonkel geerbt. Es ist klein aber fein, mehr eine Hütte", witzelt Maggie. Im oberen Stockwerk befindet sich Maggies Schlafzimmer mit angrenzendem Badezimmer mit Eckbadewanne. Ein Gästezimmer mit Duschbad und ihr Büro, das von unten bis oben vollgestopft ist mit Büchern. Ein großer weicher Sessel steht in einer Ecke und am bodentiefen Fenster mit Blick in den kleinen Garten steht Maggies Schreibtisch mit ihrem Notebook. Das Untergeschoss besteht bis auf das Gäste-WC im Flur und eine Abstellkammer eigentlich nur aus einem großen Raum, der als Wohnzimmer beginnt, zu einem Esszimmer wird und als Küche endet. Das Haus ist wirklich nicht riesig, aber für eine Person alleine sind auch neunzig Quadratmeter viel Platz.

Nora verspürt Neid, sie würde gerne etwas ruhiger und dafür in so einem gemütlichen Haus wohnen. Aber David liebt das Stadtleben und nimmt dafür auch in Kauf, dass die Mieten unsagbar hoch sind und sie sich ein kleines Appartement mit fünfundfünfzig Quadratmetern teilen, ein Kinderzimmer nirgends in Sicht.

Aber Nora versucht auch diese Gedanken zu vertreiben, denn so gern Maggie hier wohnt, sie würde sicher alles dafür geben, ihren Patenonkel zurückzubekommen und dafür auf dieses Haus verzichten. Nora weiß von David, dass Markus die wichtigste Bezugsperson für Maggie war, schon immer. Mehr noch als ihre Eltern. Sie war ein halbes Jahr kaum ansprechbar, nachdem er bei einem Autounfall ums Leben kam.

„Es ist wirklich ein tolles Zuhause. Vielen Dank für die exklusive Tour!", sagt Nora und lächelt Maggie an. Die merkt aber, dass etwas nicht stimmt und fragt: „Ist alles in Ordnung?" „Ja, doch. Ich bin einfach nicht so gut drauf, irgendwie ist es gerade nicht so gut zwischen David und mir. Aber das sollte ich dir wahrscheinlich gar nicht erzählen.", erwidert Nora. Maggie ist verständnisvoll und sagt Nora, dass sie immer mit ihr reden kann, dass sie doch auch Freunde sind. Nicht nur David und Maggie. Das bedeutet Nora viel, aber sie lehnt das Angebot vorerst ab.

Serafina

Serafina sieht auf, als Maggie und Nora wieder zu den anderen stoßen. Wahrscheinlich hat Maggie ihr das Haus gezeigt. Nora wirkt traurig, aber Serafina kennt sie kaum und möchte sich eigentlich kein Urteil dazu bilden. Es geht sie ja auch gar nichts an. Stolz blickt sie Maggie an. Ihre süße, kleine Nichte, die am Ende doch nur zehn Jahre jünger ist als sie. War sie selbst in Maggies Alter so erwachsen? So klug und schön? Hat sie so viele Leute zu einer Dinnerparty eingeladen? Wahrscheinlich nicht. Sie ist gereist, war mal hier, mal dort, war schon immer die verrückte Tante, die lustige Geschichten erzählt hat. Und ja, jetzt ist sie wieder zu Hause, durch ihre Pension gebunden an einen Ort, aber trotzdem kein bisschen bodenständig oder solide.

Die Entscheidung das Bed&Breakfast zu eröffnen, hat sie in fünf Minuten und ganz allein getroffen. So wie alle Entscheidungen in ihrem Leben, immer ganz aus dem Bauch heraus. Zu ihren Bedingungen, ihre Ideen. Damit können nicht viele Menschen gut umgehen, klar, ihre Familie kennt sie so, Freunde schätzen ihre spontane Art, aber ein Mann hat es bei ihr nie lange ausgehalten. Oder hat Serafina es nie lange mit einem Mann ausgehalten?

„Maggie, ich werde mich langsam auf den Heimweg machen. Ich habe fünf belegte Zimmer und muss morgen früh raus.", richtet sie ihr Wort an die Gastgeberin. Maggies Blick sieht unheimlich traurig aus: „Jetzt schon? Es gab doch noch gar keinen Nachtisch. Bitte bleib noch ein wenig, bitte." Serafina schaut erneut auf die Uhr. Kurz nach neun. Sie seufzt: „Okay, aber um zehn muss ich spätestens los." Maggie strahlt. Allein für dieses Lächeln lohnt es sich, morgen früh schrecklich müde zu sein, denkt sich Serafina.

Tom

„Ist mit Penny alles in Ordnung?", wird Tom von Maggie gefragt, als er ihr hilft den Tisch abzuräumen. „Ja, alles bestens.", erwidert er und kommt sich bescheuert vor, Pennys beste Freundin zu belügen. Er versteht, warum Penny die Schwangerschaft nicht an die große Glocke hängen will, aber ist sich auch nicht sicher, ob es gut ist, dass sie alles mit sich allein ausmacht. Natürlich ist er selbst auch für seine Frau da, aber er spürt, dass ihr eine Unterhaltung mit einer anderen Frau guttun würde. Jedoch war ihre Ansage klar: „Kein Wort, zu niemandem". Hoffentlich vergeht der dritte Monat ohne ein Unglück, dann hat das Versteckspiel endlich ein Ende und ganz vielleicht ist es ihm dann auch erlaubt, sich auf sein Kind zu freuen.

Tom ärgert sich über seine genervten Gedanken, weil er alle Einwände von Penny nachvollziehen kann, jedoch nicht unbedingt zu hundert Prozent mit ihnen übereinstimmt.

„Sie scheint etwas neben sich zu stehen?!", stört Maggie seine Gedanken. „Ach, lass ihr etwas Zeit, sie wird bestimmt in wenigen Wochen mit dir sprechen.", plappert Tom nun drauf los. Mist.

Maggie

Ha, sie wusste es, irgendwas ist anders mit ihrer Freundin. Sie ist bestimmt wieder schwanger. Und in Toms erschrockenen Augen kann sie deutlich erkennen, dass er es ihr nicht sagen durfte und auch sicher keine Andeutung machen sollte. Sie nickt wissend und sagt mit einem Zwinkern: „Alles klar, die Vorweihnachtszeit hat es ja auch in sich. Danach erzählt mir Penny sicher wieder ausführlich, was sie so umtreibt. Bis dahin halte ich mich mit Nachfragen zurück."

Man sieht, wie sich Erleichterung in Toms Blick breit macht. Er atmet sogar hörbar aus, als hätte er gerade die Luft angehalten. „Danke fürs Helfen.", setzt Maggie nach und scheucht ihn aus der Küche.

An seine Stelle tritt Reka, die nun auch Hilfe anbietet und nach Maggies Bitte alle Gäste nach Kaffee- oder Teewünschen fragt.

„Hat es dir geschmeckt?", fragt Maggie ihre Kollegin, die schon lange mehr ist als das – eine wahre Freundin nämlich. „Aber klar doch, was du da alles aufgetischt hast, unglaublich.", schwärmt sie und Maggie wird fast ein bisschen rot. Für den Nachtisch hat sie am Vormittag einen Schokoladenkuchen gebacken und eben eine Obstplatte mit allerlei Früchten und vielen Waldbeeren drapiert.

„Wie war dein Meeting gestern Nachmittag mit dem Big Boss?", fragt sie Reka noch, bevor sie gemeinsam alles zu den anderen tragen. „Das muss ich dir ganz in Ruhe erzählen. Ich glaube, ich habe etwas Dummes getan.", antwortet Reka ihr und überrascht sie mit dieser Antwort. „Etwas Dummes? Du doch nicht. Aber es klingt spannend. Wenn du es nicht eilig hast, freue ich mich, wenn du nachher noch bleibst, wenn alle abhauen."

Reka

„Kommt darauf an, wann das der Fall ist. Ich bin morgen früh zum Schlittschuhlaufen verabredet.", gibt Reka zurück, hofft aber, dass sie wirklich noch Zeit zum Reden unter vier Augen bekommen. Denn das, was da gestern bei dem Meeting passiert ist, beziehungsweise danach, das war auf jeden Fall etwas Dummes. Aber seltsamerweise bereut Reka es kein bisschen. Es war aufregend, verboten und es geht ihr nicht mehr aus dem Kopf. Sie hat eher Angst, was Maggie wohl dazu sagen wird.

Aber sie muss es irgendjemandem erzählen, sonst platzt sie. Und warum dann nicht am besten jemandem, der ihren Chef selbst auch persönlich kennt.

Der Kuchen schmeckt himmlisch. Obst braucht Reka dazu nicht, ihr Cappuccino reicht vollkommen als Begleiter und sie ist richtig beeindruckt von Maggie. Es wirkt, als wäre ihr der ganze Abend total leichtgefallen. Sie selbst könnte das nicht. Okay, sie hätte auch gar nicht den Platz für so viele Gäste. Maggies Haus ist so gemütlich. Aber vielleicht würde Reka am meisten der Mut fehlen, so viele verschiedene Leute einzuladen, die als einzige Gemeinsamkeit Maggie selbst haben.

Jedoch ist der Abend so gelungen, dass Reka anfängt, sich zusammenzuspinnen, wen sie einladen könnte, was sie kochen würde, wo alle Gäste vielleicht doch Platz finden könnten in ihrer Einzimmerwohnung.

James

„Danke, das war ein toller Abend.", flüstert James Maggie ins Ohr, als sie sich verabschieden, er versucht Milan, der auf seinem Arm schläft, nicht zu wecken. Maggie lächelt, umarmt Luca und streicht Milan sanft übers Haar.

„Toll, dass ihr da wart. Ihr drei könnt morgen Mittag gerne zum Resteessen kommen, wenn euch meine Gesellschaft nicht langweilt.", bietet Maggie an und James fühlt sich wohl. Geborgen durch das Wissen, Maggie als so treue Seele direkt nebenan zu wissen. „Ich schreib dir, wenn ich weiß, wie es bei uns aussieht.", gibt er zurück und schiebt Luca zur Tür hinaus.

Sie treten auf die Straße. Als Milan plötzlich aufwacht und fragt: „Wo ist Mama?", ist James' gutes Gefühl augenblicklich verschwunden. Milan ist neun Jahre alt, er sollte sich solche Fragen nicht stellen müssen. Er ist kein Baby mehr und kennt die Wahrheit über seine Eltern, aber oft, wenn er aus dem Schlaf hochschreckt, überkommt ihn eine Angst und diese Frage, als hätte er vergessen, dass ihn seine Mama vor etwa vier Jahren verlassen hat. Vielleicht träumt er auch schlecht. James macht sich Sorgen und überlegt, ob er Milan erneut zu der Kinderpsychologin schicken sollte, die sich direkt nach dem Weggang seiner Frau um ihn gekümmert hat. James zögert jedoch immer wieder, diese Möglichkeit vorzuschlagen, weil er Angst hat, dass Milan denken könnte, James findet, dass mit ihm etwas nicht stimmt oder jemand glauben könnte, Milan sei schuld, dass seine Mama fortgegangen ist, weil anscheinend nicht alles in Ordnung mit ihm ist. Er will Milan vor der ganzen Welt beschützen.

James reagiert immer anders auf die Frage und ist sich nie sicher, was die beste Antwort in solch einer Situation ist. Heute sagt er nur: „Luca und Papa sind hier." Und Milan scheint damit zufrieden genug zu sein, um sich wieder an seinen Hals zu schmiegen.

Es gab aber auch schon Momente, in denen er verzweifelt angefangen hat zu weinen und viele weitere, schmerzhafte Fragen an James gerichtet hat. „Warum liebt Mama mich nicht? Warum hat sie mich allein gelassen? Mamas müssen ihre Kinder doch liebhaben? Was habe ich getan? Warum habe ich keine Mama verdient?" – James zerreißen diese Augenblicke das Herz, immer und immer wieder aufs Neue.

Und ebenso packt ihn eine Wut, eine fast unbändige. Weil es auch für ihn unbegreiflich ist, noch heute, wie seine Frau, die Mutter seiner Kinder, dies tun konnte. Sich in einen anderen verlieben? Okay. Ihren Ehemann betrügen? Okay. Sich trennen? Okay. Die Scheidung einreichen? Okay. Sich um das Sorgerecht der Kinder und um Geld streiten? Okay.

Aber einen Zettel auf ihr Kopfkissen legen, auf dem steht: „Ich mag dieses Leben nicht. Es langweilt mich. Du langweilst mich. Die Kinder langweilen mich. Such nicht nach mir." und dann nie wieder zu kommen – daran ist gar nichts okay!

Reka

Um kurz nach halb elf sind alle Gäste weg. Nur Reka ist geblieben. Sagt den anderen Gästen beim Verabschieden, dass sie Maggie noch hilft. Aber eigentlich will sie nur mit ihr reden. Am besten noch etwas trinken und dann reden oder gleichzeitig, oder keine Ahnung.

Maggie schaut von ihrem Handy auf: „Jonas, er entschuldigt sich, weil er mich wegen seiner Freundin so angezickt hat. Diese Beziehung muss auch keiner verstehen. Egal."

Reka fragt nach einem stärkeren Drink als Wein und Maggie kommt mit einer eisgekühlten Flasche Wodka und zwei kleinen Schnapsgläsern aus der Küche zurück. Sie stellt alles auf den Couchtisch und setzt sich dort zu Reka, nachdem sie noch das Schälchen Salzgebäck vom Esstisch geholt hat.

„Schieß los! Jetzt bin ich wirklich neugierig.", fordert sie Reka auf, endlich zu berichten, was vorgefallen ist.

„Okay, also ich hatte ja dieses Meeting, nach dem du vorhin gefragt hast. Und na ja, es lief eigentlich ganz gut. Er fand meine Vorschläge sinnvoll, zum Teil zu teuer, aber mit der Idee woanders Einsparungen zu machen, gibt er mir die Chance, ein erweitertes Konzept auszuarbeiten.", beginnt ihre Erzählung positiv und eher harmlos.

„Super – herzlichen Glückwunsch, sag, wenn ich dir dabei irgendwie helfen kann!", sagt Maggie.

„Ja, danke, also, na ja, jetzt trinken wir vielleicht erstmal jede ein Glas.", gibt sie zurück und hält Maggie ein volles Schnapsglas hin. „Auf dein erfolgreiches Meeting.", prostet diese ihr zu und beide kippen den kalten Shot herunter und schütteln sich kurz. Puren, starken Alkohol haben sie länger nicht getrunken. „Ich warte aber ehrlich gesagt noch auf deine Dummheit, Süße?!", hakt Maggie jetzt nach.

Reka spürt, dass sie rot wird, aber vielleicht liegt das auch nur am Wodka, der in ihrer Kehle brennt wie Feuer. Wie soll sie es Maggie nur sagen? Die süße Maggie, die immer alles richtig macht. Aber sie will auch mit niemand anderem darüber reden. Sie ist ihre Verbündete, sie ist die, die nur nickt, wenn Reka ihre Gedanken noch gar nicht laut geäußert hat.

Aber diese Story wird auch Maggie nicht erraten können, also beginnt sie: „Er hat gefragt, ob ich jetzt Feierabend mache. Was ich bejaht habe. Es war schon nach sechs, wir hatten über zwei Stunden geredet und du weißt ja, wann ich anfange." Maggie nickt immer wieder und knabbert zwischendurch einen Cracker nach dem anderen.

Reka setzt fort: „Dann hat er mich auf einen Drink zum Feierabend eingeladen. Drüben in der Reederei."

Maggie

Maggie kennt die Reederei, es ist das Restaurant mit Bar, das am nächsten am Verlag liegt, wo man eben ab und an einen Feierabenddrink nimmt oder auch Mittagessen geht. Es ist etwas schicker als die Kneipe um die Ecke, aber noch nicht zu abgehoben, sodass sich eigentlich jeder dort wohlfühlen kann.

Und dann weiß Maggie augenblicklich, worauf diese Geschichte hinausläuft. „Aber er ist verheiratet!", platzt es aus ihr heraus. Reka hält sich die Hände vor die Augen und schielt dadurch ihre Freundin an und lässt dann ihren Kopf hängen. Natürlich ist gegen einen Feierabenddrink nichts einzuwenden, aber so wie Reka jetzt reagiert, weiß Maggie, dass sie mit ihrer Vermutung ins Schwarze getroffen hat.

„Ich aber nicht.", sagt Reka leise. „Aber er ist dein Chef. Er ist unser Chef. Er hat dir diesen Job gegeben. Er kann ihn dir wieder wegnehmen. Er hat eine Frau.", Maggie kann sich nicht halten und sieht zu spät, dass es einer Steinigung ihrer Freundin gleichkommt, wie sie ungefiltert ihre Gedanken auf sie loslässt. „Es tut mir leid. Stopp. Erzähl mir erstmal alles.", versucht sie die Situation zu entschärfen, ist sich aber nicht sicher, ob Reka ihr je wieder irgendetwas erzählen wird.

Aber Reka schnappt sich die Wodkaflasche und füllt ihre Gläser erneut. Stößt mit Maggie an und erzählt ihr alles. Von einem langen, tollen Gespräch, von einer Hand auf ihrem Rücken, einer Fahrt in seinem Auto zu ihr, welche nur ein Heimbringen sein sollte und davon, wie er dann doch mit zu ihr nach oben gekommen ist, wie er ihre kleine Wohnung nicht mickrig oder erbärmlich fand, sondern authentisch und voller Seele, voller Reka. Und, wie sie dann miteinander schliefen und er danach lächelte und gerne geblieben wäre, aber nicht konnte, weil er eben eine Frau hat.

Maggie nimmt Reka in den Arm. Sie sagt nichts mehr. Was soll sie auch sagen. Reka weiß ja selbst nicht, was sie sagen soll. Und deshalb sitzen sie eine Weile so da. Beide im Schneidersitz sich gegenüber auf dem Sofa. Und umarmen sich. Was in dieser Position gar nicht so gut geht.

Maggie umarmt gerne so richtig, aber wenn man sie beide jetzt von außen betrachten würde, könnte man auch denken, dass sie miteinander ringen.

Kapitel 2

David

David kommt durchgeschwitzt, aber mit einer vollen Brötchentüte in die Wohnung. Er sieht, wie Nora auf ihrer kleinen Couch sitzt und in ein Notizbuch schreibt. „Ich springe schnell unter die Dusche. Machst du Kaffee?", fragt er. Nora blickt auf und nickt nur. David legt die Brötchen auf die kurze Küchenzeile, welche sofort nach dem Eingang beginnt. Als er seine Joggingsachen ausgezogen hat und unter die Dusche getreten ist, lässt er sich das warme Wasser direkt ins Gesicht prasseln. Im Winter macht er nur kurze Joggingrunden, aber trotzdem täglich. Sonntags, so wie heute, bringt er auf dem Rückweg Brötchen mit. Dienstags holt er seine Hemden aus der Reinigung, kurz bevor seine Route vorbei ist. Maximal effizient, clever durchdacht und routiniert. So ist David einfach. Das versteht er unter „angekommen sein", „erwachsen sein". Es langweilt ihn nicht. Es beruhigt ihn, wenn alles an seinem Platz ist, nicht zu viel Ballast. Keine unnötigen Anschaffungen. Kleine Wohnung bedeutet weniger Platz für Unordnung, weniger Fläche, die geputzt werden muss. Mehr Geld und mehr Zeit für Reisen. Aber auch von denen bringt er nicht viel mit, nur Erinnerungen und gelegentlich ein paar Fotografien.

Er kommt zurück in ihr multifunktionales Wohn-Ess-Flur-Arbeits-Küchen-Zimmer und sieht, dass Nora bereits den runden Tisch am Fenster mit den zwei Caféhausstühlen gedeckt hat. Kaffee aus der French Press. Auf jedem Teller liegt ein Croissant, in der Schale liegen zwei Vollkornbrötchen. Ein Stück Bergkäse, Butter und Marmelade. Mehr würde auf den Tisch auch nicht passen, aber mehr braucht David auch nicht zum Frühstück.

Nora ist schweigsam. „War doch ein schöner Abend gestern, oder?", versucht David ein Gespräch zu beginnen. Ein harmloses Thema, wie er denkt. Denn Diskussionen und Streit gab es in letzter Zeit leider viel zu häufig.

„Ja, Maggies Haus ist wirklich toll. Sie hat mir alles gezeigt. Echt spitze, wenn man genug Platz hat, um auch mal Gäste einzuladen.", erwidert Nora. Während David ahnt, dass seine Frage doch nicht so konfliktfrei war, fallen ihm wie aufs Stichwort seine Serviette und sein Messer vom Tisch. „Siehst du, nicht mal zu zweit kann man an diesem winzigen Tisch essen!", entfährt es Nora wütend.

Serafina

Serafina rotiert geschäftig in ihrer kleinen Küche. Die Familie aus Zimmer 7 möchte Pancakes zum Frühstück, das Pärchen aus Zimmer 3 ein Gemüseomelette und neuen Kaffee muss sie auch ansetzen.

Die Pension hat zehn Zimmer, wovon in der Regel aber nicht mehr als sechs gleichzeitig ausgebucht sind. Fünf Zimmer mit insgesamt elf Gästen sind auf jeden Fall eine ordentliche Herausforderung für Serafina. Wobei das laute Plappern der Kinder wahrscheinlich ihre größte Stessquelle ist, weil sie sich davon unter mehr Zeitdruck setzen lässt, als es überhaupt nötig ist. Der Mann aus Zimmer 2, der einzige Alleinreisende, ist zufrieden mit einem starken Kaffee und sitzt im Eingangsbereich auf dem großen Sessel und liest Zeitung. Das ist gut, denn so sind genug Tische für alle anderen frei. Dass vier Personen in Zimmer 7 untergekommen sind, ist eine Ausnahme und geht auch nur, weil eins der Kinder mit im Bett der Eltern schläft und sie für das kleinste ein Klappbett dabeihaben. Auf Familien ist Serafina nicht ausgelegt. Nicht mit Absicht oder vollem Bewusstsein, aber ihre Zimmer sind nicht riesig und in der Regel checken Pärchen oder einzelne Gäste bei ihr ein. Allerdings schrieb Familie Millow so eine nette Mail, dass sie sich durch die Bilder auf der Pensionswebsite so sehr in Serafinas Unterkunft verliebt hätten, dass Serafina einfach ja sagen musste. Das Ehepaar aus Zimmer 9 sind Stammgäste, ihre Kinder leben in der Gegend und sie schlafen bei jedem Besuch bei Serafina. Sie sind Ende sechzig und herzensgute Menschen.

Etwas seltsam findet Serafina die zwei Leute aus Zimmer 8, sie gehen merkwürdig miteinander um. Eher wie Kollegen oder Bekannte, aber teilen sich ein Zimmer. Serafina findet es immer wieder spannend, Dinge über ihre Gäste herauszufinden und bei all denen, die sich eher verschlossen zeigen, ist es Serafinas liebstes Hobby, sich Geschichten über sie auszudenken. Ganze Romane könnte sie damit füllen.

„Könnten Sie mir nochmals nachschenken?", fragt der genügsame Gast vom Sessel nach oben und Serafina holt direkt die Kanne. „Ist sonst alles in Ordnung, sicher, dass Sie nichts essen wollen?", fragt sie nach, während der Kaffee in die Tasse läuft. „Alles bestens. Ich kann so früh noch nichts essen und ich bin zum Lunch verabredet.", erwidert er und Serafina lächelt beim Rückweg in den Frühstücksraum. Familie Millow ist mittlerweile aufgestanden und der Tisch sieht aus wie ein Schlachtfeld, aber wie sollte es mit einem zwei- und einem sechsjährigen Kind auch anders sein? Serafina wirft einen kurzen Blick zu ihren drei Zweiertischen, doch die Gäste scheinen alle zufrieden. Sie räumt den großen Tisch ab und macht ihn sauber. Sie lässt ihn zusammengeschoben, schließlich bleibt die Familie noch drei Nächte. In der Küche schiebt sie nun ihre vorbereitete Kuchenform in den Ofen.

Jeden Nachmittag gibt es Kaffee, Tee, Kakao und einen Kuchen für die Pensionsgäste. Serafina hat sich ihr Konzept, ihre Regeln und Traditionen, ihre Arbeitsweisen selbst überlegt und fährt bis jetzt gut damit. Kulinarisch gibt es in der Pension nur Frühstück und die Kuchenzeit für die Gäste, die Zimmer werden während des Aufenthalts nicht komplett gereinigt. Serafina wechselt Handtücher, schüttelt das Bett auf, lüftet, stellt bei längeren Reisen frische Blumen in die Zimmer und hängt jeden Abend ein Betthupferl an die Türklinke, mal sind es Pralinen, ein Lavendelsäckchen, ein Kärtchen mit einem Zitat oder eine Empfehlung für eine Veranstaltung am nächsten Tag. Sobald ein Gast abreist, wird das Zimmer professionell von einer Fachkraft gereinigt, die Serafina pro Zimmer bezahlt. So bleibt ihr genug Zeit, den kompletten Rest ihres kleinen Unternehmens allein zu meistern. Sie geht selbst einkaufen, macht ihre Buchhaltung und in unregelmäßigen Abständen veranstaltet Serafina Lesungen in ihrem Frühstückraum. Diese werden meistens von Einheimischen besucht, Pensionsgäste sind aber natürlich auch willkommen. An diesen Abenden gibt es Wein, Käse, Nüsse und Trauben und ein nettes Beisammensein. Serafina nimmt keinen Eintritt, sie stellt lediglich eine Spendenbox auf, die nach solchen Abenden immer so gefüllt ist, dass die Summe mehr als ihre Ausgaben deckt.

Das Telefon klingelt. „Finas Bed&Breakfast, hallo?", meldet Serafina sich. „Ja, er ist Gast bei uns. Ich werde nachfragen, ob er Zeit für ein Gespräch hat." Serafina geht zurück in den Frühstücksraum und spricht den Mann des ungewöhnlichen Gespanns an: „Ein Herr Bischop ist für Sie am Telefon, möchten Sie ihn sprechen?" Die Frau stöhnt augenblicklich auf: „Ist das dein Ernst?", fragt sie ihren Begleiter und steht auf. Sie verlässt mit schnellen Schritten den Raum und Serafina steht immer noch mit dem schnurlosen Telefon in der Hand da. „Ja, gerne. Geben Sie her.", sagt der Mann dann und streckt den Arm aus, um ihr den Hörer abzunehmen.

Nora

Ein richtiger Streit war nach Noras Ausruf nicht entstanden. Sie war sich auch nicht sicher, ob sie das gut oder schlecht finden sollte. Melancholisch und nachdenklich schlendert sie nun allein über den Flohmarkt, der jedes Wochenende hinter dem Park dicht an ihrem Apartment stattfindet.

Drei Jahre sind David und sie nun schon zusammen, ihre längste Beziehung. Seine nicht, weiß sie. Aber bei ihm war es eine Fernbeziehung, als er noch jünger war. Vielleicht zählt das sowieso nicht. Wenn sie sich so viel streiten, über grundlegende Dinge, vielleicht passen sie dann einfach nicht zusammen. Nora erwischt sich immer wieder bei dem Gedanken, dass sie nicht jünger wird, sie Angst hat, Zeit zu verschwenden, Zeit mit einer Person, die sie zwar liebt, mit der sie aber nicht zusammenbleiben kann, sollte sie nicht in den nächsten Jahren dieselben Schritte gehen wollen wie sie. Heiraten, umziehen, Kinder kriegen. David scheint so restlos zufrieden und Nora selbst fühlt sich verloren, leer und auf der Suche.

Auf dem Flohmarkt findet sie nichts, das ihre Laune verbessert und so spaziert sie gedankenverloren wieder nach Hause.

Kurz bevor sie die Wohnungstür erreicht, beschließt sie, ein ernstes Gespräch mit David über die Zukunft zu führen, doch als sie die Wohnung betritt, stellt sie fest, dass er nicht zu Hause ist.

Reka

Reka lässt sich von Tilo zum Abschied auf die Wange küssen. Mit schnellen Schritten und ihren Schlittschuhen über der Schulter läuft sie zur Bushaltestelle. Vielleicht hätte sie dieses Date absagen sollen, nach der Aktion von vor zwei Tagen. Reka war kein bisschen bei der Sache und jedes Mal, wenn sie sich Tilo doch etwas genauer angesehen hat, kam er ihr jung, unbeholfen und fast schon etwas kindisch vor. Unfair, ihn mit Matthias zu vergleichen, natürlich. Aber Rekas Kopf tut, was er tut. Sie denkt unentwegt an diesen Abend.

Ihr Handy vibriert, eine SMS von Tilo: *„Ich habe den Morgen sehr genossen, vielleicht sehen wir uns nächstes Wochenende und machen einen Weihnachtsmarktbummel? Tilo"* Reka beschleicht ein schlechtes Gewissen. Tilo kann schließlich nichts für ihre wirren Gedanken und schon gar nichts für ihre Taten.

Aber was Reka weiterhin am meisten Sorgen macht, ist, dass sie es einfach nicht bereut. In ihr wächst viel eher die Hoffnung, mittlerweile der feste Glaube, dass es sich nicht um eine einmalige Angelegenheit gehandelt hat. Montag abwarten, Montag abwarten, mehr bleibt ihr nicht.

James

James und die Kinder klingeln bei Maggie. Wobei es vielmehr Milan ist, der ohne Pause auf den Klingelknopf drückt. James hofft, dass Maggie nicht gerade telefoniert oder unter der Dusche steht, sie sind etwas früher dran als vereinbart, aber da macht sie auch schon lächelnd die Tür auf.

„Kommt rein, ich habe schon alle Reste auf den Esstisch gestellt. Danke, dass ihr mir helft.", sagt sie zur Begrüßung und James drückt sie kurz, während Milan und Luca sich längst Mäntel und Schuhe abgestreift haben und ins Esszimmer gestürmt sind. „Hände waschen!", ruft James ihnen hinterher. „Wie geht's dir?", fragt er Maggie im ruhigen Flur. „Gut soweit und dir?", entgegnet sie.

„Es muss. Der Abend gestern war aber mal eine tolle Abwechslung. Auch wenn Milan auf dem Heimweg nach seiner Mutter gefragt hat.", antwortet James mit einem erschöpften Schulterzucken.

„Oh, James. Das tut mir leid. Macht er das immer noch? Ich dachte, es hätte sich gelegt.", sagt Maggie und streicht James über den Arm. „Wenn er aus dem Schlaf hochschreckt, passiert es noch ziemlich häufig. Aber lass uns von etwas anderem reden.", berichtet James und sie gehen beide Richtung Esstisch.

Milan hat bereits einen vollen Teller vor sich stehen und zeigt stolz seine Hände und verkündet, dass er sie sich in der Küche gewaschen hat. Luca tut sich gerade die letzten Kartoffeln vom Ofengemüse auf: „Ist das okay, wenn ich die letzten nehme?" „Na klar doch, so läuft ein Resteessen, jeder schnappt sich, was er kann und ich bin froh, wenn alles aufgegessen wird. Lass es dir schmecken.", beruhigt Maggie Luca, die grinst und sich weiter bedient.

James und Maggie erlauben den Kindern vor dem Fernseher zu essen, so können sie sich in Ruhe unterhalten, wobei sie genau wissen, dass Luca mit gespitzten Ohren mehr ihren Gesprächen lauscht als der Kindersendung.

„Wie sehen eure Adventswochenenden so aus?", fragt Maggie James. „Meine Mutter wird am dritten Advent bei uns sein und je nachdem, wie es läuft, bleibt sie vielleicht bis Weihnachten.", sagt James, klingt jedoch nicht wirklich begeistert. Maggie schaut ihn fragend an. „Na ja, es ist ja lieb, dass sie vorbeikommen will, aber die letzten Male haben wir uns immer in die Haare bekommen. Ich habe mittlerweile wirklich alles gut im Griff mit den Kindern alleine, wir haben unsere Routinen, Abläufe, Rituale. Manchmal stört ein Eindringling da irgendwie. Am Anfang hätte ich es ohne sie auf keinen Fall überstanden, aber jetzt ist es schwer, ihr zu vermitteln, dass sie gerne als Besuch kommen kann, aber nicht das Zepter übernehmen darf.", führt er aus und Maggie grinst. Sie setzt zu einer Antwort an, wird aber von der Türklingel abgehalten, sie entschuldigt sich und steht auf.

James geht zu Milan und Luca und fragt, was sie schauen. Milan ist sehr gebannt beim Verfolgen einer Zeichentrickserie mit sprechenden Autos. Für Luca ist das mit ihren vierzehn Jahren natürlich nicht mehr sonderlich spannend. Sie fragt James, wer da geklingelt hat, aber er weiß es nicht.

James schaut sich in Maggies Wohnzimmer um, studiert die zwei großen Bilder an der Wand. Moderne Kunst. Ihm sind die Bilder nie aufgefallen. „Schön, oder? Die Hat Maggie selbst gemacht.", erzählt ihm Luca und er ist überrascht, was seine große Tochter alles weiß. „Echt? Sie gefallen mir sehr.", gibt er zurück und Luca grinst, wohlwissend, dass sie ihren Vater mit dem Wissen über die Herkunft der Bilder verwundert und vielleicht sogar beeindruckt hat.

Im nächsten Moment ist Maggie schon wieder zurück und entschuldigt sich erneut, was natürlich gar nicht nötig ist. James ist ihr immer wieder dankbar, für ihre Gastfreundschaft, ihr offenes Ohr und auch die Zeit, die sie mit seinen Kindern verbringt. Er weiß, dass sie kein Mutterersatz für die beiden ist, aber es beruhigt ihn zu wissen, dass Luca für alle Frauenthemen, die sie nicht mit ihrem Vater besprechen möchte, eine so vertrauensvolle Person in der unmittelbaren Nähe hat.

„Wer war das an der Tür?", fragt er Maggie und sie antwortet: „Das war nur Jonas, er hat mir Blumen vorbeigebracht.", sagt sie und schwenkt einen großen Strauß pfirsichfarbene Rosen.

Bei der Erwähnung von Jonas schaut Luca sofort interessiert hoch und Maggie sagt: „Er ist schon wieder weg, tut mir leid Süße." Luca tut als wäre es ihr egal, aber James kennt seine Tochter und weiß, dass ihr nichts egal ist, wenn es um Jonas geht.

„Schlechtes Gewissen.", sagt Maggie und winkt mit den Blumen, bevor sie in die Küche geht und sie in eine Vase stellt. „Warum das?", hakt James nach. „Ach, er hat mich gestern etwas angefahren, als ich nach seiner Freundin gefragt habe und dann habe ich auf seine Nachricht, in der er sich entschuldigt hat, nicht geantwortet.", Maggie verdreht die Augen.

„Luca hat gesagt, die Bilder im Wohnzimmer sind von dir?", wechselt James das Thema und es wirkt, als würde Maggie etwas erröten. Sie nickt. „Sie gefallen mir richtig gut.", macht er ihr ein Kompliment. „Danke.", mehr sagt sie nicht und räumt ein paar leere Schalen zusammen und überblickt den Tisch. „Den Rest kalte Nudeln nehme ich noch und den Schinken.", sagt James und bedient sich sogleich. Maggie grinst: „Ich kann die Nudeln auch nochmal aufwärmen, wenn du magst."

„Alles gut, ich habe eine Schwäche für kalte Nudeln.", erwidert er und denkt, dass Maggies Sommersprossen den Winter etwas fröhlicher machen als er eigentlich ist. Als er sich selbst bei diesem Gedanken erwischt, verschluckt er sich so heftig, dass sie ihm ein Glas Wasser reicht.

Maggie

Maggie würde zu gern mit jemandem über Rekas Nacht mit ihrem gemeinsamen Chef sprechen, aber sie hat ihr versprochen, es für sich zu behalten. Und daran will sie sich auch halten, deshalb hat sie das Thema ausgeklammert, als James bei ihr war.

Und auch gerade beim Telefonat mit ihrer Mutter hat sie nichts gesagt. Aber es beschäftigt sie. Zum einen, weil sie sich Sorgen um Reka macht. Um Rekas Herz. Aber sie verspürt auch eine leise Vorahnung, dass es zu beruflichen Problemen kommen kann, vielleicht nicht nur für Reka, sondern auch für sie.

Maggie kann das Gefühl nicht genau einordnen, kann sich nicht wirklich vorstellen, welche Situationen nun schwierig werden können, aber sie empfindet eine Art der Bedrohung. Sie liebt ihren Job im Verlag. Den darf ihr keiner negativ belasten und deshalb ist sie auch ein kleines bisschen sauer auf Reka.

Insgeheim hofft sie, dass das eine einmalige Angelegenheit war, die irgendwann in Vergessenheit gerät, auch wenn sie sich sicher ist, dass Reka sich ganz andere Dinge für die Zukunft wünscht.

Aber es hilft alles nichts, Maggie kann nichts tun. Also schnappt sie sich ihr Buch vom Esstisch und geht nach oben in ihr Büro und macht es sich in ihrem Lesesessel gemütlich. Als ihr Blick kurz nach draußen schweift, sieht sie kleine, zarte Schneeflocken und verdrückt eine ebenso kleine und zarte Träne.

Schnee war die große Leidenschaft von ihrem Onkel Markus. Immer, wenn es das erste Mal im Winter geschneit hat, hat er Maggie angerufen. Bestimmt seit sie acht Jahre alt war. Seit vier Jahren tut er das nicht mehr. Weil er nicht mehr lebt. Maggie kann sich noch gut an den ersten Schnee nach dem Autounfall erinnern. Sie konnte drei Tage nicht aufstehen. Sie lag da und hat aus dem Fenster ihrer alten Wohnung gestarrt. Jonas hat ihr Suppe gebracht.

Letztlich war es Serafina, die ihr den Schneefall als ein Zeichen schmackhaft machen konnte. Nach den drei Tagen hat sie ihre Sachen gepackt und ist in Markus' Haus gezogen. Das war etwa acht Monate nach seinem Tod.

Am Anfang war es regelrecht unheimlich, all die Erinnerungen. Aber mit der Zeit hat Maggie renoviert, das Haus zu ihrem gemacht, ohne Markus zu vergessen.

Und trotzdem gibt es immer wieder Tage oder Momente, an denen sie die Abwesenheit ihres Patenonkels so stark trifft, als würde sie erneut davon überrascht werden. Als würde alles noch einmal passieren.

Maggie atmet tief durch, greift in ihr Bonbonglas auf dem Bücherregal neben sich und liest weiter, fast drei Stunden lang.

Jonas

Vielleicht war das mit den Blumen gar nicht nötig, aber es war Jonas ein Bedürfnis. Er ist nicht gern verkracht mit seiner Schwester. Auch wenn es nur halb so schlimm war. Er ärgert sich immer, wenn er seine eigenen Launen an anderen auslässt. Daran muss er arbeiten. Das würde sicher auch das ein oder andere Problem mit Clara lösen.

Sie fühlt sich immer wieder, als wäre sie zu schnell eingeschnappt und an besonders schlechten Tagen rückt Jonas diesen Eindruck auch nicht gerade, aber er weiß, dass er sie ungerecht behandelt. Immer wieder.

Er weiß nur nicht, warum. Er ist nicht der Beziehungstyp, aber als Clara angefangen hat, sich auch mit anderen zu treffen, hat ihm das gar nicht gefallen. Und sie hat es gelassen, als er es ihr gesagt hat, aber nun ist trotzdem nichts geklärt. Das heißt ja nicht, dass sie jetzt heiraten müssen. Ihren Vorschlag, sie auf ihrem Elternbesuch zu begleiten, konnte er dank Maggies Einladung zum Glück abwenden, aber richtig zufrieden war Jonas damit auch nicht.

Clara ist toll. Sie ist schlau, selbstständig, schön und sehr, sehr witzig. Und immer für ihn da.

Vielleicht sollte er sie doch einfach heiraten? Mit Anfang zwanzig heiraten. Pff. Seine Kumpels würden ihn für verrückt halten. Aber Clara, Clara sollte er sich sichern. Er ist so blöd, er hätte mit zu ihren Eltern kommen sollen oder sie mit zu Maggie einladen sollen, oder beides, oder einfach einen Ring kaufen, oder weglaufen. Er schüttelt über sich selbst den Kopf.

Luca

Sie sitzt vor dem großen Spiegel im Schlafzimmer ihres Vaters und bürstet durch ihr Haar. Ihre widerspenstigen Locken machen ihr dies nicht leicht. Als sie noch klein war, hat ihre Mutter ihr die Haare zu Zöpfen geflochten, aber jetzt trägt Luca ihre Locker immer offen.

Sie inspiziert sich im Spiegel, bis Milan nach ihr ruft und sie die Bürste liegen lässt und in sein Zimmer läuft. Er braucht Hilfe beim Ausschneiden, er schafft es nicht ordentlich genug. Luca lacht und schneidet drei Figuren aus einer Zeitschrift für ihn aus und betrachtet die Collage, die Milan bastelt.

„Machst du das für die Schule?", fragt sie ihren kleinen Bruder? „Ne, da machen wir so coole Sachen nicht.", schüttelt Milan den Kopf.

Luca bleibt noch einige Zeit bei ihm sitzen und hilft hier und da. Irgendwann fragt sie ihn: „Milan, geht es dir gut?" Er schaut sie etwas verwundert an, bemerkt wohl ihren ernsten Ton. „Alles okay, Luca.", gibt er zurück.

„Vermisst du Mama auch manchmal?", fragt Luca weiter, obwohl sie weiß, dass ihr Papa es gar nicht gut finden würde, wenn er wüsste, dass sie Milan darüber ausfragt. Aber sie will es wissen, denn ihr selbst fehlt ihre Mutter jeden Tag und zur selben Zeit ist sie auch wahnsinnig wütend auf sie.

Milans Augen werden groß und er rückt näher an Luca heran. „Ja, schon, wenn die anderen Kinder von ihrer Mama erzählen oder wenn Muttertag ist oder... oder wenn ich von ihr träume und beim Aufwachen nicht mehr weiß, dass sie weg ist und na ja, dann halt.", führt er aus.

Luca drückt Milan an sich. „Ich vermisse es, wie sie meine Haare geflochten hat. Aber ich bin auch traurig und sauer.", flüstert Luca und Milan drückt sie fest zurück.

Danach basteln sie weiter. Es gibt kein Fazit, keine Lösung, nur einen kleinen Austausch zwischen Geschwistern, die dasselbe durchmachen.

Penny

Tom legt eine Decke über Penny und setzt sich zu ihr auf die Couch. Penny lächelt ihn müde an und er beginnt, ihre Füße zu massieren, was Penny einen freudigen Seufzer entlocken kann.

„Wird alles gut?", fragt sie ihren Mann und er lächelt und nickt. Penny wäre verloren ohne seinen Optimismus. Hoffentlich erbt ihr gemeinsames Kind diese Eigenschaft von ihm. Huch, nun denkt Penny doch schon wieder an das Ungeborene in ihrem Bauch, als wäre es ein fertiger Mensch.

Das hat sie sich eigentlich verboten. Erst nach dem dritten Monat wird sie es erzählen und erst dann wird sie sich freuen und erst dann darf sie sich ausmalen, wie es sein könnte, dieses kleine, winzige Baby im Arm zu halten, es später zur Schule zu bringen und herauszufinden, was es von Tom und was von ihr selbst in sich trägt.

Penny hat solche Angst. Morgen in einer Woche hat sie ihren Ultraschalltermin. Man kann dann die Herztöne hören und das Baby erkennen. Wenn das Baby noch da ist.

Genau bei diesem Termin wurde ihr letztes Jahr gesagt, dass es kein Baby mehr gibt. Sie hat solche Angst.

Tom

Penny ist unruhig und das spürt Tom. Er nickt auf ihre Frage, ob alles gut wird. Aber natürlich weiß er das gar nicht. Aber er will daran glauben. Er nickt sich selbst dahin. Zu dem Glauben, dass alles gut wird. Es muss einfach klappen. Der Ultraschalltermin, er muss ein positives, tolles Erlebnis werden, dann wird alles gut. Dann wird sich Penny entspannen und dann wird auch die Schwangerschaft weiterhin positiv verlaufen, Tom ist sich sicher.

Genauso sicher ist er sich aber auch, dass allein seine Fußmassage Penny jetzt nicht hilft. Er muss sie ablenken und grübelt wie. Etwas, worauf sie sich konzentrieren muss, fernab vom Babythema. Einen Film ansehen? Spazieren gehen?

„Hast du Lust auf ein Kartenspiel?", fragt er dann und Penny guckt überrascht, willigt aber ein.

Es wird ein richtig lustiger Nachmittag. Sie sitzen im Wohnzimmer auf dem Boden, trinken Tee, essen Kekse und spielen eine Runde nach der nächsten. Tom führt eine Gewinnerliste, wobei die zwei fast gleichauf liegen. Penny lacht und sieht sorglos aus. Diese Tatsache macht Tom so glücklich, dass auch er selbst alle Grübeleien vergisst und einfach einen gemütlichen Adventssonntag mit seiner Frau verbringt.

Nora

Abends im Bett cremt sich Nora die Hände ein und wirft einen Blick auf David, der mit seinem Handy beschäftigt ist.

„Ich denke, wir sollten reden, bevor die neue Woche anfängt und all das hier wieder in eine neue Runde geht.", stört Nora ihn.

„Was meinst du denn damit?", fragt David so genervt, dass Nora eigentlich schon wieder die Lust verliert.

„Ich bin nicht zufrieden.", fängt Nora an. „Oh ja, das ist mir auch schon aufgefallen.", erwidert David und hilft mit seiner Reaktion natürlich kein bisschen, die Situation zu entschärfen.

„Ich meine es ernst, ich möchte so nicht weitermachen. Ich liebe dich. Aber ich weiß nicht, ob wir dasselbe vom Leben wollen. Wo soll das alles hinführen, David? Ist das alles hier? Willst du für immer so weitermachen? Mir reicht das nicht! Ich brauche Pläne. Ideen. Gemeinsame Träume!", sprudelt es trotzdem aus ihr heraus.

Jetzt setzt sich David auf und schaut Nora fest in die Augen: „Ach, du liebst mich? Vielen Dank! Man mag sich fragen, was du an mir liebst, wenn du mit unserem Leben so schrecklich unzufrieden bist. Denn dieses Leben, das bin ich. Ich bin zufrieden. Ich brauche keine Visionen, Träume, ich habe das, was ich will. Wenn du jetzt noch mitmachen würdest, wäre alles okay."

„Okay? Du willst es okay haben? Tut mir leid, okay reicht mir nicht.", sagt Nora vollkommen hilflos und fast etwas verängstigt von Davids Körperhaltung und Stimme.

„Nora, sag es doch einfach, du willst mehr Geld, ein riesiges Haus, eine Traumhochzeit, fünf Kinder. Das kann man aber nicht im Katalog bestellen. Das passiert vielleicht, aber das plane ich jetzt hier nicht mit dir im Voraus, wenn du nicht mal regelmäßig mit mir ins Bett gehst.", versetzt David und Nora schwankt zwischen einer Ohrfeige, die sie ihm verpassen will, einem Nervenzusammenbruch oder einem Wutanfall. Sie entscheidet sich erst einmal dazu, das Zimmer zu verlassen und rollt sich auf dem kleinen Sofa zusammen und versucht zu schlafen.

David

Nachdem Nora das Schlafzimmer mit ihrer Bettdecke verlassen hat, schnappt sich David wieder sein Handy und tippt eine kurze Mail an Maggie: *„Hey Maggie. Danke für den schönen Abend gestern. Was treibst du die nächsten Wochen so? Hast du Zeit für einen Drink zu zweit? Irgendwie bin ich gerade tierisch genervt von Nora und könnte jemanden zum Reden gebrauchen. Melde dich, falls du Zeit hast. D."*

David ist wirklich genervt. Warum kann Nora es nicht einfach gut sein lassen? Sie haben doch ein gutes Leben. Genug Geld, genug Platz. Na ja, nur nicht genug Sex vielleicht. Nora sollte sich endlich entspannen und einfach genießen, dass sie sich um nichts sorgen müssen, alles in geregelten Bahnen verläuft. Wer kann das schon von sich und seinem Leben behaupten?

Sie wirkt immer unzufrieden. Das macht keinen Spaß mehr. Eine Beziehung sollte doch Spaß machen. Gemeinsame Träume. An Kinder hat David noch nie ernsthaft gedacht, er liebt seine Freiheit. Aber das hat er ja nun auch nochmal deutlich gemacht. Und mit diesem Gedanken kann David ziemlich zufrieden einschlafen, auch wenn seine Freundin die Nacht auf dem Sofa verbringt.

James

James putzt sich die Zähne und schaut müde in den Spiegel. Nachdem er sich sein Gesicht gewaschen und mit dem Handtuch getrocknet hat, blickt er sich selbst in die Augen.

Das war ein schönes Wochenende. Dank Maggie. Sie wäre nicht mehr wegzudenken aus ihrer aller Leben.

Die Zeit nach dem Weggang seiner Frau war so hart. In den ersten Monaten waren er und seine Kinder wie in einer Schockstarre. Aber dann haben sie irgendwann wieder das Haus verlassen. Wie es der Zufall so wollte, fiel diese Zeit genau mit Maggies Einzug zusammen.

James und Maggie kannten sich vom Sehen. Maggie hatte viel Zeit bei ihrem Onkel verbracht und Markus war James' Familie immer ein guter Nachbar gewesen. Dass diese zwei tragischen Wendungen fast zur selben Zeit eintrafen, war beinahe nicht zu glauben.

Die Kinder waren oft bei Maggie und sie sagte ihm immer wieder, dass es sie ablenke und ihr guttäte, auch wenn er glaubte, sie wolle ihm nur einen Gefallen tun.

Aber er schickte Luca und Milan trotzdem weiterhin zu ihr, zum einen, weil ihm an manchen Tagen gar nichts anderes übrig blieb, aber auch, weil er sah, wie sich vor allem seine Tochter veränderte. Sie wurde wieder normaler. Was auch immer normal bedeutet. Sie hatte in Maggie eine nicht wertende, liebevolle Vertraute.

Von Zeit zu Zeit war James fast eifersüchtig auf diese Bindung. Dass Luca nicht mit ihm sprach, sondern mit Maggie. Aber vielleicht, so im Nachhinein betrachtet, wünschte er sich auch eine Person wie Maggie. Eine wahre Freundin.

James wundert sich über sich selbst und lacht kurz auf. Allein im Badezimmer. Was für Gedanken er sich macht. Maggie war schließlich mittlerweile eine gute Freundin. Eine enge Bezugsperson auch für ihn.

Er sollte schlafen gehen, befindet er. Diese Adventszeit macht ihn noch vollkommen rührselig, für so etwas hat er gar keine Zeit.

Er muss morgen wieder arbeiten, die Kinder müssen versorgt, das Haus gepflegt und der Besuch seiner Mutter vorbereitet werden. Fröhlichen 1. Advent.

Kapitel 3

Maggie

Maggie liest die Mail von David auf ihrem Handy, als sie den letzten Schluck Kaffee austrinkt und schon auf dem Weg in die Küche ist. Das klingt irgendwie gar nicht toll. Und an ihrem Dinnerabend war Nora auch nicht gut drauf gewesen, wollte Maggie jedoch keine Details erzählen.

Sie überlegt kurz und schreibt David, dass sie am Donnerstag für einen Drink Zeit hätte, wenn er sie in der Reederei beim Verlag treffen würde.

Dann schnappt Maggie sich ihre Tasche, die Tüte mit ihrem Mittagessen und eilt zu ihrem Auto.

Die leichte Schneeschicht ist zum Glück schnell mit ihrem Scheibenwischer beiseitegeschoben, Eis kratzen ist nicht nötig.

Im Verlag angekommen, schaltet Maggie ihren Rechner an und überfliegt die Mails, die seit Freitagnachmittag in ihrem Postfach gelandet sind. Nichts Dringendes. Das ist gut, denn Maggie hat mir ihrer Marketingkampagne und ihren täglichen Social Media Inhalten für den Verlag genug zu tun.

Sie steht auf, um sich auf den Weg in die Kaffeeküche zu machen. Auf dem Gang sieht sie Reka, die sich ihr anschließt und Maggie drückt.

„Wie war dein Date?", fragt Maggie. Reka zieht die Schultern hoch: „Ganz gut, glaube ich. Aber ich war nicht so richtig bei der Sache."

Maggie spürt, wie unwohl sie sich schon allein bei dieser Anmerkung fühlt. Hier im Büro. Das Wissen, das Maggie nun über alles hat. Sie fühlt sich verkrampft und das ärgert sie aus tausend Gründen.

Sie hat nichts damit zu tun, sie hat nichts gemacht, sie fühlt sich immer wohl bei der Arbeit, sie mag ihre Kollegen und macht ihre Aufgaben gerne und kommt auch mit den Abteilungsleitern gut zurecht.

Der Espresso läuft in die beiden Tassen, die Reka unter die Maschine gestellt hat. Maggie holt Milch aus dem Kühlschrank und fängt an sie zu schäumen.

„Guten Morgen die Damen.", hört sie hinter sich eine Stimme. Matthias. Und schon kocht die Milch beim Schäumen über. Eine riesige Sauerei, aber Matthias ist schon wieder verschwunden.

„Maggie. Pass doch auf. Wenn du dich so seltsam verhältst, merkt der doch gleich, dass ich es dir erzählt habe.", entfährt es Reka und Maggie sagt gar nichts. Sie wischt nur die Milch auf und kippt etwas missmutig den Rest aus dem Kännchen in ihre Tassen.

Als Maggie an ihrer Bürotür stoppt und Reka weiter zu ihrer läuft, ruft Maggie leise: „Pass auf dich auf."

Sie weiß nicht, ob Reka es gehört hat. Aber Maggie ist sich sicher, dass sie für sich selbst einen Weg finden muss, damit umzugehen, es nervt sie tierisch.

Doch dann stürzt sie sich in die Arbeit, isst ihr Mittagessen am Schreibtisch und schaut erst so richtig auf die Uhr, als ihr Feierabend schon längst hätte begonnen haben sollen.

Serafina

Sie liegt zufrieden und erschöpft in ihrem Bett, als sie laute Gespräche hört.

Die Gästezimmer befinden sich im ersten und zweiten Obergeschoss, ihre eigenen Räumlichkeiten im hinteren Bereich des Erdgeschosses. Sie muss den Überblick behalten und nicht jeder Gast denkt daran, die Eingangstür abzuschließen, deshalb kommt es nicht selten vor, dass Serafina nachts erneut aufsteht und die Tür kontrolliert.

Sie schnappt sich ihren Bademantel und schleicht leise nach vorne Richtung Empfang, Küche und Frühstücksraum.

Sie hätte es sich eigentlich denken können, es sind die Gäste aus Zimmer 8, aber sie haben sie nicht bemerkt.

Serafina ist unentschlossen, ob sie die beiden um Ruhe bitten soll, sie will nicht, dass alle Gäste und schon gar nicht Familie Millow aufwacht. Unruhige Kinder in der Nacht braucht niemand.

Aber sie kommt sich auch wie ein Störenfried vor, als hätte sie gelauscht, wenn sie jetzt etwas sagt. Also sagt sie nichts und lauscht tatsächlich.

Die beiden streiten, es scheint um diesen Herrn Bischop vom Telefon zu gehen. „Wir hatten gesagt, drei Tage keine Arbeit, aber für Meister Bischop lässt du alles stehen und liegen. So werden wir unsere Ehe nie retten!", keift die Frau und Serafina ist wirklich überrascht, dass die beiden verheiratet sein sollen.

Plötzlich geht die Eingangstür auf und Serafina erschreckt sich richtig, sodass sie einen Satz aus dem Flur macht und die Gäste aus Zimmer 8 erschrecken sich über

Serafina und plötzlich stehen sie zu viert im Frühstücksraum.

Johannes Karlsson, der Gast aus Zimmer 2 hält noch die Klinke der Tür in der Hand und sagt förmlich: „Guten Abend. Zu so später Stunde hätte ich hier gar niemanden mehr erwartet."

Alle sind irgendwie peinlich berührt, Serafina dazu auch noch im Bademantel. Die zwei Streithähne verziehen sich leise in die obere Etage und Serafina tut geschäftig am Empfangstresen, hebt Notizen und Zettel hoch und legt sie wieder nieder.

Johannes Karlsson sollte jetzt auch einfach in sein Zimmer gehen, aber er mustert Serafina. Sagt aber nichts.

„Brauchen Sie noch etwas?", fragt sie ihn, als wären ihr Aufzug und ihr Kramen ganz normal.

„Nein, vielen Dank. Ich werde zu Bett gehen. Schlafen sie gut.", sagt er sacht und verschließt endlich die Eingangstür, was Serafina zumindest etwas Ruhe zurückgibt.

Er steigt auf die Treppe und dreht sich dann noch einmal um, lächelt und sagt: „Toller Bademantel. Solche sollten Sie auch auf ihren Zimmern anbieten."

Serafina sagt nichts, schaut nur an sich herunter. Ihr Bademantel ist wirklich schön. Waffelpiqué. Marineblau.

Sie schüttelt den Kopf. Seltsame Nacht. Sie löscht das Licht und geht zurück in ihr Schlafzimmer. Aber das Lächeln vom Gast aus Zimmer 2 will ihr nicht aus dem Kopf gehen. Johannes Karlsson. Schöner Name, findet Serafina. Nur Kaffee. Er war zum Lunch verabredet. Kann so früh nichts essen.

Vielleicht aber morgen, vielleicht kann sie ihn überzeugen. Mit einem ihrer selbstgebackenen Brötchen, mit hauseigener Marmelade.

Kapitel 4

Reka

Matthias hat die ganze Woche nicht mit ihr geredet, okay, die ganze Woche war nur Montag bis Mittwoch. Aber es fühlt sich furchtbar an. Sie hatte selbst auch viel zu tun und nach dem „Guten Morgen die Damen" in der Kaffeeküche ist sie ihm nirgends begegnet, aber das kann es doch jetzt nicht gewesen sein. Sie MUSS mit ihm reden.

Sie ruft ihn einfach an, überlegt sich Reka. Fragt ihn, ob er Zeit für sie hat. Sie will nicht ohne Termin an seiner Sekretärin vorbei, die nach dem Grund für das Treffen fragen wird, bevor sie zu ihm kann.

„Reka hier, hast du kurz Zeit?", fragt sie Matthias direkt. „Ist gerade eher schwierig.", sagt er sofort und Reka fühlt eine bodenlose Enttäuschung. Sie hat es sich nicht eingebildet, er ist ihr aus dem Weg gegangen, er will die Nacht einfach vergessen. Er tut so, als wäre das alles nie passiert. „Aber wir könnten heute Abend in die Reederei, wenn du Lust hast. Gegen sieben wäre ich bereit.", sagt Matthias da und stoppt Rekas traurige Gedanken. „Ja, klasse, total gerne.", sagt sie viel zu überschwänglich, aber es ist das, was sie fühlt.

David

Maggie sitzt an einem Ecktisch in der Reederei, ein Wasser vor sich. Sie umarmen sich zur Begrüßung und David bestellt ein Bier.

Sie bestellen etwas zu essen und entscheiden sich dafür, einen Teller Dips und Antipasti mit Brot zu teilen. David muss von Maggie zweimal gebeten werden, zu erzählen, was denn los sei, aber dann fängt er an zu berichten: „Ich weiß auch nicht. Es ist einfach nicht mehr wie am Anfang. Sie will keinen Sex. Ist dauernd unzufrieden und will Pläne machen. Ich weiß gar nicht was das soll. Ich will ihr wieder näher sein, aber alles andere ist doch gut so wie es ist. Es hat ewig gedauert, diese Wohnung zu finden, ich will dort bleiben, ich bin nicht bereit für Kinder, heiraten und all den Unsinn. Sie will Pläne. Ich will leben."

Maggie hört sich seinen Redeschwall an und legt dann ihre Hand auf seine: „David, Nora liebt dich. Sie will eine Zukunft mit dir, das ist doch toll. Ist doch klar, dass sie dir gerade nicht nah sein will, wenn so viele Themen zwischen euch stehen. Frauen sind da nicht immer so einfach gestrickt."

David weiß nicht, ob es das ist, was er von Maggie hören wollte, aber es tat gut, alles einmal laut auszusprechen. Ihr Essen kommt und Maggie berichtet ein wenig von der Arbeit.

Maggie

Maggie liebt den Antipastimix und muss mit ihrem Futterneid aufpassen, nicht zu schnell zu essen. Essen teilen ist nicht ihr Ding.

Als sie nochmal über David und Nora nachdenkt, öffnet sich die Tür der Reederei und Maggie ist sprachlos, als sie Reka und Matthias gemeinsam eintreten sieht.

„Ist das nicht deine Freundin?", fragt David. Klar, er hat sie letzte Woche kennengelernt, natürlich erkennt er sie. Maggie rutscht unsicher auf ihrem Stuhl hin und her und sieht auf ihren Teller. „Ja, mit unserem Chef. Die müssen sicher noch weiterarbeiten. Die lassen wir besser in Ruhe."

Maggie ist froh, dass David nicht weiter nachfragt, aber sie beobachtet die zwei immer wieder verstohlen, sie scheinen nichts um sich herum mitzubekommen. Auf jeden Fall nicht, dass Maggie hier ist.

Sie überlegt, ob sie an der Szene irgendwas seltsam finden würde, wenn sie nichts von Rekas Geschichte wüsste. Aber sie weiß es einfach nicht, sie ist ganz durcheinander und versucht, sich immer wieder auf David zu konzentrieren.

Als der langsam gehen will, sagt Maggie ihm, dass er das bitte wieder auf die Reihe kriegen soll mit Nora. Sie mag sie und hatte eigentlich gehofft, dass die beiden wirklich heiraten und Kinder kriegen. Aber vielleicht war sie da dann auch mehr in Noras Welt, als in der von David.

Beim Gehen passieren sie den Tisch von Reka und Matthias, es führt kein Weg daran vorbei. Und nun sehen die beiden Maggie auch. Reka guckt etwas schuldbewusst, findet Maggie.

Matthias überhaupt nicht. „Schönen Feierabend, Maggie.", sagt er locker, als David und sie auf Höhe des Tisches sind. Maggie nickt: „Euch auch."

Mehr schafft sie nicht zu sagen. Sie muss mit Reka telefonieren. Eigentlich noch heute. Eigentlich sofort. Aber jetzt sitzt Reka da, dicht neben ihrem Chef.

Wie peinlich. Als wäre sie erwischt worden. So fühlt sich Reka. Das ist natürlich Quatsch. Sie ist erwachsen. Und sie sitzt mit ihrem Chef hier. Das ist ja wohl nicht verboten. Aber Maggie hat so geguckt. So enttäuscht.

Und natürlich zeigt das Reka, dass es eben doch verboten ist, was sie hier macht. Denn sie wünscht sich, dass Matthias nach den Drinks noch mit zu ihr kommt. Und eigentlich noch viel, viel mehr. Verdammt.

„Du bist mit Maggie befreundet, oder?", fragt Matthias sie, nachdem David und Maggie die Reederei verlassen haben. „Ja, bin ich. Warum?", fragt Reka und hat Angst, dass er sie auch noch fragen könnte, ob sie Maggie von ihrer Nacht erzählt hat.

Aber Matthias nimmt einen Schluck von seinem Rotwein und sagt nur: „Maggie ist wirklich außerordentlich gut in ihrem Job." Kurz ist Reka beruhigt, dass Matthias sie nicht fragt, ob sie Maggie etwas erzählt hat, aber dann breitet sich eine so brennende Eifersucht in ihr aus, dass sie fast verglüht. Und Matthias hört nicht auf: „Ich bin echt froh, dass wir für ihre Position schon so lange eine Person haben, die auch wirklich etwas von Büchern versteht und nicht so ein junges Ding, das nur auf Likes und Klicks achtet. Der Spagat ist heutzutage wirklich nicht leicht. Aber Maggie packt das."

Reka nickt und ärgert sich über sich selbst, dass sie sich nicht für ihre Freundin freuen kann. Schließlich sind es tolle Worte von ihrem Chef.

„Kann ich dich nach Hause fahren?", fragt er allerdings, nachdem sie ausgetrunken haben und Reka sagt: „Sehr gerne."

Vor ihrem Haus schnallt Matthias sich nicht ab. Sie haben in der Reederei über dies und das, aber vor allem über die Arbeit gesprochen. Nicht über ihre gemeinsame Nacht und auch nicht über die jetzt bevorstehende Nacht. Soll sie ihn bitten mitzukommen? Soll sie einfach gehen?

„Na dann, bis morgen im Büro.", sagt Reka und öffnet die Autotür. Da hält Matthias sie am Arm fest und schnallt sich ab. Es folgt ein Kuss. Ein stürmischer. Fast etwas grob. Aber Reka genießt jede Millisekunde dieses Kusses.

Als Matthias von ihr ablässt schaut sie ihn an und fragt: „Wo soll das hinführen?"

„Ich weiß es nicht, es ist kompliziert.", gibt er zurück. Öffnet aber seine Autotür und steigt aus, folgt Reka zum Hauseingang, greift im Fahrstuhl ihre Hand, steht dicht hinter ihr, während sie ihre Wohnungstür aufschließt und lässt sich gemeinsam mit ihr aufs Bett fallen.

Als Reka nachts auf die Toilette geht, Matthias ist geblieben, sieht sie auf ihr Handy. Drei verpasste Anrufe von Maggie und eine Nachricht: *Bitte ruf mich zurück. Wir müssen dringend reden.*"

Jonas

„Ich habe nachgedacht.", sagt Jonas fest und Clara fallen fast die Augen zu. Es ist kurz vor drei und sie muss morgen früh in die Uni. „Worüber?", schafft sie gähnend zu fragen.

„Über uns!", erwidert Jonas und Clara wirkt gleich etwas wacher, bleibt aber liegen. „Ach ja?", hakt sie nach und reibt sich die Augen. Jonas ist wach, wacher, als er es vielleicht je war. Er will Clara. Er weiß es. Er will sie fest und für sich und für immer und überhaupt.

„Ich will dich.", sagt er und Clara schaut etwas ratlos, wie er das meinen könnte.

„Ich will dich haben und mich bessern. Du bist unglaublich. Und ich manchmal ein riesiger Idiot. Ich will meine Launen nicht mehr an dir auslassen. Ich will deine Eltern kennenlernen und ich ärgere mich, dass es noch ein Jahr hin ist, bis meine Schwester wieder so ein Essen ausrichtet, weil auch dahin will ich dich mitnehmen.", plappert er nur so drauf los.

Jetzt grinst Clara. Und sie wuschelt Jonas durch das kastanienbraune Haar. Dann zieht sie ihn zu sich ins Bett und die beiden liegen eng umschlungen da.

Bevor Clara einschläft flüstert sie: „Na endlich." Und Jonas ist glücklich. Und fühlt sich, trotz dieser Bindung, unendlich frei.

Kapitel 5

Maggie

Heute ist der zweite Advent. Maggie hat Donnerstagnacht nichts mehr von Reka gehört. Kein Rückruf. Keine Nachricht. Um es genau zu sagen, hat sie Reka seit dem Aufeinandertreffen in der Reederei nicht mehr gesehen.

Reka war am Freitag nicht bei der Arbeit. Vielleicht versucht Maggie ihr Glück heute Nachmittag nochmal.

Jetzt muss sie sich beeilen. Ihre Tante braucht Hilfe auf dem Weihnachtsmarkt. Sie hat einen Stand gemietet, um Werbung für ihre Pension zu machen. Allerdings geht der Markt um zehn Uhr los und Serafinas Frühstücksgäste wollen trotzdem bedient werden. Deshalb hat Maggie ihr angeboten, den Stand aufzubauen und bis zwölf Uhr die Stellung zu halten.

Serafina

„Kaffee?", fragt Serafina etwas barsch das Paar aus Zimmer 4, das gestern erst angereist ist.

Sie ist im Stress. Was hat sie sich nur mit diesem Stand auf dem Weihnachtsmarkt gedacht? Wer weiß, ob das etwas bringt?

Ohne Maggie wäre sie verloren. Ob es die richtige Entscheidung war, sie den Stand aufbauen zu lassen? Serafina hat ganz genaue Vorstellungen, aber zur Not kann sie ja auch alles umarrangieren, sobald Maggie weg ist.

Am schlimmsten ist, dass sie hier nicht wegzukommen scheint. In der Woche gibt es Tage, an denen sie um halb zehn schon im ganzen Frühstücksraum und in ihrer Küche wieder Klarschiff hat.

Aber heute lassen sich alle Zeit. Ihre lieben Stammgäste merken, dass sie nicht ganz sie selbst ist und fragen nach, ob es Serafina gut geht. Sie winkt ab, ihre Sorgen sollen nicht ihre Gäste belasten. Aber es zeigt ihr, dass sie an ihrer Haltung arbeiten muss, ihre jetzigen Gäste dürfen nicht unter ihrer albernen Werbeaktion leiden, deshalb ist sie besonders freundlich, als sie Waffeln und Obstsalat für die Gäste aus Zimmer 4 serviert.

Johannes Karlsson hat seinen Aufenthalt verlängert und gehört mit den Stammgästen zu den einzigen, die seit über einer Woche hier sind.

Ihre Zimmerroutine wird sie heute erst nachmittags machen. Sobald alle Gäste aufgestanden sind, wird sie die Schiebtür zum Frühstücksraum schließen, was sonst nie der Fall ist und losrennen.

Sie hat Muffins gebacken für den Stand, gestern Abend noch. Alle anderen Sachen hat Maggie längst in ihrem Auto: eine Kiste mit Broschüren der Pension, ein kleiner Stapel mit Flyern von ihrem Leseabend, eine Art Bildband über die Pension und umfangreiche Touristeninformationen über die Stadt.

Auf los geht's los, denkt Serafina und ist froh, als alle Gäste bis auf Johannes Karlsson aufstehen. Er sitzt, wie die letzten Tage im großen Sessel im Flur.

Allerdings konnte sie ihn zu einem Honigbrot verführen, was sie freut. Denn das Frühstück ist die wichtigste Mahlzeit des Tages.

„Kann ich Sie hier einfach so sitzen lassen?", fragt Serafina, nachdem sie die Schiebetür geschlossen hat.

„Na klar, ich breche sowieso gleich auf zum Weihnachtsmarktbummel.", erwidert er und Serafina stoppt kurz in ihrem zackigen Schritt.

„Ach so? Na dann sehen wir uns sicher nochmal. Mein Stand wartet schon auf mich.", gibt sie zurück und lächelt ihn länger an, als sie eigentlich Zeit hat.

Clara

Clara ist aufgeregt. Heute lernt sie die Tante von Jonas kennen. Sie weiß, dass Serafina nicht im Alter seiner Eltern ist, aber trotzdem kommt es ihr wichtig vor, als wäre ihr Urteil so bedeutend, wie das seiner Eltern.

Es ist richtig kalt geworden und Clara hat sich dick eingemummelt und läuft untergehakt an Jonas' Arm über den Weihnachtsmarkt.

Zwischendurch fragt sie sich, ob irgendetwas vorgefallen ist, was Jonas diese Klarheit gebracht hat. Diese Entscheidung, die sie ihm nie abverlangt hätte.

Aber es macht sie glücklich. Denn Clara war schon viel länger bereit, diese Beziehung zu einer festen und nie enden wollenden zu machen. Sie ist verliebt.

Reka

Reka ist durcheinander. Sie hat immer noch Bauchweh, so wie am Freitag. Sie war nicht bei der Arbeit und hat sich auch nicht bei Maggie gemeldet. Sie fühlt sich schuldig und überglücklich und ihr Magen schmerzt und sie ist verwirrt.

Matthias hat ihr am Freitagmorgen gesagt, dass ihm all das etwas bedeutet. Dass es mehr ist als ein zweifacher Ausrutscher. Aber als sie nachhakte, sagte er nur wieder, es sei aber natürlich kompliziert.

Er fuhr. Ihr wurde schlecht. Sie meldete sich krank. Sie muss unbedingt mit jemandem reden. Aber ob Maggie ihr noch zuhören wird?

Sie schreibt ihr eine Nachricht: *„Liebe Maggie, es tut mir leid, dass ich mich nicht gemeldet habe. Hast du heute Nachmittag Zeit? Ich will reden. Ich hoffe, du sprichst noch mit mir. Ich bin eine furchtbare Freundin. R."*

Reka starrt ihr Handy an. Als ob Maggie nichts Besseres zu tun hätte, als ihr direkt zu antworten.

Am zweiten Advent hat sie bestimmt eine schöne Unternehmung geplant. Bei diesem Gedanken fällt Reka Tilos Einladung zum Weihnachtsmarktbummel ein und ihr wird wieder ganz übel.

Doch dann piept ihr Handy: *„Ich kann um drei bei dir sein. Bringe Kekse mit."*

Und Reka antwortet nur: *„DANKE!"*

James

„Habt ihr eure Sachen gepackt?", ruft James nach oben zu den Kindern? Keine Antwort. Sie müssen los. In der Schule findet ein Weihnachtsbasar statt und die Kinder haben alle selbstgemachten Dinge hier zu Hause. Warum das Hin und Her mit all dem Kram sein muss, hat James nicht verstanden. Die Sachen hätten ja auch direkt in der Schule bleiben können, aber es ist wie es ist.

Ohne eine Reaktion von Milan und Luca abzuwarten öffnet James die Haustür und geht zum Auto. Er öffnet die Tür und hupt drei Mal.

Da sieht er Milan durch sein Kinderzimmerfenster schauen, er öffnet das Fenster und brüllt: „Wir sind gleich da. Warte!" Kurze Zeit später kommen beide mit einem großen Beutel und zwei Kisten aus dem Haus, ziehen die Tür zu und rennen zum Auto.

„Vorsicht, es ist glatt. Der leichte Schneefall scheint unberechenbar.", warnt er die Kinder und Luca läuft langsam zurück zum Haus und schließt ab.

Da klingelt James' Handy und er verdreht die Augen. Wahrscheinlich kommen sie nie hier los. Deshalb beschließt er, das Handy klingeln zu lassen.

Im Radio läuft Weihnachtsmusik. Milan summt mit. Luca schaut raus, sie scheint nachdenklich. Aber James ist auch nachdenklich, darf man ja auch sein.

„Alles klar bei euch?", fragt er trotzdem nach hinten. Beide lächeln und nicken. Milan fängt an, richtig laut mitzusingen. Das steckt an und auf den letzten Metern vor der Schule schmettern die drei so laut einen Weihnachtshit nach dem anderen, dass sie eigentlich gar nicht aussteigen wollen, so einen Spaß haben sie.

Kapitel 6

Nora

Der Arbeitstag war anstrengend. Noch schlimmer als der Montag. Der Dezember ist im Einzelhandel immer die Hölle. Zum Glück muss Nora dieses Jahr keine Weihnachtsmannmütze tragen, wie bei ihrem letzten Job. Nur ein kleiner Tannenzweig am Namensschild verweist dezent auf die Adventstage. Damit kann Nora gut leben.

Im Akkord hat sie heute Geschenke eingepackt. Merinopullover, Krawatten, Stofftaschentücher, zum Glück auch ein paar Dinge in Schachteln, dann fällt Nora das schnüren und binden der Präsente deutlich leichter. Schmuckkästchen, Notizbücher in Ledereinband, das goldene Feuerzeug aus dem Schaufenster.

Nora arbeitet gerne in dieser Boutique. Ausgewählte Teile, hochwertige Stücke, die Kunden haben Geld und Benehmen. Die Stimmung ist ruhig und angenehm, kein schnelles Kommen und Gehen, Besorgen und Rennen, wie in ihrem letzten Kaufhausjob.

Die Füße tun ihr trotzdem weh und sie ist froh über ihren Feierabend, als sie jetzt die Wohnungstür aufschließt.

David scheint zu Hause zu sein, die Tür war nicht verriegelt. Nora hängt ihren Mantel direkt an den Haken hinter dem Eingang und hört Musik und riecht Essen.

Sie geht dennoch direkt ins Badezimmer, wäscht sich die Hände und blickt in den Spiegel.

„Bitte lass es einen ruhigen, schönen Abend werden. Bitte lass nochmal alles gut gehen. Ich liebe ihn doch.", sagt sie zu sich selbst und nimmt sich fest vor, keine zickige, unzufriedene Freundin zu sein, sondern lustig, entspannt und David wohlwollend gegenüber.

„Hallo mein Schatz, wonach duftet es denn hier?", sagt Nora also, als sie um die Küchenzeile biegt und David einen Kuss gibt. „Ich koche ein Curry für uns.", entgegnet er und wirft sich ein Geschirrtuch über die Schulter. „Kann ich dir irgendwie helfen?", fragt Nora und deckt nach Davids Bitte den Tisch.

Das Essen ist köstlich und ihr Gespräch währenddessen angenehm leicht. Sie denken über letzte Weihnachtsgeschenke nach und Nora berichtet von dem edlen Feuerzeug aus dem Schaufenster, das nun verkauft wurde, aber sonst sicher eine schöne Idee für Davids Vater gewesen wäre.

„Danke für den schönen Abend.", sagt Nora vor dem Einschlafen zu David und er zieht sie näher an sich.

Jetzt hat Nora ein richtig gutes Gefühl, vielleicht war dieses Stimmungstief zwischen den beiden nur eine Phase. Wenn sie sich etwas mit ihren festen Zukunftsplänen zurückhält, dann wird schon alles werden.

Serafina

„Schön, dass ihr da wart.", sagt Serafina, als sie Jonas und Maggie zur Tür bringt.

„Und Jonas, deine Clara ist ein Schatz, sie hat mir so lieb geholfen, als es am Nachmittag doch voll wurde an meinem Stand. Sag ihr nochmals vielen Dank von mir.", richtet sie sich an ihren Neffen, der heute und auch schon am letzten Wochenende so ruhig und zufrieden wie noch nie gewirkt hat. Maggie drückt sie ein Küsschen auf die Wange und eine Papiertüte mit Keksen in die Hand.

Als Serafina die Pensionstür abschließt und sich umdreht, bekommt sie einen riesigen Schreck: Johannes Karlsson steht vor ihr.

„Oh, Entschuldigung. Ich wollte Sie nicht erschrecken.", sagt er augenblicklich, aber Serafina muss richtig nach Luft schnappen. „Herr Karlsson. Es ist spät.", mehr bekommt sie nicht heraus. „Ich konnte nicht schlafen, da dachte ich, ein Spaziergang täte gut.", erwidert er.

Serafina, die sich mittlerweile wieder gefasst hat, lächelt: „Vielleicht tut es auch ein Schlummertrunk? Es ist bitterkalt da draußen, vom Spaziergang würde ich Ihnen lieber abraten."

„Schlummertrunk klingt gut.", gibt er zurück und folgt Serafina in den Frühstückraum. „Sie hatten Besuch, oder?", fragt er mit Blick auf den Tisch, auf dem noch drei Gläser und die Kuchenteller von ihr, Maggie und Jonas stehen.

„Ja, Familie. Gemeinsames Abendessen.", sagt sie, während sie die Sachen in die Küche stellt.

Dann greift sie in den Vitrinenschrank, holt zwei Gläser und eine Flasche Whisky hervor und gießt ein.

„Ist es nicht merkwürdig, den eigenen Besuch hier im Frühstücksraum empfangen zu müssen?", fragt er nach und nippt an seinem Glas.

„Das hier ist alles mein zu Hause. Es ist eher merkwürdig, wenn ich Pensionsgäste hier zum Frühstück habe, die mir unsympathisch sind. Dann fühlt es sich an, als hätten sie sich in mein Wohnzimmer geschlichen, ohne Einladung.", erklärt Serafina und trinkt einen großen Schluck.

Es war schon spät, als Maggie und Jonas gegangen sind, jetzt ist es noch später und Serafina ist leicht beschwipst.

Aber sie mag diesen ungeplanten Abend, mittlerweile sind sie beim Du und Johannes ist ein wirklich interessanter Gesprächspartner. Serafina hat sich länger nicht mehr so ungezwungen unterhalten. Es tut richtig gut.

„Ich wollte dich sowieso noch etwas fragen.", unterbricht Johannes jetzt ihre Gedanken.

„Das klingt ja ernst.", gibt sie zurück und wartet auf die Frage.

„Ich habe mein Zimmer ja bereits einmal verlängert. Über Weihnachten bist du sicher schon ausgebucht, oder?", überrascht er Serafina.

Sie hat selten Gäste, die so lange bei ihr bleiben. Lediglich ihre Stammgäste aus Zimmer 9 sind rund um alle Feiertage im Jahr immer mehrere Wochen am Stück bei ihr. Zwei bis vier Nächte sind sonst der Normalfall.

„Ich denke, ich hätte noch Platz für dich. Ich bin selten komplett ausgebucht, aber zu den Feiertagen wird es etwas voller. Es könnte sein, dass du dein Zimmer nochmal tauschen musst, aber eine Zwischenreinigung wäre ja dann vielleicht sowieso nicht schlecht.", antwortet Serafina.

„Wow, das klingt klasse. Ich habe noch weitere Termine in den Kalender bekommen und irgendwie habe ich mich in diesen Ort verguckt. Da dachte ich, warum nicht auch die Feiertage hier verbringen. Es gibt so gute Restaurants in der Stadt, die kann ich sonst gar nicht alle testen."

Sie sitzen noch eine halbe Stunde zusammen, Johannes schwärmt vom Weihnachtsmarkt und erzählt, dass er Serafinas Stand nur aus der Ferne gesehen hat. Er sei so überlaufen gewesen, dass es gar kein Herankommen an sie gab.

Serafina lächelt und nickt. Denn es stimmt, der Markttag war wirklich erfolgreich.

Mehrere Einheimische wollen nun ihre Pension Verwandten empfehlen, die regelmäßig zu Besuch kommen, eine Mitarbeiterin aus dem Rathaus war so angetan, dass sie Serafina anbot Broschüren für sie auszulegen und ein Aufeinandertreffen mit alten Gästen, die während ihrer Umzugsphase hierher bei Serafina untergekommen waren, bis ihr Haus bereit zum Einzug war, hatten den Sonntag perfekt gemacht.

„Gute Nacht.", sagt Johannes, nachdem er aufgestanden ist. „Schlaf gut.", gibt Serafina zurück und erschreckt sich, vielleicht waren diese Worte etwas zu privat. Aber Johannes lächelt und geht die Treppe neben dem Empfangstresen hinauf.

Kapitel 7

Penny

Penny ist nervös. Ihr Termin für den Ultraschall sollte eigentlich am Montag sein. Der Termin auf den sie so lange gewartet hat. Mit Angst und Vorfreude und allem, was man sonst noch fühlen kann. Aber dann hat ganz früh morgens die Sprechstundenhilfe angerufen und ihren Termin auf Donnerstag, heute, verschoben.

Penny ist die letzten Tage fast durchgedreht. Bei der Arbeit hat sie nur Unsinn gemacht, was ihr noch mehr Arbeit und späte Feierabende eingebracht hat. Wie soll ihr Blumenladen nur weiterlaufen, wenn sie erst Mutter ist?

Stopp. Solche Gedanken hat sich Penny doch verboten. Tom macht eine lange Mittagspause, um sie zu ihrem Arzttermin zu begleiten. Sie wartet vor ihrem Haus auf der kleinen Mauer, als er vorfährt. Tom wirkt auch nervös, aber Penny schiebt diesen Gedanken beiseite und fängt an, über Weihnachtsgeschenke nachzudenken. Reine Ablenkung.

Die Praxis ist nicht weit entfernt, Tom parkt direkt vor der Tür. Sie nehmen den Fahrstuhl, auch wenn sie nur in den zweiten Stock müssen. Penny sucht vor der Eingangstür Toms Hand und er drückt ihre so fest, dass sie den Mut hat hineinzugehen.

Alle sind nett. Wie immer. Penny wird direkt der Blutdruck gemessen. Dann soll sie sich zu Tom ins Wartezimmer setzen und tun, was man in einem Wartezimmer tut. Warten.

Und dann geht auf einmal alles ganz schnell. So schnell, dass es sich anfühlt, als hätte Penny nur einmal mit den

Fingern geschnipst und sie sitzen wieder im Auto und halten ein Bild in der Hand. Ein Bild von ihrem Baby. Niemand wird auf diesem Stück Papier mehr erkennen als ein paar helle Schatten. Aber sie werden Eltern. Das Herz schlägt. Das Herz vom Baby schlägt genauso, wie es schlagen soll.

Die Herzen von Penny und Tom schlagen schneller als sie es je taten. Vor Freude, Unglaube, Glück und Erleichterung.

Maggie

„Ich bin froh, dass wir letzten Sonntag geredet haben.", sagt Maggie zu Reka und drückt sie in der Kaffeeküche.

„Ich auch.", gibt Reka zurück und die beiden grinsen sich an, so wie früher. Es ist die Wahrheit. Maggie ist wirklich froh darüber, es tat gut, Reka ehrlich zu sagen, was sie an der ganzen Sache stört und auch, dass sie sich wirklich Sorgen um Rekas Herz macht.

Aber sie hat ihr auch versprochen, ihr eine gute Freundin zu sein, denn sie weiß, dass das Herz begehrt, was es begehrt.

Reka kann nichts für ihre Gefühle. Sicher kann sie etwas für ihre Taten. Aber Maggie redet sich ein, dass Reka in der Geschichte nicht wirklich die böse Person ist, denn sie ist schließlich nicht verheiratet.

Sie hat Maggie versprochen, dass all das auf keinen Fall Maggies Arbeitssituation beeinflussen wird und sie immer alles offen ansprechen werden, wenn doch etwas passiert, das zu Komplikationen führen könnte.

Maggie schiebt beiseite, dass Matthias auch ihr Chef ist. So kann sie Reka die Freundin sein, die sie ihr sein möchte und wenn sie im Verlag mit Matthias spricht, schiebt sie beiseite, dass er der verheiratete Mann ist, mit dem ihre Freundin schläft.

Mal sehen, wie lange das gut geht. Aber es ist, wie es ist. Außerdem hat Maggie in den letzten Tagen vor Weihnachten sowieso den Kopf voll. Die Social Media Kanäle müssen mit Tipps und Kaufempfehlungen gespickt werden, der Newsletter für den Buchhandel, Leser, Kunden, Autoren und Mitarbeiter muss bis zum zwanzigsten Dezember raus, was bedeutet, dass Maggie noch eine Woche mit sehr, sehr viel Arbeit vor sich hat.

Zu Hause wartet noch der Rest der Weihnachtsdekoration auf sie und alle Geschenke hat sie auch noch nicht.

Sie willigt trotzdem ein, als Reka sie zum Feierabend nach einem Drink fragt.

Sie sitzen gut eine Stunde in der Reederei und lassen den Arbeitstag ausklingen.

Reka

Nachdem sie Maggie zum Abschied fest in den Arm genommen hat, spaziert Reka zur Bushaltestelle. Die kühle Luft tut ihr gut. Der Rotwein war stark.

In zwei Wochen ist Weihnachten schon wieder vorbei, ein komisches Gefühl. Ihr Handy piept: *„Hey Reka. Du hast dich nicht mehr gemeldet. Sehen wir uns vor den Feiertagen nochmal? Ich würde mich freuen. Tilo"*

Obwohl Reka nicht weiß, was sie antworten soll, fängt sie an zu tippen, als sie plötzlich von hinten umarmt wird.

„Na meine Schöne.", haucht ihr Matthias ins Ohr. „Hast du mich erschreckt!", reagiert Reka ernsthaft überrascht.

„Ich habe dich aus der Reederei kommen sehen.", sagt er und grinst. „Ach, und dann hast du mich fünf Minuten lang verfolgt?", gibt sie barscher zurück, als sie eigentlich will.

„Es tut mir leid, ich hätte dich ja kaum auf die Art begrüßen können, solange Maggie noch bei dir ist.", erklärt er und greift nach ihrer Hand.

Rekas Bauchschmerzen kommen kurz zurück. Ja, alles muss geheim bleiben, denkt sie. Dass Maggie Bescheid weiß, ahnt Matthias nicht. Naiv. Als könne sie das alles komplett allein mit sich ausmachen. Können Männer das?

„Und du hast heute Ehe-Frei?", provoziert Reka ihn, warum weiß sie auch nicht. Matthias lässt ihre Hand los und bleibt stehen: „Ich dachte, du freust dich, wenn ich noch mit zu dir komme. Solche Sprüche brauche ich echt nicht." „Ich weiß. Tut mir leid. Ich freue mich.", sagt Reka versöhnlich.

Matthias zieht Reka in die Seitenstraße, in der er geparkt hat und sie fahren in seinem Auto zu Rekas Wohnung.

Dort angekommen wirft Matthias sich sofort auf ihr Bett, was Reka nicht gefällt. Sie kann gar nicht erklären, warum sie so missmutig ist, aber sie hatte andere Pläne für heute Abend. In Ruhe duschen, etwas kochen, Serie gucken, vielleicht sogar Tilo antworten.

„Komm her zu mir.", ruft Matthias vom Bett aus, aber Reka sagt: „Später. Ich muss erstmal richtig ankommen."

Matthias nimmt sein Handy aus der Hosentasche und Reka geht ins Badezimmer. Tief in sich drin spürt sie, dass sie ihn testen will. Bleibt er hier, auch wenn sie nicht mit ihm schläft? Bedeutet das Ganze wirklich etwas für ihn? Will er sie und ihr Leben oder nur Sex mit einer jungen Angestellten?

Sie nimmt sich fest vor, heute nicht mit Matthias zu schlafen, er kann gerne bleiben, einen ganz normalen Abend mit ihr verbringen, wie Reka es auch ohne ihn gemacht hätte, aber mehr wird hier nicht laufen. Nicht heute. Das muss er sich erst verdienen.

Matthias Blick, als sie, nur mit einem Handtuch bekleidet, nach dem Duschen aus dem Bad kommt, schreit vor Verlangen und sein „Oh", das ihm herausrutscht, während Reka mit neuen Klamotten wieder im Badezimmer verschwindet, lässt Reka zweifeln, ob das hier noch ein guter Abend wird oder doch eher der Anfang vom Ende.

Doch nachdem sie angezogen, in Jogginghose, weichem Strickpulli und dicken Socken, mit geföhnten Haaren zurück ist, scheint es, als hätte er verstanden, was sie sich wünscht. Er sitzt auf einmal auf dem Sofa, das Handy ist weggesteckt und er mustert Rekas Bücherregal, ehrlich interessiert.

„Hast du mit Maggie gegessen?", fragt er und sieht sie offen an. „Nein, ich wollte mir ein Rührei in die Pfanne hauen, wie sieht es mit dir aus?", fragt sie ihn. „Das klingt gut, ich bin dabei. Was kann ich tun?", gibt er zurück und Reka entspannt sich.

Sie essen auf dem Sofa, Rührei mit Schnittlauch, Bergkäse und den letzten Rispentomaten, die Reka noch in ihrem Kühlschrank gefunden hat. Sie schauen die erste Folge einer Serie, die Reka schon länger anfangen wollte. Sie handelt von drei Trickbetrügern und Matthias und sie ermitteln und erzählen nebenbei, als gäbe es nur sie beide auf der Welt.

„Kannst du bleiben?", fragt Reka, nachdem die dritte Folge angefangen hat. Es ist spät. Sie muss ins Bett. „Nein, leider nicht.", sagt er und steht im nächsten Moment auf. Sie stellt sich neben ihn und die zwei umarmen sich bestimmt fünf Minuten lang. Er küsst sie auf die Stirn und drückt sie nochmal an sich.

Dann geht Matthias zur Tür, verschwindet im Hausflur, ohne sich nochmal umzudrehen. Reka bleibt in ihrer leisen Wohnung zurück.

Verdammt, es geht ihm nicht nur um Sex. Das freut sie eigentlich sehr, aber das macht auch alles weiterhin schwierig. Denn sie spürt, dass sie sich verliebt. So richtig.

„Hey Tilo. Ich bin mir nicht sicher. Mein Leben fühlt sich gerade sehr kompliziert an. Da kann ich schwer Versprechungen machen. R.", schreibt sie Tilo zurück, putzt sich die Zähne und geht schlafen.

Kapitel 8

Jonas

„Ja, aber warum machen die sowas? Da möchte ich ihnen meine Freundin vorstellen und dann sagen sie, sie fliegen spontan in die Sonne? Hallo? Es ist Weihnachten. Sie haben Kinder!"

„Erwachsene Kinder.", wirft Maggie ein. „Ja, erwachsen hin oder her. Wo feiern wir denn jetzt bitte Weihnachten?", fragt Jonas seine Schwester, als wäre das ganze Fest verloren. „Also ich bin Heiligabend auch mit einem Buch und heißem Grog auf dem Sofa zufrieden.", erwidert Maggie, als verstünde sie das Problem von Jonas nicht.

„Das ist doch ein Familienfest. Wie kannst du allein sein wollen?", hakt er nach. „Ich habe gar nicht gesagt, dass ich alleine sein will. Ich bin nur nicht so panisch wie du. Unsere Eltern haben doch ein Recht auf ihr eigenes Leben. Nur weil du auf einmal eine feste Freundin hast und Familie ein riesiges Thema für dich ist, kannst du doch nicht allen so einen Stress machen.", sagt Maggie und Jonas ist still.

Er weiß schon, wie Maggie das meint. Aber er hatte sich wirklich auf Weihnachten gefreut. Und weil er weiß, dass Clara nicht zu ihren Eltern fahren will, weil sie gerade erst da war, hatte er sich das alles so schön ausgedacht.

Jonas legt auf. Und greift direkt wieder zum Telefon. Dieses Telefonat läuft besser. Heiligabend bei Tante Serafina in ihrer Pension. Warm, gemütlich, Streuselkuchen mit Zimt. Serafina ist die Beste.

Vielleicht kann er zu so einem Heiligabend sogar seine Schwester überreden.

Blech Nummer drei ist fertig. Serafina hat Mehl auf der Schürze, Zuckerguss im Gesicht und Schokolade an den Fingern.

Die Idee, für alle Gäste, die Familie und Freunde Kekse zu backen, war eigentlich gut, aber dass es so ausartet, hätte Serafina nicht gedacht. Aber sie konnte sich einfach nicht für ein oder zwei Rezepte entscheiden.

Jetzt kleben an allen ihren Küchenschränken Ausdrucke mit Plätzchenrezepten, die Küche sieht aus wie ein Schlachtfeld und im Frühstücksraum sind alle Tische mit Backutensilien belegt.

Das muss sie alles spätestens heute Abend aufgeräumt haben, ihre Pension ist voll. Die Weihnachtsgäste sind schon fast alle da. Serafina weiß gar nicht, wo ihr der Kopf steht, da klingelt auch noch das Telefon.

Ein verzweifelter Jonas ist am anderen Ende der Leitung. Seine Eltern, also Serafinas Bruder und Schwägerin, wollen spontan über Weihnachten verreisen.

Serafina muss grinsen. Jonas waren Weihnachten und Familie nie besonders wichtig. Clara scheint sein komplettes Leben auf den Kopf gestellt zu haben. Serafina freut sich sehr darüber, hofft aber auch, dass die beiden sich nicht zu früh kennengelernt haben. Denn bei Jonas klingt gerade alles nach „für immer".

Zum Glück ist Jonas schnell beruhigt, als Serafina ihm zu verstehen gibt, dass sie sich sehr über Besuch von den beiden an Heiligabend freuen würde. Würstchen, Kartoffelsalat, zum Nachtisch Streuselkuchen. Der Plan ist schnell gefasst und Serafina hatte ohnehin noch keine festen Ideen für Weihnachten. Irgendwo hätte sie schon gefeiert, aber nun bekommt sie Besuch und ist damit auch zufrieden.

Schnell widmet sie sich erneut ihren Plätzchen und schafft es wirklich bis zum Abend, den Frühstücksraum wieder in seinen Normalzustand zu bringen und die Küche zumindest benutzbar zu hinterlassen, bevor sie fix und fertig ins Bett fällt.

Kapitel 9

James

James ist zufrieden damit, dass seine Mutter vor Weihnachten wieder abgereist ist.

So hat er seine Kinder für sich und alles kann etwas ruhiger verlaufen, als mit seiner aufgescheuchten Mutter, die es zwar immer nur gut meint, auf lange Zeit aber doch an James' Nervenkostüm zerrt.

„Papa? Feiern wir Weihnachten dann ganz alleine?", fragt Milan ihn plötzlich. „Na na, was heißt hier ganz alleine, du, Luca und ich – das sind doch drei Personen. Von alleine kann nicht die Rede sein.", gibt er sofort zurück, nicht dass Milan seine Oma wieder zurückholt.

Milan zieht ein Gesicht. James versucht es zu ignorieren, er hat keine Kraft für so ein Gespräch. Es würde doch nur darauf hinauslaufen, dass sie über seine Frau sprechen würden. Natürlich versteht er Milans Drang, nach seiner Mama zu fragen, aber James ist es leid, dass er keine Antworten für seine Kinder parat hat.

„Also ich finde, wir sollten Maggie einladen.", mischt sich Luca ein und steckt sich ein Plätzchen in den Mund.

James versucht, seinen Kindern klar zu machen, dass es sehr kurzfristig ist und Maggie sicher schon Pläne für Heiligabend hat, aber ohne sie wirklich zu fragen, kommt er aus der Nummer wahrscheinlich nicht raus.

„Ich wusste es.", triumphiert Luca. Maggie hat wirklich zugesagt. Nachdem sich ihr Vater ewig geziert hat, Maggie anzurufen, hat es Luca schließlich selbst getan.

Sie schlägt mit Milan ein und die beiden verziehen sich nach oben, um ein Geschenk für Maggie zu basteln. „Überleg dir schon mal, was du anziehen willst.", ruft Luca ihrem Vater noch von der Treppe aus zu.

Dann grinst sie verschwörerisch zu Milan, der lacht und sich freut, dass sie nun doch nicht so allein sein werden am Heiligen Abend.

Kapitel 10

Maggie

Maggie ist zufrieden mit ihrem Heiligabend. Der Weihnachtsbaum bei James, Luca und Milan war bunt geschmückt, der Braten lecker und die Bücher kamen als Geschenke gut an.

Ihr kurzes Telefonat mit Jonas und Serafina zeigte ihr zum Glück deutlich, dass ihr Bruder ihr nicht übelgenommen hat, dass sie nicht in die Pension gekommen ist.

Er und Clara werden am zweiten Feiertag auf einen Kaffee bei ihr vorbeischauen und die kleine Runde bei ihrer Tante klang auch ohne sie vergnügt und festlich.

Jetzt, wieder in ihren eigenen vier Wänden, gönnt sie sich ihren heißersehnten Grog und setzt sich auf den Boden neben ihrem Couchtisch.

Auf ihm liegen alle Weihnachtkarten, Geschenktüten und Päckchen, die Maggie noch nicht angesehen hat.

Ein bisschen Werbung ist auch dabei, ein lieber Brief von ihren Eltern mit einem Spa-Gutschein, Plätzchen von Serafina, eine handgeschriebene Karte von David und Nora – von Nora handbeschrieben, ein selbstgestrickter Schal von Reka und viele kleine Aufmerksamkeiten von Bekannten, Freunden, Kollegen und Verwandten.

Als nächstes schaut sie in das Päckchen, das vor zwei Tagen von Penny gekommen ist. Sie hatten es nicht mehr geschafft, sich zu treffen, um Geschenke auszutauschen.

Maggie wickelt das Geschenk aus. Erst die Schleife. Dann das dunkelrote Geschenkpapier, darin Seidenpapier in

Tannengrün, dann hält sie ein T-Shirt in der Hand. Mit einem Aufdruck: *beste Patentante der Welt.*

Maggie grinst und zieht die Karte unter dem T-Shirt hervor: *„Liebe Maggie, wir könnten uns niemand anderen als dich als Patentante für unser Baby wünschen – bitte sag ja! Weihnachtliche Grüße Penny & Tom"*

Maggie ist so erleichtert. Sie hat die Schwangerschaft von Penny ja schon vermutet, aber nun scheint die erste kritische Phase überstanden, sonst würden sie es noch nicht erzählen. Ihr Herz macht einen freudigen Hüpfer, weil sie weiß, wie sehr Penny sich dieses Baby wünscht und noch einen Hüpfer, weil sie Patentante wird.

Maggie schnappt sich ihr Handy und tippt eine SMS für Penny: *„JA!"*

Und dann gleich noch eine: *„Herzlichen Glückwunsch!"*

Und dann gleich noch eine: *„Frohe Weihnachten!"*

Clara

„Johannes, möchten Sie auch noch einen Schluck?", fragt Clara mit der Weinflasche in der Hand.

„Wir waren doch nun alle längst beim Du, Clara. Aber ja, gerne nehme ich noch Wein.", gibt er zurück und Clara schenkt nach.

Es ist ein richtig gemütlicher Abend und auch Jonas scheint versöhnt, obwohl seine Eltern nicht in der Stadt sind. Clara fand es richtig niedlich, wie wichtig ihm das Fest auf einmal wurde, nachdem zwischen ihnen alles geklärt war.

Am Anfang des Abends war Clara noch nervös, auch wenn sie Serafina schon vom Weihnachtsmarkt kannte und sie sich auf Anhieb gut verstanden haben.

Aber jetzt kommt es ihr vor, als wäre alles ganz normal. Dass sich nach dem Essen sogar ein Pensionsgast zu ihnen gesellt hat, findet Clara schön. Es wirkt so natürlich, Serafinas Heim ist wie ein Zuhause für jeden. Wohlig, warm. Auch wenn Clara mittlerweile das Gefühl hat, dass Johannes Karlsson mehr als ein Pensionsgast für die Tante von Jonas ist. Sie wirken regelrecht vertraut.

„Machst du jemals selbst Urlaub, Serafina?", fragt Clara in die Runde und Jonas grinst.

„Was grinst du so?", fragt Serafina ihren Neffen und richtet ihr Wort dann an Clara: „Ich bin immer und ewig viel gereist, diese Pension ist der erste Ort, der sich wie ein richtiges Zuhause anfühlt, vielleicht weil durch immer wechselnde Gäste doch nie alles gleichbleibt. Aber ich plane für das kommende Jahr endlich wieder loszuziehen, nicht wie früher, für Monate, aber ich möchte im Sommer für drei Wochen schließen und wegfahren."

„Ich finde es so cool, dass du deine eigene Chefin bist und alles nach deinen Vorstellungen machen kannst. Freiheit pur. Aber wahrscheinlich auch Fluch und Segen in einem.", sagt Clara mit leuchtenden Augen.

„Das hast du gut zusammengefasst.", erwidert Serafina und lacht: „Aber bis jetzt überwiegen für mich die Vorzüge. Ich mache gerne alles auf meine Art, auch wenn ich dadurch auch alleine die Verantwortung trage."

Luca

„Das war ein schönes Fest.", murmelt Luca beim Ein-schlafen ihrem Papa zu, der ihr die Decke bis zum Kinn hochzieht, als wäre sie viel jünger als sie es ist.

„Ja, da hast du recht, mein Schatz.", gibt er zurück und streichelt ihr über den Kopf.

„Wie eine richtige Familie.", sagt Luca leise, während Ja-mes bereits das Zimmer verlässt und sie sich auf die Seite dreht.

Sie weiß nicht, ob er es gehört hat. Sie weiß nur, dass sie sich heute Abend endlich wieder vollständig gefühlt hat.

Maggie ist so ein lieber Mensch, sie nimmt sie immer so ernst. Luca fantasiert sich im Halbschlaf eine neue Familie zusammen, eine mit Maggie in ihrem Haus.

Reka

Reka pustet die Kerzen aus. Matthias wird nicht mehr kommen. Es war so klar. Aber sie hat gehofft. Gehofft und gehofft. Naiv. Reka fühlt sich wie ein Vollidiotin. Wie hätte er das auch machen sollen. Seiner Frau sagen, dass er am Heiligen Abend nochmal kurz wegmuss?

Reka schämt sich, dass sie sich den Abend freigehalten hat. Dass sie nicht bei ihrer Familie war oder einer der an-deren Einladungen gefolgt ist.

Wie konnte Matthias nur sagen, dass er das schon regeln wird und jetzt ist es nach elf und Reka ist müde und der Kartoffelsalat ist noch zur Hälfte übrig.

Kurz nach Mitternacht liegt sie im Bett, als ihr Handy vibriert: *„Frohes Fest."* – eine Nachricht von Tilo.

Auf den ist noch Verlass. Vielleicht sollte Reka die ganze Sache überdenken. Ihr Herz tut weh. Sie schläft ein. Träumt schrecklich viel und ist unglaublich müde, als sie am ersten Feiertag zum Brunch bei ihren Eltern klingelt.

Kapitel 11

David

Zum Glück sind die Weihnachtstage vorbei. Silvester ist David deutlich lieber. Nora zieht sich den Mantel über ihr glitzerndes Kleid und schaut ihn erwartungsvoll an.

Sie feiern in einem schicken Boutique Hotel, zusammen mit einem befreundeten Pärchen. David freut sich auf zwanglose Unterhaltungen, gute Drinks und Fingerfood.

Die Tage mit der Familie waren anstrengend, sein Vater, der immer wieder nach Enkelkindern gefragt hat, hat Nora quasi in die Hände gespielt. Aber sie hat sich zusammengerissen, findet David. Sie gibt sich fröhlich und aufgeregt. David liebt es unbeschwert, er ist sich nur unsicher, ob er der Ruhe trauen kann.

Beim Betreten der Lobby erhalten sie direkt einen Aperitif, ihre Mäntel werden abgenommen und sie werden vorbei an der Tanzfläche zu ihrem Tisch in einem lauschigen Eck gebracht.

Serafina

„Und, wo feierst du?", fragt sie Johannes, der zu Pensionstür an ihr vorbeieilt. „Oh, hallo.", entfährt es ihm, während er anhält. „Ich werde arbeiten, aber das wird sicher trotzdem ganz nett.", beantwortet er Serafinas Frage.

„Als Journalist am Silvesterabend? Was gibt es Wichtiges zu berichten?", hakt sie nach.

„Mir wird die Ehre zu teil, dass ich einen längeren Bericht über die exklusive Silvesterparty im Hotel Fizo schreiben darf. Also habe ich noch eine kleine Fahrt vor mir und verbringe den Abend mit einem Kollegen, der die Bilder macht.", erklärt Johannes.

„Wow. Das Essen soll dort umwerfend sein.", gibt Serafina zurück und ist fast etwas neidisch. „Vielleicht kann ich etwas davon mit hierher schmuggeln. Hab einen schönen Abend.", sagt er noch und geht.

Serafina bleibt hinter ihrem kleinen Empfangstresen zurück und sieht sich in ihrer ruhigen Pension um.

Sie ist bei einer Freundin eingeladen, nur vier Frauen, Käsefondue und jede Menge Rotwein. Darauf freut Serafina sich schon seit Tagen.

Nachdem sie sich umgezogen hat, schnappt sie sich die zwei Prosecco Flaschen aus dem Kühlschrank, verschließt die Pensionstür und steigt in das Taxi, das schon auf sie wartet.

Nora

Gute Cocktails, denkt Nora. Netter Abend, denkt Nora. Aber sie ist nicht richtig bei der Sache. Sie plaudert. Sie guckt sich um. Ob sie nachher tanzen? Ob David sie zum Tanzen auffordert? Die Männer reden über Sport, Katha trinkt keinen Alkohol. Schwanger? Überlegt Nora.

Aber so nah stehen sie sich nicht. Die Männer sind befreundet. Sie sind einfach nur die Anhängsel.

Nora versucht sich solche Gedanken zu verbieten, die vier kennen sich schon lange und sind sogar schon einmal gemeinsam verreist. Das sind auch ihre Freunde.

Aber Nora ist dauerhaft am Analysieren. Ist das hier ihr Leben? Läuft es wieder besser zwischen David und ihr, weil es einfach nur eine schwierige Phase war? Oder weil sie alles runterschluckt, was sie wirklich beschäftigt?

Sie essen, sie reden, ja, sie tanzen auch und sie küssen sich, nachdem der Countdown das neue Jahr eingeleitet hat.

Aber David guckt sich um, als wäre er auf der Suche. Und nicht auf der Suche nach Nora, denn Nora steht ja genau neben ihm.

Maggie

„Komm gut nach Hause.", ruft sie Reka hinterher, die gerade ihr Haus verlassen hat.

Es war ein schöner Abend. Die zwei haben Filme geguckt, Wodka getrunken, gequatscht und um Mitternacht mit Wunderkerzen in der Hand das Feuerwerk der Nachbarn bestaunt.

James, Luca und Milan standen auch draußen. Milan hat ununterbrochen Knallerbsen auf den Boden geworfen und Luca hat Maggie gewunken.

Maggie hat James beobachtet, wie er etwas erschöpft, aber glücklich Milan nicht aus den Augen gelassen hat, eine Hand aber auch dauerhaft auf Lucas Schulter.

Beide Kinder bei ihm.

In solchen Momenten packen Maggie tausend Gedanken, wie die Frau von James ihrer Familie und vor allem den Kindern sowas antun konnte.

Jetzt ist es halb zwei, Reka ist weg und Maggie räumt auf. Gläser und Schälchen vom Couchtisch in die Küche und dann in die Spülmaschine.

Auf der Straße ist es ruhig geworden, Maggie sieht nur noch die Straßenlaternen durch ihr Küchenfenster leuchten. Kein Feuerwerk mehr, keine Raketen.

Ihr Onkel Markus hat Silvester immer geliebt. Unzählige Silvesterabende hat Maggie hier verbracht. Als dieses Zuhause noch seins war.

Nachdem das Feuerwerk vorbei war, hat Maggie in der Küche immer eine heiße Schokolade bekommen und als sie im Alter von sechs bis elf war, haben Markus und sie danach auf einem riesigen Matratzenlager gemeinsam im Wohnzimmer übernachtet, sich bis in die Morgenstunden Geistergeschichten oder Witze erzählt.

Manchmal war auch Jonas mit dabei, aber Markus war Maggies Patenonkel. Ihr Beschützer. Bei all diesen Gedanken fällt Maggies Blick auf das Weihnachtsgeschenk von Penny.

Ob sie auch so eine tolle Patentante werden wird, wie es ihr Onkel war? Auf jeden Fall hatte sie in ihm den besten Lehrer für diese Aufgabe.

Maggie ist aufgeregt. Das neue Jahr hält sicher so einiges für sie selbst und ihre Freunde bereit.

Sie ist so nostalgisch, dass sie sich ihre Bettdecke aus dem Schlafzimmer holt, sich ein Lager auf dem Sofa aufbaut, eine heiße Schokolade kocht und bis ihr immer wieder die Augen zufallen, alte Fotoalben durchblättert.

Nachts träumt sie von wirren Gruselgeschichten, ihrem Onkel, dem Baby von Penny und Feuerwerk.

Reka

Außer einer saloppen SMS von Matthias am zweiten Feiertag, dass es ihm leidtut, dass er am Heiligen Abend nicht mehr bei ihr war, hat Reka nichts von ihm gehört.

Sie hat auf diese Nachricht auch nicht geantwortet. Sie fühlt sich benutzt. Sie hasst es, dass sie ihn trotzdem so mag. Sie ist Maggie dankbar, dass sie über all das heute Abend reden konnten, sie haben Wodka getrunken und Pläne geschmiedet, wie das neue Jahr noch schöner als das letzte wird.

Und zu diesen Plänen gehört für Reka auf jeden Fall, dass sie sich nicht von Matthias an der Nase herumführen lassen wird.

Wenn da noch jemals etwas zwischen ihnen laufen sollte, muss er sich schon etwas einfallen lassen.

Reka redet sich auf dem Heimweg ein, dass sie das durchziehen wird, dass sie nicht schwach werden wird, wenn er irgendwann einfach vor ihrer Wohnungstür steht.

Aber sie weiß selbst, dass das gelogen ist. Denn sie ist ihm verfallen.

Als sie zu Hause ankommt und dort natürlich kein Matthias mit Champagner und Erdbeeren wartet, entscheidet Reka sich für einen Schritt in eine Richtung weit weg von Matthias und einer Abhängigkeit, die ihr schon wieder Bauchweh bereitet.

Sie schreibt Tilo. Und Tilo antwortet. Und Tilo kommt zu ihr. Er bringt keinen Champagner, keine Erdbeeren.

Aber er bringt Bier und Chips und Kondome. Und Reka schläft mit ihm.

Danach versucht sie das Wissen, dass sie das nur aus Trotz Matthias gegenüber getan hat, beiseite zu schieben und lässt Tilo bei sich übernachten und kuschelt mit ihm und versucht sich auszumalen, wie ihr Leben sein könnte, wenn sie sich doch einfach nur in Tilo verlieben würde.

Kapitel 12

Serafina

Serafina war noch nie traurig, wenn ein Gast abgereist ist. Die guten Gäste kommen wieder und andere eben nicht. Aber sie hatte auch noch nie einen Gast, der von Anfang Dezember bis Mitte Januar bei ihr war.

Sogar ihre Stammgäste aus Zimmer 9 sind direkt am Neujahrstag abgefahren.

Aber mit einem anderen Gast, außer Johannes, hat sie auch keine Abende im Frühstücksraum, nächtliche Spontantreffen im Treppenhaus und längere, private Unterhaltungen bis zu einem gemeinsamen Heiligen Abend verbracht. Da ist es wohl kein Wunder, dass Serafina der Abschied schwerfällt.

„Ich habe mich richtig daran gewöhnt, dass du mein Dauergast bist.", sagt sie zu Johannes, als er mit gepackten Koffern und drei großen Tüten neben dem Sessel, der sein Frühstücksstammplatz geblieben ist, auftaucht.

„Ich könnte mich daran gewöhnen, so umsorgt zu werden.", gibt er zurück und Serafina errötet leicht.

„Du bist jederzeit willkommen.", sagt sie und drückt ihm den Umschlag mit der Rechnung und eine Tüte als Lunchpaket in die Hand. „Darf ich dich mal drücken?", fragt Johannes etwas unbeholfen.

„Aber natürlich.", gibt Serafina aber sofort zurück und Johannes lächelt erleichtert.

Die beiden umarmen sich, fest und länger und Serafina verspürt eine Verbundenheit, die gar keinen Sinn macht, denn wirklich kennen tun die beiden sich ja doch eigentlich nicht.

Tom

Tom beobachtet Penny vom Sofa aus. Sie wuselt durch die Wohnung und sucht ein bestimmtes Buch im Regal. Von der Seite kann man nun wirklich schon eine leichte Wölbung erkennen. Ihr Baby. Tom muss grinsen. Er ist so stolz und voller Vorfreude.

„Sicher, dass wir das Geschlecht nicht wissen wollen?", fragt er Penny.

„Sicher!", gibt Penny empört zurück. Tom weiß, dass Penny sich überraschen lassen will, aber er ist so neugierig.

Jonas

„Guck mal.", sagt er zu Clara, die in ihr Croissant beißt und augenblicklich komplett voller Krümel ist.

„Was denn?", fragt sie und schielt in die Zeitung, die auf Jonas Knien liegt. Er deutet auf eine Wohnungsanzeige.

„Ist die nicht etwas groß für dich? Ich dachte, du suchst nach einem neuen WG-Zimmer.", fragt Clara irritiert. „Joa, man kann ja auch selbst nach Mitbewohnern suchen.", erwidert Jonas grinsend. Clara merkt nicht, worauf er hinauswill und frühstückt weiter.

„Also, du meckerst ja immer über dein Zimmer im Studentenwohnheim, oder?", wird er deutlicher.

„Ha, da stand ich wohl auf dem Schlauch. Ist das ein Angebot?", fragt Clara.

„Ja. Wenn dir das nicht zu viel ist. Dann ist das ein Angebot.", sagt Jonas und hat Angst vor Claras Reaktion.

Er wundert sich aber auch über sich selbst und wie sich die Rollen in ihrer Beziehung in nur wenigen Wochen vollkommen verschoben haben. Aber er wäre am liebsten jede Sekunde mit Clara zusammen.

„Können wir uns das denn überhaupt leisten?", reagiert Clara eher pragmatisch.

„Die Frage ist ja erstmal, ob du überhaupt zusammenziehen willst. Ich möchte es nur klarstellen, ich möchte keine WG mit dir gründen. Und keine weiteren Mitbewohner. Ich frage dich, ob wir zusammenziehen wollen. In eine gemeinsame Wohnung.", räumt Jonas alle möglichen Missverständnisse aus dem Weg.

„Na klar, du Blödmann. Ich wäre schon vor über einem Jahr zu all diesen Schritten bereit gewesen. Tut mir leid, wenn ich nicht ganz so euphorisch reagiere.", lacht Clara.

Jonas packt sie und drückt ihr einen festen Kuss auf den Mund, der so überschwänglich ist, dass die Leute um sie herum im Café ganz große Augen machen.

Er ist so ein Glückspilz, dass Clara all die Zeit auf ihn gewartet hat.

„Da du ja jetzt dieses heiße Rennrad hast, muss die Wohnung ja nicht so zentral sein, oder? Dann können wir uns sicher eine tolle Wohnung leisten.", sagt Jonas, nachdem Clara sich wieder hingesetzt hat.

„Ja, wenn du mich dann jetzt im Winter zur Uni trägst, wenn es schneit und glatt wird, dann können wir hinziehen, wo du willst.", gibt Clara zurück und sie stöbern den restlichen Vormittag in Wohnungsanzeigen und träumen von einem Leben in gemeinsamen vier Wänden.

David

David wickelt sich seinen Schal um den Hals und schnappt sich seine Tasche. Januar. Nicht so seine Jahreszeit. Er schreibt Nora eine Nachricht, dass er Thailändisch als Abendessen mitbringen wird und macht sich auf den Weg.

Die Straßen sind voll. Alle Menschen tauschen wohl ihre unpassenden Weihnachtsgeschenke um, denkt David.

Als er am Restaurant ankommt, möchte zugleich eine junge Frau hineingehen und David lässt ihr den Vortritt. Die Frau dreht sich nach Betreten des Ladens um und bedankt sich, erst in diesem Moment erkennt David sie.

Es ist Jacky. Eine seiner fleißigeren Studentinnen. Während Jacky auf ihre Begleitung und David auf sein take-away Essen wartet, plaudern die beiden. Aber irgendwie nicht über die Uni. Jacky fragt ihn regelrecht aus. Aber es stört ihn nicht. Er fühlt sich eher geschmeichelt über so viel Interesse an seiner Person.

Nachdem er sein Essen gut verpackt in die Hand gedrückt bekommen hat, läuft David zügig nach Hause. Er liebt die kurzen Wege in der Stadt. Mit wem Jacky wohl verabredet ist, fragt David sich und muss über sich selbst den Kopf schütteln. Es geht ihn schließlich überhaupt nichts an, was seine Studentin in ihrer Freizeit macht.

Aber irgendwie lässt ihn die Erinnerung an Jackys Erscheinung den ganzen Abend nicht los. Lange glänzende, rote Locken, enger Rock, Rollkragenpullover – der aber ein kleines bisschen bauchfrei war.

Bei diesen Gedanken hebt er den Blick und schaut zu Nora hinüber, die in Jogginghose auf dem Sofa liegt, ihre Haare unordentlich zu einem Knoten gebunden.

Kapitel 13

Maggie

Matthias sagt Maggie, dass sie die ganze Zeit gute Arbeit leistet. Maggie fragt nach einer Gehaltserhöhung und ärgert sich, als Matthias ihrer Forderung in ihrer gewünschten Höhe sofort zustimmt. Sie hätte mehr verlangen sollen.

„Maggie, weißt du, wie es Reka geht?", fragt Matthias sie, als das Gespräch eigentlich beendet ist und Maggie im Begriff ist, sein Büro zu verlassen.

Sie schluckt. Es ist so weit. Sie wird mit hineingezogen. Maggie wusste, dass das passieren wird.

„Ich nehme an, Reka geht es gut. Schließlich hat sie Urlaub.", gibt Maggie zurück und drückt die Türklinke hinunter.

„Warte kurz, Maggie.", unterbricht Matthias ihren Abgang. Sie dreht sich um und schaut ihn fragend und auch etwas ärgerlich an. „Also, du weißt doch Bescheid, oder Maggie? Ihr Frauen beredet sowas doch.", fängt er an.

„Stopp. Es ist ganz egal, was ich weiß und was nicht. Du bist mein Boss, ich deine Mitarbeiterin. Reka ist meine Freundin und Kollegin. Ich spiele nicht den geheimen Briefkasten zwischen euch. Ich bin hier, um meine Arbeit zu machen. Und natürlich bin ich privat für meine Freundin da. Aber ich möchte damit nichts zu tun haben. Wenn du wissen willst, wie es Reka geht, nachdem du sie so behandelt hast, musst du schon über deinen Schatten springen und sie fragen. Das ist eure Geschichte. Das ist dein Ding. Nicht meins. Bring mich nicht in diese Lage. Das ist sowas von unprofessionell und mir gegenüber unfair.", haut Maggie alle ihre Gedanken raus und fragt sich in der nächsten Sekunde, ob sie nun vielleicht doch keine Gehaltserhöhung bekommt.

„Es tut mir leid. Du hast selbstverständlich recht. Danke für das Gespräch. Du bekommst deine neuen Konditionen spätestens morgen schriftlich. Verzeihung.", sagt Matthias zu Maggie und lässt sie gehen.

An ihrem Arbeitsplatz zurück muss Maggie erst einmal tief durchatmen. So ein Mist. Natürlich weiß sie, dass es Reka gar nicht gut geht, weil Matthias sich nach Weihnachten einfach nicht mehr gemeldet hat und er dann den ganzen Januar mit seiner Frau und seinen Schwiegereltern im Skiurlaub war. Und nun hat Reka Urlaub.

Die zwei haben sich nicht mehr gehört, gelesen oder gesehen. Und Maggie weiß, dass Reka leidet und sich krampfhaft versucht in Tilo zu verlieben. Der arme Tilo, wenn der wüsste.

In dem Moment, in dem Maggie wieder mit der Arbeit beginnt, kommt eine Sachbearbeiterin aus der Personalabteilung zu ihr und reicht ihr einen Umschlag.

„Hier. Das sind alle neuen Konditionen schriftlich.", sagt sie und Maggie bedankt sich.

Das ging schnell. Maggie liest die paar Zeilen Vertragsanpassung und ist überrascht über einen zusätzlichen Bonus, von dem in ihrem Gespräch vor einer halben Stunde nicht die Rede war. Anderthalb Monatsgehälter als Einmalzahlung. Maggie freut sich erst. Aber dann beschleicht sie ein ungutes Gefühl. Ist das eine Entschuldigung von Matthias, ein Schweigegeld?

Nein, Maggie macht ihren Job sehr gut. Und ihre letzte Gehaltserhöhung ist schon länger her. Sie hat das Geld verdient. Reka und diese verdammte Affäre haben nichts damit zu tun.

David

David packt die Unterlagen für seinen Kurs aus seiner Tasche auf den Tisch und überfliegt seine eigenen Notizen.

„Latte?", hört er plötzlich eine fröhliche Stimme. „Äh, wie bitte?", fragt er und sieht auf.

Vor ihm steht Jacky mit einem Pappbecher, in dem sich vermutlich Kaffee befindet. Ein Herz ist auf den Becher gemalt. „Habe ich Ihnen mitgebracht.", sagt Jacky und stellt den Becher ab.

„Danke. Das wäre nicht nötig gewesen.", gibt David etwas perplex zurück, während er Jacky von oben bis unten mustert: Turnschuhe, enge, glänzende Strumpfhose, Strickkleid, mit einem Ausschnitt, der einem einen geradezu unangebrachten Einblick auf ihre vollen Brüste gewährt.

„Ich weiß. Aber ich wollte es.", grinst Jacky, wirft ihre roten Haare hinter sich und sucht sich im Vorlesungssaal einen Platz.

David ist etwas irritiert, aber als es losgeht, ist er wieder ganz in seinem Element, erst nach Unterrichtsschluss fällt sein Blick erneut auf das Herz auf seinem Becher.

Hat Jacky das darauf gemalt oder der Barista im Coffeeshop?

„Ich habe sie!", ruft Clara Jonas entgegen, der am Eingang des Tierparks steht.

„Was meinst du?", fragt Jonas lachend. Clara strahlt über das ganze Gesicht, als sie Jonas die Anzeige für die perfekte Wohnung zeigt.

Sie hat zweieinhalb Zimmer. Einen französischen Balkon. Eine offene Küchennische. Eine Badewanne. Und liegt zwar nicht mitten im Stadtzentrum, aber doch nah bei der Uni und Jonas' Nebenjob in der Druckerei.

„Und was das Beste ist, mein Schatz, sie wird privat vermietet, keine Provision und die Miete ist wirklich okay.", freut sich Clara und Jonas drückt sie fest.

Sie rufen sofort unter der angegebenen Nummer an. Die ältere Frau, der die Wohnung gehört, freut sich über ein junges Paar, das Interesse hat und sie vereinbaren für den Abend einen Besichtigungstermin.

„Es scheint zu schön, um wahr zu sein. Da gibt es sicher noch einen Haken.", gibt Jonas zu bedenken.

Clara ist jedoch so positiv und voller Hoffnung, dass sie Jonas anstecken kann.

Auf die Tiere können sich die beiden nicht mehr konzentrieren. Sie überlegen, wie sie die neue Wohnung einrichten könnten und freuen sich, dass von dort aus, ebenso wie die Uni, auch Claras beste Freundin und Serafinas Pension leicht zu erreichen sind.

Nora & Maggie

„Es läuft viel besser zwischen David und mir.", sagt Nora zu Maggie. Die beiden haben sich am frühen Abend zufällig in der Fußgängerzone getroffen und sind spontan auf eine heiße Schokolade in ein Café eingekehrt.

„Ich habe auch einfach nochmal über mein Leben nachgedacht und mir auch Davids Ansichten vor Augen geführt. Und er hat ja auch recht, wir sind frei, ungebunden, wohnen zentral. Das ist alles viel wert und ich glaube, ich weiß das jetzt wieder mehr zu schätzen, der kurze Weg zur Arbeit. Die Möglichkeit zu reisen. Eine kleine Wohnung macht auch weniger Arbeit. David hat damit schon recht und ich möchte all die Jahre nicht einfach wegwerfen. Ich liebe ihn und mir bedeutet das Leben mit David so viel. Da kann ich mich auch gedulden, bis er bereit ist für die nächsten Schritte. Kinder und Haus und Heiraten. Ich habe ja noch viel Zeit.", führt Nora detailliert aus.

„Das höre ich gerne. Ihr seid so ein schönes Paar. Ich wäre wirklich traurig gewesen, wenn ihr aus diesem Tief nicht wieder hinausgekommen wärt.", gibt Maggie zurück und sie quatschen noch gut eine Stunde über ihre Jobs, Maggies Gehaltserhöhung und Pläne für den Frühling, bis beide wieder ihren eigenen Erledigungen nachgehen.

Maggie ist froh, sich auf den weiteren Weg in die nächstgrößere Stadt gemacht zu haben, zum Bummeln gibt es einfach mehr Auswahl und man trifft sogar mal ein bekanntes Gesicht, ein süßes Spontantreffen.

Serafina legt das Telefon beiseite und setzt sich auf den großen Sessel, auf dem Johannes so oft saß.

Die Nachricht ihres Vermieters fühlt sich gar nicht gut an.

Er verkauft das Haus. Er verkauft auch das Haus direkt neben der Pension und die Gewerbefläche, in der der Feinkostladen in der Hauptstraße ist.

Serafinas Gedanken kreisen. Sie wägt chaotisch und verwirrt alle Eventualitäten ab. Ihr Vermieter wollte sie frühzeitig über seine Pläne informieren, damit sie nicht von der Anzeige in der Zeitung überrascht wird. Er meinte auch, dass es für Serafina sehr wahrscheinlich gar keine Veränderung bedeuten wird.

Sehr wahrscheinlich. Sehr wahrscheinlich ist nicht sicher.

Sie hat einen Gewerbemietvertrag, da sind die Kündigungsbedingungen nicht gerade positiv für den Mieter formuliert.

Serafina räumt fahrig das letzte Geschirr ihrer Kuchenzeit von den Tischen in die Spülmaschine und schenkt sich dann einen Wein ein. Auf den Schrecken hat sie sich das verdient, findet sie.

Der Computer am Empfangstresen gibt einen Ton von sich und Serafina checkt mit ihrem Weinglas in der Hand ihr Mailpostfach: *„Liebe Serafina. Vor drei Wochen bin ich bei dir abgereist und so verrückt es klingt, deine Pension fehlt mir schon jetzt. Um ehrlich zu sein, du fehlst mir. Ich hoffe, das ist nicht zu direkt oder gar anmaßend, aber ich musste es loswerden. Beruflich musste ich auch an dich denken,* *was dich bestimmt wundert. Mein neues Projekt wird eine mehrteilige Reportage über Urlaub im eigenen Land sein. „Die charmantesten Bed&Breakfast Pensionen gleich um die Ecke." So wird der Titel sein. Und ich würde mich freuen, wenn ich Finas Bed&Breakfast in einem Teil vorstellen dürfte. Ich freue mich, von dir zu lesen und mache mir nun als Abendessen ein feines Honigbrot, mit den letzten Tropfen aus dem Glas, das du mir im Lunchpaket versteckt hast. Danke dafür! Dein Johannes"*

Serafina ist ganz perplex. Sie liebt diese Mail. Sie hat mehrmals an Johannes gedacht. Aber nicht wirklich vermutet, dass es ihm ähnlich gehen könnte.

Was für eine Ehre. Ein Zeitungsartikel. Über sie. Über die Pension. Doch wird sich das überhaupt lohnen? Muss sie nicht ehrlich zu sich sein, dass die wahrhaftige Gefahr besteht, dass sie das Bed&Breakfast verliert?

Jonas

Jonas streift durch die Zimmer, schaut aus dem Fenster, begutachtet das Badezimmer mit Badewanne.

Clara plaudert mit der Vermieterin. Die ist geradezu niedlich. Es ist ihre erste Vermietung, die sie ohne ihren Mann organisieren muss – dieser ist vor fünf Monaten gestorben.

Jonas weiß, dass Clara die richtigen Worte finden wird und konzentriert sich selbst darauf, die Wohnung in jedem Detail zu inspizieren.

Streichen müsste man eventuell. Der Dielenboden ist allerdings in einem super Zustand. Die Küchenmöbel sind nicht modern, aber so schlicht, dass Jonas sich vor allem über ihre Existenz freut – eine neue Küche kaufen, wäre nicht in ihrem Budget.

Die Wohnung liegt in einer Seitenstraße, was gut ist, da die Altbaufenster sicher nicht jeden Lärm draußen behalten.

Jonas dreht sich im potenziellen Schlafzimmer und sieht alles genau vor sich. Clara in ihrem gemeinsamen Bett, Frühstück zu zweit, gemütlich, ihr Reich.

„Also ich wäre wirklich froh, so ein freundliches, junges Paar als Mieter zu gewinnen.", sagt die Dame, als Jonas zu den beiden stößt.

„Ich bin ganz verzaubert von Ihrer Wohnung.", gibt Jonas zurück und alle drei strahlen.

Gesucht und gefunden. Ihr neues Zuhause. Sie werden sich noch in diesem Moment einig und Clara und Jonas schreiben während ihres Abendessens, beim Italiener gegenüber, eine Liste mit allem, was zu tun oder zu besorgen ist.

Penny

„Ja, ich stehe auf dem dunklen Parkplatz. Ich bin viel zu früh. Tom ist noch nicht da. Und jetzt bin ich mir unsicher, ob ich nicht doch wissen will, was es wird.", sagt Penny zu Maggie am Telefon.

„Puh, das ist schwierig. Wie sicher wäre die Aussage denn?", fragt Maggie nach.

„Also sollte der Arzt wirklich etwas sehen können, wenn das Baby gut liegt, wäre es schon ziemlich sicher zu diesem Zeitpunkt.", gibt Penny zurück.

„Und was will Tom?", fragt Maggie weiter. „Der ist aufgeregt und neugierig wie ein Kind vor Weihnachten. Er würde es sofort erfahren wollen. Aber ich will nicht, dass das Unglück bringt. Ich denke die ganze Zeit, Hauptsache es ist gesund.", führt Penny aus und steigt aus ihrem Auto.

Die Luft ist kalt, aber die Frische ist auch angenehm. Die Abenddämmerung hat schon ganze Arbeit geleistet, man sieht nur dank der Laternen ein kleines bisschen, was um einen herum geschieht. „Auch wenn ich nicht glaube, dass es Unglück bringt, bleib bei deinem Plan. Diese Gedanken wirst du sonst nicht mehr los. Auch wenn ich fest davon überzeugt bin, dass alles glattgehen wird. Patentante werde ich, egal ob Junge oder Mädchen, so gerne.", bestätigt Maggie Penny erneut.

Die beiden verabschieden sich in dem Moment, in dem Tom auf den Parkplatz fährt.

Gemeinsam betreten sie die Praxis. Hand in Hand.

„Bleiben sie dabei, dass sie sich überraschen lassen wollen?", fragt der Arzt, während er mit der Ultraschalluntersuchung beginnt. Penny bejaht seine Frage. Tom schweigt, nickt Penny aber zu.

Der Termin verläuft positiv. Alles geht seinen Gang. Dem Baby geht es gut und Penny auch.

Luca

„Papa, ich habe Maggie getroffen, darf ich nachher rüber und einen Film mit ihr gucken?", fragt Luca.

„An einem Wochentag? Heute ist Montag. Und was heißt nachher? Es ist nach acht.", gibt James nur zurück.

„Manno.", motzt Luca und verzieht sich in ihr Zimmer. Sie hat Maggie vor dem Haus getroffen. Seit Weihnachten haben sie sich nur selten gesehen. Sie wünscht sich mal wieder einen Mädchenabend nur mit Maggie.

Aber Maggie scheint viel Stress zu haben. Viel Arbeit. Aber als sie sich verabschiedet haben, meinte sie, dass Luca unbedingt bald mal wieder auf einen Film vorbeikommen müsse. Klar, sie hat nicht von heute gesprochen. Aber das macht ja nichts.

Luca wirft sich auf ihr Bett und schaut an die Decke. Die Schule nervt. Ihr Papa nervt. Sie vermisst ihre Mama. Dabei will sie nur wütend auf sie sein. Sie vermisst nicht ihre Mama. Sie vermisst eine Mama.

Ihre Freundin Toni hatte heute Nachmittag keine Zeit für Luca, weil sie einen Einkaufsbummel inklusive heiße Schokolade trinken mit ihrer Mutter geplant hatte.

Luca ist eifersüchtig und traurig. Da piept ihr Handy: *„Hallo Liebes. Habe eben mit deinem Papa telefoniert. Ende Februar sind Winterferien. Streich dir den 28.2. fett im Kalender an. Da gönnen wir zwei uns einen gemütlichen Frauenabend. Umarmung. Maggie"*

Lucas Laune verändert sich schlagartig, sodass sie nach unten zu ihrem Vater läuft und ihn fest in den Arm nimmt: „Danke, Papa."

Er küsst sie auf den Kopf und vor dem Schlafengehen spielen sie zu dritt noch eine wilde Partie von ihrem Lieblingsspiel.

So schlimm ist Lucas Leben eben doch nicht.

Kapitel 14

Reka

Reka ist so aufgeregt. Unglaublich eigentlich, dass sie Matthias so lange nicht gesehen hat.

Es ist Ende Februar. Sein letzter Besuch bei ihr war Mitte Dezember. Trotzdem kann Reka sich an jede Sekunde dieses Abends, ohne Sex, erinnern. Er bedeutet ihr alles. Oder hat ihr alles bedeutet.

In den Tagen danach, vor Weihnachten, gab es nur viele Nachrichten und zwei, drei verstohlene Küsse nach Feierabend, bevor Matthias in sein Auto stieg, um zu seiner Frau zu fahren.

Dann folgte das nicht gehaltene Versprechen am 24. Dezember zu ihr zu kommen und schließlich der komplette Kontaktabbruch.

Matthias hatte den ganzen Januar frei. Reka wird richtig garstig, wenn sie sich vorstellt, dass er mit seiner Frau und seinen Schwiegereltern im Skiurlaub war.

Dann folgten zwei Wochen Urlaub von Reka, in denen sie ohne Ablass versucht hat, sich in Tilo zu verlieben.

Ja, er hat sie ab und an von all dem abgelenkt, aber eine echte Begeisterung für ihn hat sich auch nicht entwickelt. Sie sollte es beenden, das hat er nicht verdient. Niemand hat das.

Dann folgten anderthalb Wochen Fortbildung und heute, an diesem kalten Donnerstag, ist der erste Tag, an dem sie wieder in den Verlag geht, mit dem Wissen, dass Matthias auch dort sein wird.

Maggie passt sie unten im Foyer ab und drückt sie zur Begrüßung. „Er ist bis zwölf Uhr in einem Meeting im Konferenzflügel.", flüstert Maggie ihr zu und Reka ist dankbar, dass sie nun erstmal ganz in Ruhe ankommen kann.

Danach wird sie sich einfach nicht von ihrem Arbeitsplatz wegbewegen und dem Thema einfach aus dem Weg gehen. So der Plan.

Jonas

„Super, dass du Zeit hattest.", sagt Jonas zu seiner Schwester, die sich gerade neben ihn gesetzt hat.

„Klar. Danke, dass du in die Reederei gekommen bist. So habe ich Zeit für eine Stunde Mittagspause mit dir. Irgendwie bestelle ich die Leute immer alle hierher.", gibt Maggie zurück.

„Ist doch kein Problem. Ich mag das Essen hier.", sagt Jonas und die zwei bestellen. Jonas entscheidet sich für ein Schnitzel mit lauwarmem Kartoffelsalat und Maggie nimmt den Antipastimix.

Die Wahl seiner Schwester überrascht ihn gar nicht, sie ist so ein Gewohnheitstier. Aber warum auch nicht, wenn man weiß, was man mag.

„Es gibt Neuigkeiten!", entfährt es Jonas ganz stolz. „Und die wären?", fragt Maggie, nachdem sie einen großen Schluck von ihrer Kirschschorle genommen hat.

„Wir ziehen zusammen. Wir haben eine Wohnung. Morgen kriegen wir die Schlüssel.", plappert er drauf los und im selben Moment kommt auch schon ihr Essen.

„Guten Appetit.", sagt Jonas und fängt an, sein Schnitzel zu zerteilen. Maggie scheint etwas sprachlos, fängt dann aber auch an zu essen.

„Von diesen Plänen wusste ich gar nichts.", sagt Maggie dann. Jonas ist enttäuscht, er dachte, er kann Maggie damit überraschen und dass sie sich freut.

„So lange gibt es die Idee auch noch gar nicht. Wir haben uns ja kaum gesehen. Bei deiner ganzen Arbeit. Im Januar haben wir das erste Mal darüber gesprochen und dann aus Spaß nach Wohnungen geguckt. Und nun eine gefunden.", erklärt er, aber weniger gut gelaunt als zum Anfang ihrer Unterhaltung.

„Na dann, herzlichen Glückwunsch.", sagt Maggie, immer noch mit einem skeptischen Ton in der Stimme. „Danke.", sagt Jonas und isst schweigend weiter.

„Versteh mich nicht falsch, ich mag Clara und ich mag auch, wie sie dich verändert hat. Aber es scheint auf einmal alles so schnell zu gehen. Ihr seid noch so jung. Könnt ihr euch die Wohnung überhaupt leisten? Ein WG-Zimmer ist doch schon eine andere finanzielle Belastung als eine Wohnung.", erklärt Maggie ihr Verhalten.

„Es ist nett, dass du dir Sorgen machst. Aber das brauchst du nicht. Ich bin kein Baby mehr, Maggie. Ich dachte, du freust dich für mich. Dein kleiner Bruder wird erwachsen, ich bin verliebt. Clara ist hundertmal vernünftiger als alle Menschen, die ich kenne. Auch wenn es keine WG ist, sind wir doch trotzdem zu zweit mit den Kosten. Ich habe einen Job neben der Uni, Clara auch. Wir haben das nicht ohne genauere Gedanken entschieden und geplant.", sagt Jonas und trinkt etwas missmutig sein halbes Glas leer, nach diesem Redeschwall.

Maggie lächelt. „Ach, komm her.", sagt sie und zieht Jonas zu sich ran und drückt ihn.

„Manchmal vergesse ich einfach, wie groß du schon bist. Ich hoffe, es gibt eine Einweihungsfeier.", macht sie ihm schon ein viel besseres Gefühl.

„Na sicher doch, auf jeden Fall ein Essen. Serafina hat das auch direkt gefordert.", sagt Jonas fröhlicher.

„Ach so, sie wusste vor mir von all dem?", fragt Maggie empört.

„Nur, weil ich gestern bei ihr war. Die Wohnung liegt nicht weit weg von Finas B&B. Was auch klasse ist, weil sie uns ein Bett erübrigen kann aus einem ihrer Gästezimmer, das sie renovieren will.", berichtet Jonas und die beiden plaudern noch eine halbe Stunde und gönnen sich nach dem Essen jeder noch einen doppelten Espresso.

Serafina

„Lieber Johannes. Danke für deine tolle Mail. Es tut mir leid, dass ich mich erst jetzt bei dir melde. Ich habe deine Nachricht mehrmals gelesen und mich an ihr erfreut. Du hast mir nämlich auch gefehlt. Leider war hier die Hölle los, ich war fast ausgebucht, was gut ist, aber leider hat mich auch die Nachricht ereilt, dass mein Vermieter das Haus, in dem sich mein B&B befindet, verkaufen will. Es bereitet mir schlaflose Nächte, weil ein neuer Eigentümer natürlich auch andere Pläne mit diesem Gebäude haben könnte. Dennoch habe ich mich sehr geschmeichelt gefühlt, wegen deiner Anfrage, bezüglich des Artikels. Ich würde mich freuen, Teil dessen zu sein. Nur weiß ich nicht, ob ich, beziehungsweise

meine Pension überhaupt noch in Frage kommt, nachdem du nun davon erfahren hast, dass es um die Zukunft ungewiss steht. Bist du demnächst mal in der Gegend? Ich würde mich freuen, dich zu sehen. Serafina" –

und senden. Endlich hat Serafina Zeit und Ruhe für eine Antwort gefunden. Die letzten Wochen waren unglaublich, es lief hervorragend in der Pension, so gut, dass sie zwischendurch sogar vergaß, dass das Haus verkauft werden soll, bis sie von einer Freundin auf die Anzeige in der Zeitung angesprochen wurde.

Die Mail von Johannes hat Serafina tatsächlich mehrmals gelesen, aber nie den richtigen Moment für eine Antwort gefunden. Sie hat viel an ihn gedacht. Der große Sessel im Eingangsbereich ist meistens leer.

Sein Platz, denkt Serafina und muss schmunzeln.

David

Der Abend gestern mit Nora war richtig schön. Sie waren beim Japaner essen und danach im Kino. Mitten in der Woche. Sie haben sogar Fotos in einem Automaten gemacht, wie verliebte Teenager. David muss lächeln, als er sich an den Vorabend erinnert.

Nora hatte sich herausgeputzt, ein tolles Kleid, hohe Schuhe. Es war ein richtiges Date.

Sie haben über Kunst, Reisen und Politik geredet. Kein Alltag, kein Abwasch, keine Probleme.

„Haben Sie nach der Vorlesung kurz Zeit für mich?", spricht Jacky ihn plötzlich von der Seite an.

Sie trägt heute eine enge Bluse, bei der mehrere Knöpfe geöffnet sind, es wirkt, als gingen sie nicht zu, weil ihr Dekolleté so viel Platz benötigt.

David kann nicht anders, als erregt davon zu sein. Er schüttelt den Kopf, reißt sich zusammen: „Worum geht es denn?", fragt er nach.

„Ich habe ein paar Probleme mit der aktuellen Hausarbeit. Ich wäre dankbar, wenn ich Ihnen meine Anfänge zeigen könnte, einfach damit ich weiß, ob ich auf dem richtigen Weg bin.", antwortet Jacky.

„Einen Augenblick habe ich sicher.", gibt David zurück und spürt schon in diesem Moment, dass das keine gute Entscheidung war.

Aber er korrigiert sie nicht. Als alle anderen Studenten den Hörsaal verlassen haben, bleiben er und Jacky alleine zurück. Sie holt ihre Hausarbeit aus ihrer Tasche und er überfliegt die ersten Zeilen, kann sich auf Grund der unglaublichen Spannung zwischen ihnen aber kaum auf die Worte konzentrieren.

„Denken Sie, der Ansatz ist richtig oder sollte ich forscher an das Thema herangehen?", fragt Jacky und David muss schlucken.

Das ist der Moment, in dem er Jacky wegschicken, den Hörsaal verlassen und nach Hause zu seiner Freundin gehen sollte, aber er tut es nicht.

Er blickt auf, sein Blick wandert von Jackys flachem Bauch hoch zu ihrem Ausschnitt und schaut ihr dann in die Augen.

„Forsch ist immer gut. Meistens kommt man nur so an sein Ziel.", sagt er und im nächsten Augenblick setzt sich Jacky rittlings auf seinen Schoß.

Davids Hände wandern augenblicklich an ihren wohlgeformten Po und ihre Lippen treffen sich.

Er ist so erregt, dass er sich im Nachhinein wundert, dass er es geschafft hat, ohne von ihr abzulassen, in den abschließbaren Nebenraum ohne Fenster zu gelangen, wo er sie, ohne Angst erwischt zu werden, nehmen kann, wie es ihm gefällt.

Und so, wie es Jacky gefällt. Als seine Hände nach wochenlanger Begierde tatsächlich in ihren Ausschnitt greifen können, kann er sein Glück kaum fassen.

Dieses junge, heiße Ding steht auf ihn. Sie will ihn. Sie will, dass er sie nimmt.

Und das tut er, mehr als einmal und währenddessen fühlt es sich für David an, als wären es die besten vierzig Minuten seines Lebens.

James

„Wir können auch einen Film sehen und Popcorn essen. Genau wie die Mädels.", versucht James Milans missmutige Stimmung geradezurücken.

Milan ist nämlich gar nicht begeistert davon, dass Luca einen Übernachtungsabend bei Maggie vor sich hat.

„Darf ich den Film aussuchen?", fragt Milan in einem ernsten Verhandlungston. James lacht und nickt.

Sie verabschieden Luca. Dann macht James sich daran das Popcorn vorzubereiten.

Milan ist eigentlich schon den ganzen Winter wieder schlechter drauf.

Er weiß genau, dass die weihnachtliche Zeit auch Familienzeit bedeutet und dann kommen all seine Gedanken und Gefühle wieder hoch.

James macht sich zunehmend Sorgen, kann sich aber auch nicht durchringen, eine Entscheidung zu treffen.

„Hast du einen Film gefunden?", fragt er Milan und setzt sich mit einer großen Schale mit frischem Popcorn auf das Sofa neben seinen Sohn.

Milan schaut verträumt und greift erst einmal in die Schüssel. „Kevin allein zu Haus?", fragt er seinen Papa.

„Weihnachten ist doch langsam echt vorbei, der Frühling steht ja schon fast vor der Tür.", gibt James zweifelnd zurück.

Milan findet, dass es deshalb allerhöchste Zeit wird, den Film nochmal zu schauen und mit diesem Argument hat er irgendwie auch recht, findet James.

Zwischendurch machen sie Pause, kochen Kakao und James sieht Milan besorgt an: „Geht's dir gut, Kumpel?" Milan zuckt mit den Schultern und schaut auf den Boden.

„Du kannst immer mit mir sprechen, wenn etwas ist. Das weißt du doch, oder?", sagt James besorgt. „Ich weiß. Ich weiß nur nicht, was ich sagen soll.", gibt Milan zurück und James zieht ihn auf seinen Schoß.

Sein kleiner Junge, sprachlos und offensichtlich unglücklich.

„Du denkst oft an Mama, oder?", fängt er nun das Thema an. „Ja, aber das will ich dir nicht sagen.", gibt Milan zurück und schüttelt den Kopf. „Aber warum denn nicht?", fragt James bestürzt. „Ich will nicht, dass du auch wieder so traurig wirst wie damals. Es reicht, wenn ich traurig bin.", antwortet er ruhig und tapfer. „Du sollst keine Rücksicht auf mich nehmen. Ich will alles wissen, was du fühlst und denkst. Du darfst traurig sein und ich auch. Und Gefühle sind wie sie sind.", erklärt James und drückt Milan fest an sich heran. „Mhm.", gibt der nur zurück und zieht wieder die Schultern hoch.

„Wäre es dir lieber, wenn du mit jemand anderem reden könntest? Kannst du dich erinnern, dass du damals mit Dr. Myr gesprochen hast?", fragt er.

„Ich weiß es nicht mehr so richtig. Aber ich will mit niemandem reden. Ich will es nur verstehen und dass ich mich nicht mehr so fühlen muss. Ich will mit Mama reden.", führt Milan aus und setzt sich wieder neben seinen Papa und drückt die Taste um den Film weiterlaufen zu lassen.

James bekommt vom Rest nicht viel mit, er grübelt. Vielleicht war es falsch, den Weggang seiner Frau hinzunehmen, vielleicht hätte er sie unbedingt ausfindig machen sollen. Vielleicht wäre er das seinen Kindern schuldig gewesen.

James ist immer noch verheiratet mit Maya. Es gab nie eine Sorgerechtsverhandlung. Sie ist einfach gegangen und er ist einfach mit den Kindern geblieben und hat weitergemacht, so gut er konnte.

Sie jetzt zu finden, nach vier Jahren, wird viel schwerer sein, als es direkt gewesen wäre.

Aber damals war daran gar nicht zu denken. Er war wie in einer Schockstarre.

Reka

Reka hat es geschafft, den ganzen Tag fleißig durchzuarbeiten, sie hat Matthias keinmal gesehen und auch wirklich wenig an ihn denken müssen. Es war genug Arbeit auf ihrem Schreibtisch, in ihrem Mailpostfach und auf ihrer To-do-Liste. Auf eine richtige Pause hat sie verzichtet, selbst belegte Sandwiches und Gemüsesticks haben ausgereicht, um am Schreibtisch zu essen und ihren Hunger zu stillen.

Gerade hat sich Maggie von ihr verabschiedet, was Reka auf die Uhr schauen lässt. Sie sollte auch demnächst Feierabend machen. Morgen ist auch noch ein Tag. Nicht für Maggie, die hat einen Tag Urlaub, weil sie heute den Abend mit der Nachbarstochter verbringt, aber Reka kommt morgen sowieso wieder zurück in den Verlag.

Also beendet sie noch zwei, drei Kleinigkeiten und macht ihren Computer aus. Bei einem Blick durch den Raum realisiert sie erst, dass sie die letzte ist, ihre zwei Zimmergenossen sind auch längst auf dem Heimweg.

Reka macht das Licht aus, schließt die Tür und steht mit Wintermantel und Handtasche wartend am Fahrstuhl, als eine SMS von Tilo ankommt: *„Bleibt es bei morgen Abend? Essen in der Reederei?"*

Reka lächelt, im selben Moment öffnet sich die Fahrstuhltür und als hätte sie es nicht ahnen müssen, steht natürlich Matthias genau vor ihr.

„Zu dir wollte ich.", begrüßt er sie etwas knapp, dafür dass sie sich so lange nicht gesehen haben. Sein Ton lässt Reka leicht schnippisch antworten: „Tja, und ich wollte gerade gehen."

„Wie geht's dir?", fragt Matthias jetzt in einem liebevolleren Klang und Reka spürt ihr Herz klopfen.

Nein, nein, nein – sie ist mit dieser Geschichte durch. Sicher ist Tilo nicht ihre neue große Liebe, aber sich von Matthias nochmals so behandeln lassen, das kann sie auch nicht gebrauchen.

„Mir geht es gut. Ich muss jetzt aber meinen Bus kriegen.", erwidert Reka nach einer kurzen Pause und steigt in den Fahrstuhl ein, aus dem Matthias nie ausgestiegen ist. Sie drückt auf den Knopf, um ins Foyer zu gelangen und Matthias fährt mit, ob er will oder nicht.

„Können wir reden?", fragt er. „Ich wüsste nicht worüber.", gibt Reka schroff zurück und ärgert sich, dass sie nicht gelassener ist. „Über uns. Darüber, dass ich ein Vollidiot bin.", sagt Matthias und greift nach ihrer Hand.

Im selben Moment drückt er mit der anderen Hand auf einen der Knöpfe, sodass sich die Türen bereits im ersten Obergeschoss öffnen und er Reka auf einen menschenleeren Flur ziehen kann.

Sie lässt es geschehen. Er drückt sie an die Wand und küsst sie. Sie lässt sich küssen. Sie küsst zurück.

Dann lässt er von ihr ab. „Ist das Reden für dich?", fragt Reka und Matthias fängt an, ihr zu erklären, dass es ihm leidtut, dass er Weihnachten nicht zu ihr gekommen ist und auch, dass er sich so lange nicht gemeldet hat.

Reka sagt wenig, hört zu, hält aber seine Hand, während er spricht.

„Ich denke nicht, dass ich das noch so kann. Dieses Versteckspiel. Ich will etwas Echtes.", sagt Reka, nachdem Matthias länger nichts mehr gesagt hat.

Sie lässt seine Hand los und verschwindet rasch im Treppenhaus, lässt Matthias zurück.

Sie weiß nicht, ob er ihr nachläuft. Sie hört nichts, dreht sich nicht um.

In der Lobby sind mehr Menschen und mehr helles Licht, als sie erwartet hat und so eilt sie auch durch diesen Raum, bis sie auf der dunklen Straße steht, weiter zur Bushaltestelle und ab nach Hause.

Luca

Bei Maggie war es schon richtig gemütlich, als sie mit Schlaf- und Rucksack an der Tür geklingelt hat. Vor der Haustür steht seit dem ersten Advent ein großes Windlicht, in dem eine Kerze brennt.

Maggie hat zwar die Weihnachtsdeko im Wohnzimmer längst abgebaut, aber Kerzen und eine Lichterkette sind immer noch da und zaubern eine warme Geborgenheit.

Mittlerweile ist die Pizza angekommen, die sie bestellt haben und sie ziehen zum Essen vom Sofa zum Esstisch um.

Maggie fragt Luca nicht aus, wie eine Mutter, sie quatscht einfach mit ihr. Über Jungs, die Schule, zu Hause, Maggies Arbeit, Jonas, alles, was so los ist.

Luca spürt das erste Mal keinen tiefen Stich in ihrem Herzen, als Maggie von Jonas und Clara spricht.

Vielleicht liegt das an Chris, an den denkt Luca nämlich seit zwei Wochen unentwegt.

Er ist zwei Klassen über ihr und hat ihr eine heiße Schokolade am Schulkiosk ausgegeben, obwohl sie bis dahin noch nie miteinander gesprochen haben.

„Einfach so?", fragt Maggie aufgeregt nach. Luca schluckt ihren letzten Happs Pizza hinunter und berichtet: „Ich stand hinter ihm in der Schlange und nachdem er seine heiße Schokolade bestellt hat, hat die Frau im Kiosk ihn gefragt, ob das alles ist und dann hat er sich zu mir umgedreht und mich gefragt, ob ich auch eine will und ich hab genickt und er hat gesagt, dass er noch eine will und dann hat er bezahlt und dann habe ich danke gesagt und dann hat er mit mir angestoßen, gezwinkert und bis bald gesagt und dann ist er rüber zu seinen Kumpels gegangen, hat sich aber nochmal kurz zu mir umgedreht und dann haben wir uns angelächelt."

„Wow, was für ein Bericht. Wie cool. Halte mich bitte auf dem Laufenden.", gibt Maggie nach Lucas Plapperanfall zurück.

Sie schauen zwei Liebesfilme, aber Luca fallen beim zweiten immer wieder die Augen zu. Zwischendurch steht Maggie auf und legt die Sofadecke über Lucas Beine und räumt ein bisschen auf.

Als der Film zu Ende ist, hockt sie sich zu Luca und fragt sie, wo sie schlafen will.

„Ich bleibe einfach hier liegen.", antwortet Luca und Maggie pustet alle Kerzen aus. Die Lichterkette lässt sie aber an.

Nora

Dass David eine Gefühlsachterbahn von Adrenalin, Machtgefühl, Erregung, Angst, Bedauern, Wut auf sich selbst, Wut auf Jacky und ein ehrlich schlechtes Gewissen hinter sich hat, weiß Nora nicht, als er nach Hause kommt.

„Was ist passiert?", Nora sieht ihm allerdings sofort an, dass etwas nicht stimmt.

Er ist auch früher zu Hause, als sie ihn erwartet hat. Sie war gerade dabei den Abwasch zu machen und zu überlegen, was sie heute Abend kochen soll.

Der letzte Abend auswärts mit David hat ihr so viel Hoffnung und Freude geschenkt, dass sie ganz beschwingt durch die Wohnung getanzt ist, aber jetzt spürt sie ein Unbehagen in ihrem Bauch.

„Ich wollte das eigentlich nicht.", sagt David und Nora schaut ihn fragend an.

Was wollte er nicht? Warum sagt er ihr nicht, was passiert ist?

„Wovon sprichst du?", fragt Nora und sieht, dass David den Tränen nah ist. „Bitte vergib mir.", wimmert er beinahe.

Nora wird schlecht. Was hat David gemacht? Sie hatten gestern den schönsten Abend seit Monaten, richtig verliebt hat sie sich bis vor wenigen Minuten gefühlt.

„Sag mir, was passiert ist!", fordert sie ihn auf und starrt ihn an.

„Diese Studentin. Sie hatte es schon länger auf mich abgesehen. Es tut mir leid. Das passiert nie wieder.", bricht es aus David heraus und Nora bekommt kurz keine Luft mehr.

Reiß dich zusammen Nora, du liebst diesen Mann, ihr hattet eine Krise, Menschen machen Fehler, gib nicht auf, versage nicht, das hältst du aus, ihr könnt da weitermachen, wo ihr gestern aufgehört habt, reiß dich zusammen, reiß dich zusammen, reiß dich zusammen, lass dir dein

Leben nicht kaputt machen – all das ist in Noras Kopf, als sie einen Schritt auf David zugeht und ihn umarmt.

Sie sprechen nicht weiter darüber. David geht duschen. Nora ignoriert den Ekel, den sie empfindet, weil er sich gerade die andere Frau, diese Studentin abwäscht.

Sie kümmert sich weiter um das Geschirr, kocht, sie sehen einen Film, lesen im Bett.

Nora sagt gute Nacht, dreht sich auf die Seite und bleibt wach. Redet sich in Gedanken gut zu.

Als David das Licht löscht und seinen Arm um sie legt, spannt sich ihr ganzer Körper an, aber sie hält es aus, David dort so liegen zu lassen, ohne ihn wegzuschubsen, ohne selbst zu fliehen.

Sie überlebt diese Nacht, mit wenig Schlaf und wenn sie diese Nacht durchsteht, dann wird sie all das vergessen können und David wird so etwas nie wieder tun, dafür ging es ihm eben viel zu schlecht.

Vielleicht ist es ja auch ein gutes Zeichen, dass er es sofort so sehr bereut hat, er liebt sie doch noch. Er will sie nicht verlieren. Und Nora will nicht aufgeben. Nicht all die Zeit verschwendet haben.

Penny

„Schatz, wach auf. Wach auf.", rüttelt Penny an Toms Arm. „Was ist? Was ist?", ruft Tom, als er erwacht.

„Fühl mal, das Baby, das Baby, ich kann es spüren.", sagt Penny ganz aufgeregt und nimmt Toms Hand und legt sie auf ihren Bauch. Er lächelt, auch wenn Penny sich nicht sicher ist, ob er es wirklich gespürt hat.

Danach liegen sie hellwach, lächelnd und Händchen haltend auf ihrem Bett nebeneinander und schauen an die Decke.

„Hast du dir Gedanken wegen des Ladens gemacht?", fragt Tom in die glückselige Stimmung. Penny ärgert sich. Muss er diesen Moment kaputt machen? Aber er hat natürlich recht. Sie hat das viel zu lange vor sich hergeschoben. Sie hatte Angst, wieder zu voreilig Pläne zu machen und dass dann etwas passiert und na ja, sie wollte sicher sein, dass alles gut geht.

„Ich fange augenblicklich damit an, versprochen.", sagt Penny und kuschelt sich in Toms Arm. Er streichelt ihren Kopf und zieht sie an sich. „Es ist nur so schwierig, weißt du?", sagt Penny und zieht ein grüblerisches Gesicht, was Tom in der Dunkelheit nicht sehen kann.

„So schwierig ist das gar nicht. Du musst entscheiden, ob du jemanden einstellen willst, der den Laden führt, solange du im Mutterschutz und der Elternzeit bist oder ob du für diese Dauer schließt oder ob du komplett schließt.", gibt Tom zurück.

Und wieder weiß Penny, er hat recht, aber ihr Blumenladen ist ihr Leben, ihr erstes Baby, wenn man so will.

Sie findet den Gedanken schrecklich, dass jemand anderes den Laden führt, aber schließen ist irgendwie auch keine Option.

„Das sagst du so leicht.", sagt Penny ein bisschen schmollend. Die Immobilie gehört ihr, ganz theoretisch wäre es also schon eine Option, den Laden für ein Jahr zu schließen und danach wieder zu eröffnen.

Aber was wird dann aus ihren Stammkunden? Was wird aus ihrer Aushilfe Leni und überhaupt, vielleicht wird das

Baby ja total pflegeleicht, schläft den ganzen Tag und Penny langweilt sich zu Tode.

Was wäre also die beste Lösung?

Maggie

Maggie ist gerade aus dem Badezimmer gekommen, als sie sieht, dass ihr Handy auf dem Nachttisch leuchtet. Eine SMS von James: *„Bist du noch wach? Ist mit Luca alles gut? Du kannst gerne anrufen. J."*

Maggie grinst, setzt sich im Schneidersitz auf ihr Bett und ruft James an.

Sie sprechen viel länger, als Maggie erwartet hat. Sie wollte ihm lediglich vom Abend berichten, dass es Luca gut geht, sie auf dem Sofa schläft. Chris verschweigt sie, obwohl sie zu gerne mit James über Lucas Schwärmerei sprechen würde, aber Lucas Vertrauen will sie sich auf keinen Fall verspielen.

Trotzdem sprechen sie weiter, über Milan, James berichtet von seinen Sorgen, Maggie hört zu und sie vertraut James die Geschichte von Reka und Matthias an, sie muss einfach mit jemandem darüber sprechen.

Sehr schnell sind zwei Stunden um, dann legen die beiden auf und Maggie schleicht nochmal nach unten, um zu schauen, ob Luca wirklich schläft.

Das tut sie und Maggie kriecht unter ihre eigene Decke und schläft so zügig ein, dass sie gar keine Zeit hat, in Ruhe den Tag, den Abend und auch das Telefonat Revue passieren zu lassen.

Kapitel 15

Serafina

Serafina schickt noch ganz schnell eine Mail an Johannes ab, bevor es auch schon an der Tür klopft.

Der Makler bringt heute den ersten interessierten Käufer in die Pension. Serafina ist schlecht, sie ist durcheinander und versucht sich mit ihrer eigenen, ruhigen Atmung in den Griff zu bekommen.

Sie denkt an Johannes' Worte, dass er trotzdem oder vielleicht auch erst recht von ihrer Pension berichten will, dass er die Daumen drückt, dass sich alles zum Guten wendet und, und, und.

„Und das ist dann der Frühstücksraum?", fragt der dicke Mann, den Serafina als Feind bezeichnen würde, wenn sie jemand fragen würde.

„Genau. Und für die Kuchenzeit und Lesungen am Abend wird dieser Raum auch seit Jahren gerne genutzt.", gibt Serafina zurück.

Sie findet ihre eigenen Antworten richtig ekelig. Sie hasst es, sich anzubiedern, deshalb ist sie ja auch selbstständig. Bewerbungsgespräche sind nicht ihr Fall. Sie macht ihr Ding. Und wem es nicht gefällt, der muss ja nicht ihr Gast werden.

Aber jetzt hat sich die Lage verändert. Der jetzige Besitzer war damals kaum interessiert daran, wofür Serafina die Etagen anmieten wollte.

Es gab keinen Kampf. Es flog ihr zu, die Idee, das Haus, der Start. Danach kam natürlich viel Arbeit auf sie zu, aber finanziert durch eigenes Geld, kein Betteln bei Banken, kein Rechtfertigen.

„Na ja, viel wirft das ja sicher nicht für Sie ab.", sagt der Mann, nachdem er sich auch zwei Gästezimmer angesehen hat.

„Ich kann mich nicht beschweren, meine Miete habe ich immer pünktlich gezahlt, darüber sind sie ja sicher informiert.", sie merkt, wie ihr Ton feindseliger wird.

Mist, sie muss sich mit ihm gutstellen. Dann ist der Termin aber auch schon vorbei und der Makler führt den Interessenten nach draußen.

„Das lief gar nicht gut. Wenn das der neue Besitzer wird, kann ich schließen. Mist. Mist. Mist. Was soll ich nur tun?", schreibt sie Johannes eine schnelle Mail hinterher, obwohl er ihre vorige noch gar nicht beantwortet hat, aber sie muss ihre Gedanken und Ängste loswerden.

Den restlichen Vormittag backt Serafina Kuchen für später, grübelt und streift durch alle Räumlichkeiten, ihr Zuhause und das zeitweilige Zuhause von so Vielen.

Das klingelnde Telefon erschreckt sie richtig, so versunken ist sie in ihren Gedanken.

Der Makler gibt Entwarnung, der Mann hat kein Interesse, aber Serafina muss direkt drei neuen Terminen zustimmen und ihr Gefühl schwenkt von der spontanen Erleichterung direkt wieder zu Sorge und Not.

James

James öffnet die Tür, ein Postbote, der ihm einen Umschlag reicht. Hat der unseren Briefkasten nicht gefunden, denkt James sich, bevor er um eine Unterschrift gebeten wird.

Ein Einschreiben, es sieht irgendwie wichtig aus. Als er den Absender sieht, ist er froh, dass die Kinder in der Schule sind – Post von einer Anwaltskanzlei kann nichts Gutes bedeuten.

Er macht sich einen starken Kaffee und setzt sich an den Esstisch, mit einem Messer schlitzt er den Brief sorgsam auf.

Maya. Seine Frau. Nach vier Jahren. Ein Lebenszeichen. Sie will die Scheidung. James springt auf und übergibt sich in die Gästetoilette.

Jetzt muss er sie wenigstens nicht suchen. Es gibt kein handschriftliches Schreiben, lediglich halb ausgefüllte Formulare der Kanzlei.

Kein persönlicher Brief, keine Frage, wie es den Kindern geht. Aber sie will die Scheidung, die will James schon lange. Die hätte er sofort gewollt. Er möchte mit dieser Frau schon so lange nicht mehr verheiratet sein, dass er jetzt ganz durcheinander ist – darüber, dass er sich nicht einfach freut oder Erleichterung verspürt.

Er kippt den Kaffee weg und genehmigt sich einen Schluck Whisky. Von dem guten Whisky, den seine Mutter ihm zu Weihnachten geschenkt hat. Sein Hals wird von innen ganz heiß, dann wird sein Bauch warm und er atmet tief durch.

Es ist eigentlich eine gute Nachricht. Aber was wird das alles mit seinen Kindern machen und wie hat Maya sich die Abwicklung vorgestellt?

Es wird ja wohl einen gemeinsamen Termin geben, es wird über das Sorgerecht gesprochen werden müssen. Er wird ja kaum einfach einen Zettel unterschreiben.

Nachdem er die Formulare durchgesehen hat, versteht er, dass es leidglich eine Art Bestandsaufnahme ist, ein Zustimmen, dass ihr Trennungsjahr mehr als erledigt ist und die Information, dass Maya das Sorgerecht freiwillig abgeben möchte, keine Unterhaltsansprüche hat, sie einfach einen Schlussstrich will.

Es klingt ganz einfach und eigentlich so, als würde sich nichts ändern, aber James fühlt und denkt unglaublich viel.

Warum jetzt? Warum so? Was sagt er den Kindern? Sie sollte es den Kindern sagen. Sie ist den Kindern eine Verabschiedung schuldig, vier Jahre zu spät, aber sie muss mit ihnen reden.

James ruft unter der angegebenen Nummer in der Kanzlei an, der Sitz ist nicht weit entfernt. Heißt das, Maya ist nicht weit entfernt? War sie die ganze Zeit in der Nähe?

Wahrscheinlich heißt das gar nichts. James erreicht die Anwältin, die die Schriftstücke aufgesetzt und an ihn geschickt hat. Er fragt sie, wie der weitere Ablauf ist.

Es muss einen Gerichtstermin geben, auch wenn die Scheidung einvernehmlich ist.

James fragt nach einem Termin vorab mit Maya und den Kindern, die Anwältin sagt, dass sie Maya danach fragen wird, sie aber nicht glaubt, dass Maya das möchte.

James sagt, dass es keinen Scheidungstermin mit seiner Anwesenheit geben wird, wenn Maya nicht vorher mit den Kindern spricht.

So endet das Telefonat. Die Anwältin wird sich bei ihm melden. James ist wieder schlecht und kalt und verärgert, so hatte er sich diesen freien Tag nicht vorgestellt.

Aber vielleicht, ganz vielleicht können er und seine Kinder danach endlich mit allem abschließen, sich nicht mehr fragen, ob Maya irgendwann wieder vor der Tür stehen wird.

Vielleicht, ganz vielleicht kommen jetzt schwere Monate auf seine Familie zu, die aber in Erleichterung und Freiheit für sie alle enden.

Ganz vielleicht.

Penny

Penny zupft an den Nelken und streicht über die Fensterbank, auf der die Kakteen nebeneinander aufgereiht stehen.

„Freue mich auf unser Essen morgen Abend. Jetzt muss ich erstmal meine Entscheidung mit dem Laden treffen, verkünden und überhaupt. Bis dann.", schreibt Penny an Maggie und dreht sich erneut in ihrem Geschäft.

Die Türglocke läutet und eine Stammkundin kommt ihre wöchentliche Bestellung abholen.

Penny liebt ihren Laden. Sie liebt alles an ihm. Natürlich liebt sie als Floristin all ihre Blumen und Pflanzen, aber sie liebt auch den Klang der Glocke an der Tür, sie liebt die knarrenden Dielen, sie liebt auch das alte Porzellanwaschbecken, ihren Tresen, den sie drei Tage lang mit Maggie angemalt hat – mintgrün als Grundierung und darauf tausende bunte Blüten in allen Formen, die man sich nur denken kann.

Penny gibt diesen Laden nicht auf. Sie weiß es. Sie kann es nicht. Sie bedient ein paar Kunden, bindet Sträuße und gibt am Telefon ihre Bestellung beim Großhändler für den nächsten Tag durch.

Mittags kommt Tom in seiner Pause vorbei und Leni kommt zu ihrer Schicht.

„Ich habe mich entschieden!", ruft Penny laut und Leni und Tom schauen sie erwartungsvoll an.

„Ich mache den Laden zu, für drei Wochen. Nicht länger. Das ist wie Urlaub, das verstehen die Kunden, dann kommen sie noch wieder. Eine Woche vor dem Geburtstermin und zwei Wochen nach der Geburt.", beginnt sie ihre Pläne zu verkünden.

Tom will widersprechen und Leni sieht auch etwas zweifelnd aus, aber Penny spricht weiter: „Leni, du bekommst endlich deinen Teilzeitvertrag. Ich werde so viel hier sein, wie es geht. Wenn es zu wenig ist, suchen wir eine weitere Unterstützung. Wir nehmen keine Großaufträge mehr an, beschränken uns auf die Stammkunden und das Alltagsgeschäft. Wir fahren nicht mehr zum Großmarkt, der Großmarkt liefert an uns. Wir verkürzen die Öffnungszeiten. Wir machen montags zu, dienstags-freitags erst mittags auf, samstags bleibt alles wie gehabt. Ja, es kann sein, dass ich draufzahle in diesem Jahr. Es kann sein, dass es die falsche Entscheidung ist, es kann sein, dass es stressiger wird, als es sein müsste, es kann alles sein, aber das fühlt sich für mich richtig an. Seid ihr dabei?", jetzt ist es Penny die erwartungsvoll guckt.

„Auf jeden Fall!", ruft Leni, die seit einem Jahr nach einem Teilzeitvertrag fragt, damit sie nicht mehr parallel im Bistro ihrer Eltern arbeiten muss.

„Auch wenn es nach einem finanziellen Desaster klingt, bin ich dabei. Du weißt, ich bin immer dabei, Schatz.", sagt Tom und drückt Penny fest an sich.

Penny strahlt. Sie liebt ihren Laden. Sie liebt Tom. Ihr Baby. Auch Leni liebt sie. Und so will sie leben.

Sie will alles und sie sieht gar nicht ein, warum sie nicht zumindest versuchen darf, alles zu bekommen.

Reka

Reka tippt ein, zwei Sätze zu Ende und lässt sich dann in ihren Schreibtischstuhl zurücksinken.

Heute ist Dienstag und sie denkt an das vergangene Wochenende.

Am Freitagabend hat Tilo sie von der Arbeit abgeholt und sie haben in der Reederei gegessen, eigentlich war das schön und ungezwungen. Aber Reka konnte den Vorfall mit Matthias am Vorabend nicht vergessen und war dementsprechend unkonzentriert.

Den Samstag hat Reka allein zu Hause verbracht, mit Haushalt, Erledigungen und Grübeleien.

Am Sonntag war Tilo bei ihr und Reka fühlte sich schon viel gefasster bezüglich Matthias und genoss Croissants und Milchkaffee in Tilos Gesellschaft im Bett.

Allerdings kippte die Stimmung, nachdem sich Tilo anscheinend vorgenommen hatte, Nägel mit Köpfen zu machen. Es war das erste, ernste Gespräch zwischen den beiden über das, was da zwischen ihnen ist.

Und Reka fiel nicht wirklich mehr ein, als Tilo zu sagen, dass sie schon die ganze Zeit versucht, sich in ihn zu verlieben, aber es einfach nicht klappen will.

Verständlicherweise war Tilo verletzt und irgendwie auch überrascht, seine Gedanken und Gefühle kreisten eher in die Richtung, dass er Reka seinen engsten Freunden vorstellen will und dass er ein paar Tage zuvor seinen Eltern von ihrer Existenz in seinem Leben erzählt hatte.

Noch jetzt, zwei Tage später, hat Reka ein schlechtes Gewissen. Sie schaut durch ihr Büro, sie weiß, dass es richtig war, dass sie das Ganze beendet hat, hätte sie schon viel früher machen sollen. Fair war das eigentlich die ganze Zeit nicht, aber es war eine gute Ablenkung.

Jetzt sitzt sie hier und kann nur noch an Matthias denken, den sie seit seinem Kuss im Flur nicht mehr gesehen hat.

„Hallo? Erde an Reka!", dringt plötzlich Maggies Stimme an ihr Ohr. „Oh, tut mir leid, ich war total in Gedanken. Was gibt's?", fragt Reka, wieder zurück in der Wirklichkeit. „Ich wollte dich nur in die Kaffeeküche entführen. Geht's dir gut?", hakt Maggie nach. Reka lässt kurz ihren Blick durchs Büro schweifen und berichtet Maggie erst bei ihrem ungestörten Kaffee von allen neuen Vorkommnissen, ohne interessierte Ohren ihrer Bürokollegen.

Maggie kommt nicht von Rekas Bericht los, sie hat Angst, dass ihre Freundin wieder schwach wird. Nein, eigentlich weiß sie, dass es passieren wird.

Sie gönnt Reka natürlich ihr Glück, aber ist das Glück? Maggie schüttelt ihre Gedanken beiseite.

Sie ist auf einen kurzen Feierabenddrink mit David verabredet, bevor sie zum Einweihungsessen von Jonas und Clara geht.

Zwischen Verlag und der neuen Wohnung trifft sie sich mit David in einer Hotelbar, in der sie schon öfter war. Modern, gute Cocktails, schickes Ambiente. Es war Maggies Vorschlag, weil die Lage für ihren weiteren Abend gut ist und sie sich sicher ist, dass es David dort gefallen wird. Er hat einen Sinn fürs Schöne.

Nachdem sie ihre bestellten Drinks erhalten und angestoßen haben, bricht es aus David heraus: „Ich bin ein absoluter Idiot!" „Was hast du angestellt?", fragt ihn Maggie, die seinen Ausspruch nicht wirklich ernst nimmt.

Nach Davids Bericht möchte Maggie ihn allerdings schütteln und anschreien, sein Glück, dass sie sich das in dieser Location nicht traut.

„Warum machst du sowas? Nora hat mir vor einem Monat noch berichtet, wie viel besser es zwischen euch läuft. Warum tust du ihr das an? Warum tust du euch das an?", Maggie ist sauer. Natürlich kennt sie David länger als Nora, aber auch sie ist ihre Freundin und sie tut ihr leid.

Müssen alle Menschen betrügen? Was soll das? Maggie ist augenblicklich froh, Single zu sein, obwohl sie dieser

Zustand in den letzten Wochen irgendwie mehr gestört hat als in den letzten zwei Jahren.

„Ich kann es dir nicht sagen. Es war wie ein Rausch. Ich war nicht ich selbst. Vielleicht brauchte ich das, um wach zu werden. Ich hatte so ein schlechtes Gewissen und habe es Nora sofort gesagt. Sie hat toll reagiert. Sie verzeiht mir.", gibt David zurück.

„Ich weiß wirklich nicht, ob du das verdient hast.", sagt Maggie, drückt aber kurz seinen Arm.

Vielleicht kann wahre Liebe auch solche Fehltritte überwinden. Vielleicht darf sich Maggie sowieso kein Urteil erlauben, nicht über David, der seine Freundin betrügt, nicht über Nora, die ihm verzeiht, nicht über Reka, die mit ihrem Chef schläft, nicht über Matthias, der mit seiner Angestellten schläft und seine Frau betrügt.

Über niemanden darf sie urteilen, sie hat doch keine Ahnung von der Liebe. Sie ist allein. Liebt ihre Arbeit. Ihr Zuhause. Ihre Familie. Ihre Freunde. Aber wann hatte sie das letzte Mal Schmetterlinge im Bauch?

Kurz kommt ihr James in den Sinn, aber das interpretiert sie als weitere miserable Liebesgeschichte, welche Ehefrau und Mutter verlässt ihre Familie?

Bei ihrer Verabschiedung ist Maggie in Gedanken und eigentlich nicht in der Stimmung auf einen Abend mit weiteren Menschen, aber sie will ihren Bruder nicht enttäuschen, David wirkt allerdings erleichtert nach seiner Beichte.

Schön, konnte sie wenigstens ihm helfen, denkt Maggie etwas mürrisch und macht sich auf den Weg zu Jonas und Clara.

Jonas & Clara

„Kommt rein!", ruft Jonas sichtlich aufgeregt. Endlich sind Maggie und Serafina da. Sie kommen gleichzeitig die Treppen in den dritten Stock hinauf und Jonas drückt sie nacheinander fest an sich.

Eine Garderobe haben sie noch nicht, deshalb legt er die Jacken der beiden auf einen der Umzugskartons im Flur und bittet sie ins Wohnzimmer.

„Hallo!", ruft Clara und umarmt die zwei ebenso wie es Jonas getan hat. Jonas und Clara wirken so glücklich, dass auch Serafina und Maggie ihr Lächeln nicht mehr aus ihren Gesichtern wischen können.

Clara hat ein Geschirrtuch über ihrer Schulter und fragt: „Wollt ihr etwas trinken? Das Essen ist gleich fertig." Ihre ersten richtigen Gäste nicken und Clara öffnet den Wein, der auf der Küchenablage steht. Jonas bittet die zwei auf dem Sofa Platz zu nehmen.

Dafür, dass sie erst seit vier Tagen die Schlüssel haben, ging alles super schnell und reibungslos. Clara kann es noch nicht so ganz fassen, dass sie sofort, sofort umgezogen sind.

Am Wochenende haben Freunde mit ihnen gestrichen und alle Möbel transportiert. Das WG-Zimmer von Jonas war in kurzer Zeit zusammengepackt, Claras Zimmer im Studentenwohnheim sowieso.

Das Bett aus Serafinas Pension war durch die große Unterstützung ihrer Helfer auch zügig von A nach B gebracht.

Gestern haben sie die wichtigsten Dinge von ihrer Wohnungsliste im Möbelhaus gekauft und die ganze Nacht mit dem Aufbau zugebracht.

Die Wohnung wirkt in ihrem jetzigen Zustand eher minimalistisch eingerichtet als unfertig. Na gut, bis auf die Kartons im Flur.

„Super, dass ihr unsere ersten Gäste seid. Herzlich willkommen!", sagt Jonas mit mächtig viel Stolz in der Stimme, nachdem Clara jedem ein Glas Wein in die Hand gedrückt hat.

„Macht ihr eine kleine Tour mit uns?", fragt Maggie neugierig und Clara freut sich, dass diese beiden, für Jonas so wichtigen Menschen, hier sind, Interesse zeigen und sie mögen. „Klar, schaust du nach der Lasagne?", fragt Clara Jonas, der nickt, und geht mit den beiden nochmal zurück in den Flur.

Der Flur ist lang und wie der Rest der Wohnung liegen gut erhaltene Dielen auf dem Boden. Das Badezimmer, welches für einen Altbau ziemlich groß ist, geht als erstes vom Flur ab – Badewanne, Fenster, schlichte Farben.

Nach rechts werfen sie der Vollständigkeit halber nochmals einen Blick in das große Wohnzimmer mit Küchennische. Jonas deckt den neuen Tisch am Fenster und scheint rundum in seinem Element.

Verrückt, wie sich die Zeiten ändern, denkt Clara. „Ihr seid ein tolles Paar.", sagt Serafina, als hätte sie ihre Gedanken gelesen. „Danke.", gibt Clara zurück und wird ein bisschen rot.

Auf der linken Seite kommt dann das Schlafzimmer mit französischem Balkon. Das Pensionsbett macht eine gute Figur neben dem alten Schrank von Jonas und Claras Schminkkommode am Fenster.

„Und wenn man den Flur bis zum Ende geht, kommt man in das halbe Zimmer. Eigentlich eher wie ein Erker. Der

Flur mündet in einen offenen, kleinen Bereich, der mein Arbeitsplatz werden soll.", sagt Clara, als die drei Frauen das Schlafzimmer wieder verlassen haben und die Tour mit einem Blick aus dem Fenster beenden.

„Ich finde die Wohnung richtig klasse.", sagt Maggie und drückt Clara kurz.

Alle drei strahlen, als sie wieder das Wohnzimmer betreten und den Duft der Lasagne einatmen. Jonas bittet alle zu Tisch. Er schenkt Wein nach, serviert das Essen und fühlt sich so angekommen, dass er nichts weiter braucht als das. Keine Sehnsüchte, keine Angst, keine Zweifel – pures Glück.

„Ich liebe dich.", flüstert Jonas Clara ins Ohr, als sie das Eis aus dem Gefrierschrank nimmt, welches als Nachtisch eingeplant ist. Sie stellt es beiseite und nimmt Jonas fest in den Arm. „Ich hoffe, dieses Gefühl vergeht nie. Ich glaube, so sollte es für immer sein.", sagt Clara und löst sich wieder von ihm.

Für einen Abend mitten in der Woche wird es spät. Erst nach zwölf liegen die beiden im Bett und loben sich gegenseitig für den schönen Abend.

Dann schlafen sie zufrieden und erschöpft ein.

Kapitel 16

Maggie

Maggie winkt, als sie James aus seinem Haus treten sieht. Er lächelt, sieht aber – wie so oft – erschöpft aus.

„Du siehst aus, als bräuchtest du mal eine feste Umarmung.", begrüßt Maggie ihn, als sie auf dem Gehweg aufeinander zugehen. „Da sage ich nicht nein.", gibt James zurück.

Maggie will eine gute Freundin sein und nimmt James in den Arm, aber irgendwie spürt sie, dass sie diese Nähe auch braucht. Sie entspannt sich richtig und irgendwie wird aus einer Umarmung ein längeres auf dem Bordstein stehen und aneinander Festhalten.

Als sie sich voneinander lösen, fühlt Maggie sich ganz anders und wird etwas rot.

„Wow.", sagt James und schaut Maggie direkt in die Augen, was sie gründlich verunsichert. Verlegen blickt sie weg. „Danke.", sagt James und drückt ihren Arm, bevor er zu seinem Briefkasten geht.

Nachdem Maggie sich auf den Weg zur Arbeit gemacht hat, ist sie immer noch ganz verdattert von der Situation. Sie haben sich gar nicht richtig unterhalten. Es war viel mehr ein Moment als ein Treffen.

In ihrem Auto sitzend fühlt sich Maggie auf einmal richtig einsam und ihr ist kalt, obwohl es für Ende März heute ein warmer Tag ist.

Was eine kurze Begegnung so mit einem machen kann.

James muss grinsen. Was für eine tolle Umarmung. Wobei es eigentlich viel mehr war. Ein richtiges Innehalten, mit Maggie bei sich, ganz dicht.

So gut hat er sich den ganzen Monat noch nicht gefühlt und augenblicklich fehlt Maggie ihm auch schon.

Er schüttelt den Kopf, konzentrier dich, denkt er und sieht, noch immer an der Straße stehend, die Briefe durch. Da ist er, der Brief der Anwältin. Er reißt ihn auf, will wissen, wie es weitergeht. Die Kinder sind heute zu Hause, Studientag, er will endlich mit ihnen reden. Er muss dieses Kapitel abschließen, er muss wieder leben, ganz normal.

Oder eben so normal, wie es als alleinerziehender Vater eben geht.

Der Brief enthält ein amtliches Schreiben für den Gerichtstermin und eine handschriftliche Notiz der Anwältin. Das ist nicht Mayas Schrift, denkt James: *„Sollten Sie darauf bestehen, ist meine Mandantin dazu bereit, die Kinder und Sie kommende Woche zu treffen, auf neutralem Boden. Bitte rufen Sie mich zwecks Terminvereinbarung an. K.S."*

James ist fassungslos, dass Maya sich nicht mal wegen dieses Treffens selbst gemeldet hat. Ihre Mandantin? Kann sie nicht einfach ihren Namen verwenden? Und was heißt neutraler Boden? Warum nicht bei ihnen zu Hause? Wo sich die Kinder sicher fühlen?

James atmet langsam aus und geht dann wieder ins Haus, um mit Luca und Milan zu sprechen.

Sie sitzen in Milans Zimmer. Milan auf seinem Bett. Luca und James auf dem Fußboden davor. „Ich weiß nicht, was ich noch dazu sagen soll. Wollt ihr sie treffen? Ich denke, es wäre wichtig, um mit dem Thema abzuschließen, falls ihr Fragen habt, Fragen, die ich euch nicht beantworten kann.", fragt James seine Kinder, nachdem er vom aktuellen Status berichtet hat und keiner der beiden auch nur ein Wort gesprochen hat.

„Hast du mit ihr gesprochen?", fragt Luca. „Nein. Nur mit ihrer Anwältin.", gibt James zurück. „Warum ist sie so feige?", fragt Luca und James entscheidet sich, dass er lange genug neutral über Maya gesprochen hat, sie hat ihre Entscheidung gefällt und die ist hart und unglaublich gemein seinen Kindern gegenüber. „Keine Ahnung. Vielleicht hat sie Angst. Aber ich finde es auch total daneben, dass es so abläuft. Dass alles so abgelaufen ist. Ich hatte bis vor ein paar Wochen die Hoffnung, dass sie wiederkommt. Dass es an unserer Tür klingelt und sie sich entschuldigt und bereut, uns das angetan zu haben. Aber von diesem Gedanken habe ich mich verabschiedet.", sagt James ehrlich zu Luca und schaut dann Milan an.

„Papa, ich möchte mit ihr reden, wenn es dir nichts ausmacht.", sagt der daraufhin. „Mach dir bitte um mich keine Gedanken. Ich unterstütze euch bei jedem Schritt, den ihr gehen oder lassen wollt. Ich sorge für ein Gespräch. Bin dabei, wenn du es möchtest, oder warte in der Nähe, wenn es dir lieber ist.", sagt James, der froh ist, dass seine Kinder mittlerweile so groß sind, dass er klar mit ihnen kommunizieren kann, auch wenn all das nicht erklärbar ist.

„Ich weiß nicht, ob ich mit ihr reden will. Sie will ja anscheinend nicht mit uns reden. Ich bin langsam nur noch wütend, nicht mehr traurig.", sagt Luca und setzt sich dicht neben ihren kleinen Bruder. „Ihr müsst es nicht jetzt sofort entscheiden. Eure Gefühle können sich diesbezüglich morgen auch schon ganz anders anfühlen. Ich vereinbare einen Termin. Mir ist nur wichtig, dass dieser vor dem Gerichtstermin ist. Es klingt hart, aber es ist das einzige Druckmittel, das ich gerade habe. Wenn ihr mit ihr reden wollt, muss sie dazu bereit sein, das ist sie euch schuldig. Dafür werde ich sorgen.", sagt James und kniet sich vor die beiden.

Dann folgt eine Gruppenumarmung und sie entscheiden sich, einen langen Spaziergang zu machen. Sie sprechen nicht viel, halten sich aber immer wieder an den Händen oder laufen Arm in Arm.

Das ist Familie, denkt James, und alle anderen können uns mal.

Serafina

Sie ist aufgeregt. Wegen so vieler Dinge. Heute checkt Johannes ein, er will über ihre Pension schreiben und Bilder machen, ein neuer Käufer kommt heute gucken und in Serafina Kopf schwirrt die verrückte Idee, was denn wäre, wenn sie selbst das Gebäude kaufen würde. Bescheuert. Soll sie all ihr Erspartes investieren?

„Willkommen!", ruft Serafina und umarmt Johannes. Sie konnte sein Eintreffen kaum erwarten. Einige Mails haben sie sich hin und hergeschickt in den zwei Monaten, die vergangen sind, seitdem Johannes abgereist ist.

Es fühlt sich an, als würden sie sich Jahre kennen. Vertraut. Aber vielleicht stimmt auch einfach die Chemie zwischen den beiden.

„Dein Zimmer vom letzten Mal soll renoviert werden. Du bekommst ein anderes, sehr schönes.", informiert Serafina ihn und hilft mit seinem Gepäck.

„Wie ist der Stand, was den Verkauf angeht?", fragt er nach und Serafina berichtet vom heute noch anstehenden Termin, erwähnt aber ebenso, dass sie hofft, dass sie all das noch in eine andere Richtung lenken kann.

Johannes gefällt auch dieses Zimmer und Serafina lässt ihn einen Moment allein und nutzt die Zeit für einen Anruf bei ihrer Bankberaterin. Ihr ist klar, dass sie diese Immobilie nicht aus der Portokasse zahlen kann, aber ihre Möglichkeiten scheinen besser, als sie erwartet hat.

Sie kommt aus dem Grübeln nicht mehr heraus, als Johannes wieder nach unten kommt, hat sie tausend Notizen, Berechnungen und Gedanken auf etlichen Zetteln niedergeschrieben.

„Ein bisschen Risiko ist immer dabei, oder?", fragt Serafina Johannes zusammenhangslos, aber der nickt einfach nur und sagt: „Oh ja, so ist das Leben." „Die beste Investition ist doch die in sich selbst. Habe ich so gedacht.", spricht Serafina immer noch leicht in Rätseln, doch Johannes scheint Gedanken lesen zu können. „Du willst selbst kaufen?", platzt es aus ihm heraus und sie strahlt über das ganze Gesicht.

Im nächsten Moment öffnet sich die Tür und der neue Interessent samt Makler stehen vor ihr. Der Termin verläuft so unangenehm, dass Serafinas Idee zu einem sicheren Plan reift.

„Ich kann den Artikel ganz anders aufziehen. Das kann dir sicher helfen. Werbung ist doch alles.", ruft Johannes voller Tatendrang, nachdem die beiden endlich in Ruhe über ihre Idee sprechen konnten.

„Ich muss es wagen. Dieser neue Interessent hat angedeutet, er würde das Gebäude komplett grunderneuern und einen Bürokomplex daraus machen wollen. Ich will meine Pension nicht verlieren.", stellt Serafina klar und überfliegt die Möglichkeiten auf ihrer Liste: *Lebensversicherung auflösen, 70% Erspartes, zwei Aktienpakete verkaufen, Mieteinnahmen vom Laden und den zwei Wohnungen im Dachgeschoss, kleiner Kredit* – ob das reicht?

Es kribbelt Serafina überall, sie ist aufgeregt. Sie will das auf jeden Fall und findet es ein bisschen lustig, dass das nicht ihr erster Gedanke nach der Info über den Verkauf war.

„Ich habe noch so viele Ideen für die Pension. Es darf noch nicht zu Ende gehen. Meine Nichte Maggie und ich denken schon länger über eine ehrenamtliche Veranstaltung für Kinder aus sozialschwachen Familien nach. Ein Büchertag, mit Vorlesen, Betreuung, Bildung und Spiel. Solche Sachen. Das muss alles noch passieren!", hört Serafina gar nicht auf zu reden, aber Johannes stoppt sie, weil er eine Idee hat: „Das ist doch perfekt. Du könntest Geld sammeln mit einer Crowdfundingaktion und das Event als Aufhänger nehmen."

„Stimmt. Super Idee. Und man könnte den großzügigsten Geldgebern Benefits bei der Buchung der Pensionszimmer in Aussicht stellen oder sogar Zimmer nach ihnen benennen. Fast wie eine Parkbank mit eigenem Namen darauf."

Die beiden machen einen Schlachtplan, in dem festge-
halten wird, was Serafina heute alles anleiern muss.

Als sie damit beginnt, fängt Johannes mit seinem Artikel
und den Fotos an.

Das gesamte B&B ist gefüllt von positiver Energie, Tatendrang und Erfindergeist. Zwischendurch laufen die zwei
sich über den Weg, strahlen sich an, arbeiten dann aber
fleißig weiter.

Reka

*„Im achten Stock wird nächste Woche renoviert. Da ist
heute niemand. Treffen wir uns dort um eins? Muss ständig
an dich denken.",* liest Reka die Nachricht von Matthias.

Sie kann es nicht fassen, sie ist wieder genau da, wo sie
vor Monaten war. Eine heimliche Affäre mit ihrem Chef.

Verdammt, warum ist sie nicht stärker? Warum besteht
sie nicht darauf, dass er sich scheiden lässt. Aber seine Be-
rührungen lassen sie immer wieder alle guten Vorsätze und
Wünsche vergessen.

Seit gut einer Woche läuft wieder mehr zwischen ihnen
als ein heimlicher Kuss. Er war drei Nächte bei ihr zu Hause
und einmal hatten sie Sex in seinem Büro. Reka kann es
selbst kaum glauben, in welches Klischee sie hier hineinge-
rutscht ist, obwohl sie sich schon einmal daraus befreit
hatte.

Zwischendurch redet sie sich ein, dass es ihr auch nur
um das Körperliche geht. Dann kann sie besser damit umgehen, das verletzt sie nicht. Das schenkt ihr lediglich Lust

und Befriedigung und deshalb tippt sie nun auch: „Bis gleich. Trage das Spitzenhöschen, das du so magst."

Es ist verboten. Und das macht es nur noch aufregender. Sie könnten erwischt werden, geben sich aber trotzdem ihrer Begierde hin, sodass Reka für einen Moment an die frische Luft muss, bevor sie an ihren Arbeitsplatz zurückkehrt, damit man ihr nichts ansieht. Ihre geröteten Wangen und ihr verschmierter Lippenstift sollen niemandem auffallen.

Nachdem sie erfrischt und wieder zurechtgemacht den Verlag betritt, wird ihre Einstellung, dass sie sich einfach nur ihre Lust befriedigt schnell beiseite gewischt. Denn im Foyer steht Matthias, die Haare noch leicht durcheinander, aber kurz nachdem Reka das mit einem Kribbeln festgestellt hat, sieht sie, wie er eine Frau begrüßt, mit einem Kuss. Einem Kuss auf den Mund. Seine Frau.

Und Rekas Herz tut so weh, da kann egal wie viel heißer, verruchter, verbotener Sex auch nicht helfen.

Verdammt.

Jonas

„Natürlich helfe ich dir. Warum hast du nicht früher vom Verkauf erzählt? Das lassen wir nicht zu.", sagt Jonas zu seiner Tante am Telefon bevor er sich auf den Weg zu ihr macht.

Es ist ja nur noch ein Katzensprung von der neuen Wohnung. Er fühlt sich richtig ausgeglichen, weil er das Leben mit Clara so genießt. Alles ist wie es sein soll.

Das schenkt ihm Kraft und Energie, jetzt alles für Serafina zu tun. Wäre doch gelacht, wenn sie nicht eine tolle Crowdfundingaktion ins Leben rufen könnten.

An der Uni hat er sich mit dem Thema schon mal generell auseinandergesetzt und freut sich, unterstützen zu können.

Als er in der Pension eintrifft, ist Maggie bereits in einem Videotelefonat dazu geschaltet und nutzt ihre Mittagspause, Serafina Mut zu machen und zu bestätigen, dass sie die „Kinder-Lesezeit" immer noch machen will und sich genauere Gedanken machen wird, wie sie es umsetzen können.

Serafina drückt Jonas fest an sich, nachdem sie aufgelegt hat und die beiden machen sich ans Werk.

So nervös kennt er seine Tante gar nicht. Aber wahrscheinlich ist das nur so, weil so viel dranhängt. Eben alles.

Johannes kommt auch noch hinzu, Clara kommt nach ihrer Uni-Vorlesung ebenso in die Pension und Maggie ruft mehr als einmal an, um alle ihre Ideen kundzutun.

Nachmittags ist Jonas sehr zufrieden mit dem eingestellten Aufruf, der durch Johannes' Artikel hoffentlich ausreichend Aufmerksamkeit bekommt.

„Das wird schon werden. Du hast doch bis jetzt immer alles geschafft.", beruhigt Jonas Serafina und spaziert mit Clara nach Hause.

„Das war ein Tag!", sagt er zu seiner Freundin. „Toll, dass du Serafina helfen konntest.", gibt sie zurück. „Jetzt hilft nur noch Daumen drücken.", sagt Jonas und die beiden Drücken ihre vier so fest sie können.

Tom ist sich nicht sicher, ob Pennys Plan, was den Blumenladen angeht, aufgehen wird. Aber er ist beruhigt, dass es endlich einen Plan gibt.

Und nun freut er sich einfach auf die Zeit mit Penny und ihrem Baby. Er wird selbst zwei Monate Elternzeit nehmen, sobald Pennys angekündigte zwei Wochen nach der Geburt um sind. Vielleicht hilft das ja auch, damit alle zufrieden sind.

Über das Geschlecht will Penny immer noch nicht sprechen, auch wenn Tom langsam gerne wüsste, ob er in ein paar Jahren seiner Tochter Zöpfe flechten oder seinem Sohn beim Fußball zuschauen wird. Wobei Tom seine Gedanken sofort selbst geraderückt. Wer weiß, ob sein Sohn nicht der mit den langen Haaren sein könnte und seine Tochter Mannschaftskapitänin beim Fußball wird.

Namen, Namen sind viel wichtiger. Tom Junior. Penny würde ihm einen Vogel zeigen. Nele. Niklas. Noah. Nico. Einen Namen mit N fände Tom gut. Ninini, Nanana, Nonono, Nola. Nola gefällt Tom richtig gut. Noah, wenn es ein Junge wird. Nola, wenn es ein Mädchen wird.

Nono. Perfekter Spitzname. Tom geht nach oben zu Penny und streicht über ihren Bauch: „Hallo Nono." „Hallo wer?", fragt Penny. Doch sie scheint ziemlich angetan von Toms Namensvorschlägen.

David

David freut sich, dass er Maggie so schnell wieder auf einen Drink treffen kann. Er fährt in ihre Gegend und sie treffen sich in der Reederei.

Maggie sitzt schon am Tresen, als er den Laden betritt. Das wird seiner Laune sicher helfen. Er ist natürlich froh, dass Nora ihm verziehen hat, aber richtig toll läuft es nun auch nicht wieder zwischen ihnen.

Und dazu kommt noch, dass Jacky schon mehrmals mit ihm reden wollte und er ihr die ganze Zeit aus dem Weg gehen, geradezu vor ihr fliehen muss. Das ist alles so anstrengend.

Maggie sieht gut aus heute, fällt ihm direkt auf. Irgendwie strahlt sie und ihre Wangen sind leicht gerötet. Steht ihr, findet er.

Die beiden bestellen Bier und prosten sich zu. „Schönes Wochenende!", sagt Maggie. „Dir auch!", gibt David zurück und beschwert sich dann etwas genervt bei Maggie über Noras abweisendes Verhalten. „Nicht mal Sex hatten wir die letzten Wochen.", sagt er und schaut Maggie unzufrieden an. „Hallo? Gibst du ihr mal etwas Zeit? Dein Betrug ist noch keinen Monat her. Vielleicht muss sie die ganze Sache noch verarbeiten, bevor sie dir wieder nahekommen kann.", stellt sie sich auf Noras Seite.

„Hey, ich denke, du bist meine Freundin. Du solltest mich unterstützen.", fühlt sich David fast etwas hintergangen.

Aber dann grinst Maggie und drückt ihn kurz: „Ich bin auch deine Freundin, aber du hast Mist gebaut. Gib ihr etwas Zeit und lenk dich solange einfach ab."

David muss augenblicklich an Sex mit Jacky denken. Okay, natürlich hat Maggie das so nicht gemeint mit der Ablenkung, aber für seine Gedanken kann David schließlich auch nichts.

Maggie erzählt von der Arbeit und irgendwas über die Pension ihrer Tante, aber David ist abgelenkt. Er beobachtet Maggie, wie sie spricht, aber hört ihr nicht richtig zu.

War Maggie schon immer so schön? Sie bestellen noch eine Runde und David verspürt eine Spannung zwischen ihm und Maggie, die es früher nie gab. Sie wirkt so zufrieden und selbstsicher und in dieser Art so unglaublich schön, dass David all seine Sorgen um Nora und Jacky vergisst.

Maggie

„Und ich konnte heute sogar noch ein paar Ideen mit meinem Chef besprechen. Ich denke, wir können Serafina richtig gut unterstützen. Finanziell, aber auch mit uns als Werbetreiber.", sie ist immer noch ganz aufgeregt.

Dieser Tag hat Maggie so viele Überraschungen gebracht, erst dieser tolle Moment mit James am Morgen und dann noch alles rund um die Pension.

Hoffentlich kann Serafina mit ihrem Vermieter reden, vielleicht freut er sich ja sogar, dass sie kaufen will. Maggie hat ein positives Gefühl. Sie hat in ihrem Marketing-Herz tausende Ideen. Und sie freut sich, dass ihre Lesezeit für Kinder eine Art Anschubs bekommen hat. Darüber haben Serafina und sie schon so lange gesprochen.

„Wollen wir langsam los?", fragt Maggie David nach der dritten Runde. „Jetzt schon?" gibt er enttäuscht zurück.

„Ich bin echt erledigt von der Woche. Wir können noch einen kurzen Spaziergang zu meinem Auto machen, wenn du magst.", sagt Maggie und David willigt ein.

Sie bezahlen und schlendern die drei Seitenstraßen zu ihrem Parkplatz.

Gerade will Maggie David nochmals daran erinnern, dass er sich um Nora bemühen soll und froh sein kann, dass sie ihm verziehen hat, als er sagt: „Maggie, heute siehst du ganz besonders gut aus. Ist dir das klar?" „Huch. Ähm, danke.", mit so einem Ausspruch hat Maggie nicht gerechnet. Ihre Freundschaft mit David war auch nie auf ein Necken oder Schäkern ausgelegt, sie ist irritiert.

„Du bist immer so ruhig und selbstsicher. Das gefällt mir echt.", spricht er weiter und hält sie am Arm fest. „Was wird das?", fragt Maggie und macht einen Schritt nach hinten.

„Ablenkung.", sagt David und presst seine Lippen auf Maggies. „Bist du bescheuert?", ruft sie und schubst ihn fast auf die Straße.

Maggie wartet wenige Sekunden, denkt, er würde sich entschuldigen, es bereuen, sich selbst fragen, was das gerade sollte, aber er steht einfach da und grinst.

Ist das ihr Kindergartenfreund? Er scheint sich wirklich verändert zu haben. Das mit seiner Studentin war kein Ausrutscher.

Maggie weiß nicht, ob das eine verfrühte Midlifecrisis sein soll, aber was sie weiß ist, dass sie mit so jemandem nicht befreundet sein will.

Sie steigt in ihr Auto. David winkt ihr. Sie schüttelt sich und fragt sich zugleich, ob das eben wirklich passiert ist.

Nora

Komisch, denkt Nora. So spät hat sie nicht erst mit David gerechnet. Feierabenddrinks mit Maggie gab es schon häufig, aber das sind zwei, drei Drinks und dann kommt er nach Hause. Meistens zu einer Zeit, zu der sie dann auch noch gemeinsam essen können. Auch wenn die Entfernung ein bisschen Zeit für den Weg in Anspruch nimmt.

Jetzt bekommt sie Hunger oder nur ein ungutes Gefühl im Bauch? Nora weiß gar nichts mehr. Weiß ihre Gefühle und Empfindungen nicht mehr einzuschätzen.

Es war die letzten Wochen furchtbar zwischen David und ihr. Ja, sie hat an diesem Abend keine Fragen gestellt und ihn umarmt. Aber wäre es nicht trotzdem an ihm, über all diese Dinge nochmal zu sprechen, sie anzusprechen?

Nora fühlt sich unwohl in ihrer Haut. In ihrer Wohnung. In ihrem Leben. Sie müssen reden, wenn sie wirklich noch eine reale Chance haben wollen, müssen sie reden. Vielleicht mit einer außenstehenden Person.

Noras Handy klingelt, Maggies Name auf dem Display. Nein, Maggie zählt nicht als außenstehende Person, denkt Nora kurz, bekommt dann aber einen Schreck, ob irgendwas passiert sein könnte, ein Unfall?

„Nora? Ist David zu Hause angekommen?", fragt Maggie, ohne richtig Hallo zu sagen. „Nein. Warum fragst du, geht's euch gut? Ist etwas passiert?", nicht noch mehr schlechte Nachrichten hofft Nora.

Zehn Minuten später ist Nora überrascht, durcheinander, erleichtert und verwundert.

Kein Unfall. Nur ein David, der sich erneut nicht im Griff hatte. Spinnt er? Sie ist aber irgendwie auch ganz gerührt davon, dass sich Maggie auf ihre Seite stellt und es ihr erzählt hat. Wahrscheinlich ein schlechtes Zeichen, dass sie ihr sofort glaubt und die Geschichte auf keinen Fall in Frage stellt.

So kann mein Leben nicht weitergehen, denkt Nora. Aber wo ist David jetzt? Nora schreibt ihm eine Nachricht und fragt, wo er bleibt. *„Nochmal in der Uni.",* ist Davids Antwort. Ohne klaren Verstand schnappt sich Nora ihre Jacke und ihre Handtasche und eilt Richtung Universität.

David

„Nochmal in der Uni.", das ist keine Lüge, denkt David, nachdem er Nora geantwortet hat.

Und schreibt außerdem: *„Du wolltest doch mehrmals mit mir reden. Ich bin im Vorlesungssaal 7." –* an Jacky.

Er kann es kaum fassen, aber Jacky kommt nach zwanzig Minuten zu ihm, an einem Freitagabend.

Zu ihm. Keinem Typen aus ihrem Semester. Sie macht sich auf den Weg, um ihn zu sehen.

Nora, Maggie, die können ihm alle gestohlen bleiben. Bestimmt ist Jacky keine Frau zum Heiraten, aber heiraten will David ja auch nicht. Er will Spaß, und begehrt werden und ein gutes Leben haben.

Nora & Maggie

Nora kennt sich in der Uni nicht aus. Sie streift durch leere Flure und ist erstaunt, dass die Räume nicht verschlossen sind. Sie kann in Büros und Vorlesungssäle gucken und begegnet nur vereinzelt jungen Leuten.

Junge Leute. Als wäre sie steinalt. Aber sie ist eben keine Studentin.

Sie hört Stimmen, die plötzlich verstummen. Sie kamen aus einem Vorlesungssaal. Saal 7. Steht an der Ausschilderung.

Irgendwie weiß Nora, was jetzt passieren wird, aber sie will sich sicher sein. Sie will es sehen. Will es wissen. Sie öffnet die Tür einen Spalt und sieht, warum es keine Stimmen mehr gibt – weil die zwei Münder, aus denen sie kamen anderweitig beschäftigt sind. Und auch Davids Hand scheint beschäftigt, auf einem Hintern liegt sie, die Hand.

Mehr erträgt Nora nicht. Sie rennt aus der Uni. Atmet an der nächsten Straßenecke tief durch. Spürt in sich hinein. Ihr Herz ist längst gebrochen, da bricht nichts mehr. Sie fühlt eine Mischung aus Ekel und Erleichterung.

Und dann ruft sie Maggie an: „Kannst du ganz schnell zu uns nach Hause kommen? Mit deinem Auto?"

Maggie ist überrascht über den Anruf, aber überlegt keine Sekunde, bevor sie Nora beruhigt und sagt, dass sie sich beeilt.

Eine Weile braucht Maggie schon mit dem Auto bis zu Nora, aber die nutzt die Zeit und packt all ihre Sachen. Sie packt nicht das Nötigste, sie packt all ihre Sachen, Kleidung, Küchenutensilien, Bücher, alles aus dem Badezimmer, sie ist überrascht, wie wenig sie besitzt, aber die Wohnung war ja auch nie groß.

Sie zieht all ihr Bargeld aus ihrer Tasche, legt es auf den Küchentresen und schreibt eine kurze Notiz: *„Für die Miete* *und weitere Nebenkosten, damit bin ich raus. Wage es nicht, dich jemals bei mir zu melden. N. "*

Maggie stellt keine Fragen. Sie hat Nora ja von dem Kussversuch von David nach ihren Drinks erzählt. Sie fühlt sich Nora eindeutig mehr verbunden als David.

Als sie bei Maggie zu Hause angekommen sind, eine Lasagne vom Vortag verspeist und eine Flasche Wein geöffnet haben, fällt Maggie aus allen Wolken, dass David nach ihrer unangenehmen Verabschiedung ernsthaft am selben Abend noch mehr Mist gebaut hat.

„Du kannst gerne hierbleiben, bis du etwas Eigenes findest. Ich habe ein Gästezimmer. Wir Frauen halten zusammen. Kindergartenfreund hin oder her, ich bin so wahnsinnig enttäuscht von David. Aber was soll ich sagen, dir muss es schrecklich gehen.", sagt Maggie.

„Es ist okay. Die letzten Wochen waren schrecklich. Es klingt komisch, aber ich bin fast etwas erleichtert. Danke für deine Hilfe. Irgendwie kam es mir am einfachsten vor, dich anzurufen, ich wollte mich heute Abend niemandem erklären und furchtbarer Weise wusstest du ja über so gut wie alles Bescheid.", gibt Nora zurück und die beiden atmen tief durch.

„Und ich habe in letzter Zeit mit meinem Singledasein gehadert. Vielleicht ist man alleine besser dran.", sagt Maggie irgendwann und Nora muss lachen.

„Jetzt hast du mich erstmal an der Backe. Also so allein bist du nicht. Ich muss nur mal sehen, wie ich das mit meinem Arbeitsweg hinbekomme ohne Auto. Aber ich muss erst Dienstag wieder in die Boutique.", sagt sie.

„Ich habe am Wochenende noch keine Pläne. Wir können uns das alles also die nächsten Tage ganz in Ruhe überlegen. Lass uns deine Sachen in dein neues Zimmer bringen.", meint Maggie und die beiden räumen die zwei Koffer, vier Tüten, drei Taschen und Noras Topfpflanze namens Lilly ins Obergeschoß.

Maggie zeigt Nora, wo sie Handtücher findet und die beiden wünschen sich eine gute Nacht.

Als Maggie im Bett liegt, ist sie immer noch platt von den Ereignissen. Freundschaften ändern sich. Menschen ändern sich. So wie David Nora behandelt hat, sollte niemand irgendjemanden behandeln. Maggie ist immer noch richtig enttäuscht.

Nora schläft nach all der Anspannung so schnell ein, dass sie nicht mal mehr drei Minuten über die Geschehnisse nachdenkt. Aber vielleicht ist das auch gar nicht so schlecht.

Kapitel 17

Luca

Luca ist aufgeregt, vor fast zwei Monaten hat Chris ihr die heiße Schokolade ausgegeben. Seit drei Wochen schreiben sie sich unentwegt Nachrichten.

Auf dem Schulhof gab es ewig viele Blicke, bis er auf sie zugekommen ist und sie nach ihrer Nummer gefragt hat. Luca konnte ihr Glück kaum fassen. Chris sieht gut aus, ist witzig und zwei Jahre älter als sie. Dass er sich für sie interessiert und nicht für die Mädchen in seinem Jahrgang, tut Lucas Ego besonders gut.

Heute wollen sie sich das erste Mal treffen. Ein Spaziergang im Park. Mit Frühstück vom Bäcker. In Lucas Bauch kribbelt alles.

Endlich ein positives Thema in ihrem Leben. Wenn sie an das Treffen letzte Woche mit ihrer Mutter denkt, könnte sie erneut in Tränen ausbrechen, aber diese Gedanken versucht sie erstmal beiseite zu schieben.

Jetzt will sie nur an Chris denken. Lucas erstes richtiges Date. Sie grinst, als sie Chris vor dem Eingang zum Bäcker stehen sieht.

„Guten Morgen! Hast du etwa schon unser Frühstück gekauft?", begrüßt Luca ihn, denn Chris ist schon bepackt mit einer großen Tüte und zwei Pappbechern.

„Kakao, süße Brötchen und belegte Baguettes. Ich hoffe, das ist nach deinem Geschmack.", gibt Chris zurück und Luca nickt und strahlt.

„Aber erstmal guten Morgen.", sagt Chris noch und drückt Luca einen Kuss auf die Wange, als wäre nichts dabei. Lucas erster Gedanke lautet: ich werde nie wieder mein Gesicht waschen. Aber dann freut sie sich einfach und die beiden schlendern zum Park.

Sie finden eine sonnige Bank, die so viel Wärme schenkt, wie es an einem Aprilmorgen eben geht und die beiden fangen an zu frühstücken.

Lucas Nervosität war vollkommen unbegründet, sie können genauso wie in ihren Nachrichten ungezwungen miteinander sprechen, so entspannt, dass Luca Chris sogar von ihrer Familiengeschichte erzählt.

„Puh, das ist echt heftig. Und letzte Woche hast du sie dann nach so langer Zeit wiedergesehen?", fragt er interessiert nach.

„Ja, ich wollte eigentlich nicht mit ihr sprechen. Weil ich von meinem Vater wusste, dass sie nicht mit uns reden will, aber ich wollte meinen kleinen Bruder unterstützen. Der hatte so viele Fragen an sie.", antwortet Luca.

„Wie alt ist dein Bruder?", möchte Chris wissen. „Er ist neun und war erst fünf, als sie gegangen ist. Es ist echt schlimm für ihn.", gibt sie zurück.

„Für dich muss es aber auch hart sein. Als Mädchen ohne Mutter aufzuwachsen, ist bestimmt extrem. Wenn ich darüber nachdenke, wie viel meine Schwestern mit meiner Ma bereden, Zeit verbringen. Oh sorry, das hätte ich nicht sagen sollen.", bemerkt Chris etwas spät, dass er genau in Lucas Wunde piekt.

„Schon gut. Mein Papa ist wirklich toll und unsere Nachbarin Maggie war immer für mich da. Aber eher als eine ältere Freundin, nicht wie eine Mama. Aber lass uns über etwas anderes reden.", schließt Luca ab.

Chris legt seinen Arm um sie und Luca denkt nur noch kurz an das seltsame Treffen.

Sie macht sich Sorgen um Milan. Für sie selbst war es auch nicht leicht, aber nachdem sie erfahren hatte, dass ihre Mutter sie nicht von selbst gerne sehen will, hat sie ein für alle Mal mit dieser Person abgeschlossen. So behandelt man seine Kinder nicht. Sie hat sie ernsthaft gefragt, wie es in der Schule läuft. Hallo? Vielleicht mal fragen, wie sie die letzten vier Jahre ohne Mutter überlebt hat. Aber nein, sie war fremd, abwesend, irgendwie gehetzt. Sie wollte den Termin über die Bühne bringen. Sie war nicht gerührt oder emotional ergriffen darüber, wie sich ihre Kinder verändert haben.

Milan ist kaum wiederzuerkennen, er ist so groß geworden, aber sie hat nur knapp und trotzdem schwammig seine Fragen beantwortet. Sie wollte ihre Kinder nicht in den Arm nehmen, von einer Entschuldigung war nur zu träumen. Hoffentlich verkraftet Milan das auf lange Sicht.

Aber Luca will sich den Tag nicht verderben lassen, atmet tief durch und beginnt ein neues Thema. Es ist wirklich ein toller Vormittag. Chris erzählt von seiner Band und sagt Luca, wie hübsch er sie findet.

Zum Abschied küsst er Luca wieder. Aber diesmal auf den Mund. Luca strahlt den ganzen Heimweg und wahrscheinlich für den Rest ihres Lebens.

Jonas

Jonas wischt sich die letzten Krümel von seinem T-Shirt und stellt die Teller vom Frühstück rüber in die Küche.

Dann macht er es sich mit der Zeitung auf dem Sofa gemütlich. Er blättert sie durch, konzentriert sich aber kaum. Er ist noch etwas müde, aber wollte unbedingt mit Clara frühstücken, bevor sie mit einer Freundin verabredet ist.

Bis jetzt läuft das Zusammenleben wirklich gut, seine Kumpels ziehen ihn ein bisschen auf, weil sie mit diesem Wandel nicht gerechnet haben, aber damit kann Jonas gut leben.

So nebenbei in Gedanken versunken, hätte er fast den Artikel von Johannes überblättert, aber nur fast: *„Ein Hotelzimmer mit ihrem Namen an der Tür?"*, ist der Aufhänger.

Johannes schildert gut und präzise die Sachlage, lobt die Pension und die geplante Hilfsaktion für Kinder zum Thema Lesen. Verweist auf die Crowdfundingaktion und hat sich für super Bilder entschieden.

Jonas hofft so sehr, dass dieser Artikel etwas bewirkt, zum Glück schreibt Johannes für eine überregionale Zeitung, das werden so viele Menschen lesen.

Heute Nachmittag wird er das erste Mal nachsehen, ob schon Spenden eingegangen sind, er muss den Menschen natürlich auch eine Chance geben, das Ganze zu lesen.

Online wird der Artikel auch kräftig geteilt, das weiß Jonas, aber im Internet gibt es jeden Tag so viele Inhalte zu unglaublich vielen Themen, dass er sich von der analogen Nachrichtenfront bei dieser Aktion deutlich mehr erhofft.

„Es geht mir gut. Wirklich, Papa.", Milan ist langsam etwas genervt, aber er weiß auch, dass sich sein Vater nur Sorgen um ihn macht.

Vielleicht ja auch zu Recht, Milan ist natürlich noch lange nicht erwachsen, aber er weiß ganz genau, dass das, was da bei dem Gespräch ablief nicht okay war.

Er weiß das, weil sein Papa so sauer darüber war und weil seine Gefühle ihm gezeigt haben, dass es falsch war, wie sie sich verhalten hat. Sein Herz hat richtig wehgetan, wie wenn er schlecht träumt.

Milan hatte viele Fragen an seine Mama, er war sehr aufgeregt und hatte sich fest vorgenommen, dass er ihr verzeiht, wenn sie ihn darum bittet, auch wenn es ihm schwergefallen wäre. Aber man hat ja nur eine Mutter.

Na ja, die meisten haben nur eine, Milan hat jetzt definitiv keine mehr. Denn sie hat ihn nicht um Verzeihung gebeten.

Er hatte sie irgendwie ganz anders in Erinnerung. Er hat sie gefragt, was sie die letzten Jahre gemacht hat, weil er verstehen wollte, warum sie nicht bei ihnen sein konnte. Er hat erwartet, dass sie sehr beschäftigt war, denn sonst hätte all das ja gar keinen Sinn gemacht, aber sie hat gesagt, dass sie nichts Besonderes gemacht hat, einfach gelebt. Einfach gelebt? Was das wohl heißt?

„Wann ist der Termin mit Dr. Myr?", fragt Milan, denn er hat Hoffnung, dass Dr. Myr ihm alle Fragen beantworten kann, die seine Mutter ihm nicht beantworten konnte.

„Morgen um zwei. Ich hole dich von der Schule ab, du isst im Auto ein Sandwich und wir fahren sofort hin. Ich warte draußen und dann geht's ab nach Hause. So der Plan.", sagt sein Papa und Milan nickt.

"Okay. Mit Schinken bitte.", sagt Milan. "Was?", fragt er nach. "Na das Sandwich.", erwidert Milan und sein Papa lacht. Das erste Mal, seit dem Termin mit dieser Frau.

Milan kann sie nicht mehr Mama nennen. Sie ist nicht mehr seine Mama. Sie war es natürlich die letzten Jahre auch nicht, aber Milan hatte wirklich noch daran geglaubt, dass es sich wieder ändert. Vielleicht nicht als Mama bei ihnen zu Hause, aber viele Kinder haben getrennte Eltern und sehen trotzdem beide Elternteile, so etwas hatte Milan sich vorgestellt.

Aber da hat er falsch gedacht. Aber er hat nicht geweint. Luca hat geweint. Die ganze Heimfahrt. Aber Milan ist stark geblieben. Für seine Schwester. Sie weint jede Nacht. Er hört es durch die dünne Wand. Zweimal ist er zu ihr gekrochen und hat ihr Haar gestreichelt, bis sie aufgehört hat.

Milan hat sich fest vorgenommen, jetzt stark zu bleiben und erwachsen zu werden, seinen Papa zu unterstützen und seine Schwester weniger zu nerven.

"Kommt Luca mit morgen?", fragt er. "Luca isst wahrscheinlich mittags mit Maggie und hat nachmittags Theater AG. Wir sehen sie dann abends zum Essen zu Hause.", antwortet sein Vater und Milan nickt und geht in sein Zimmer.

James

Unglaublich, wie gut Milan das Ganze verkraftet, denkt James. Aber vielleicht steht er auch einfach unter Schock.

Er ist auf jeden Fall froh, dass Milan sich nicht quer gestellt hat, als er Termine mit Dr. Myr vorgeschlagen hat.

James versucht, seine Wut runterzuschlucken, die wieder in ihm hochkommt, wenn er an das Gespräch denkt. Wobei es gar kein richtiges Gespräch war. Maya war einfach anwesend, zumindest körperlich. Sie hatte kein echtes Interesse. Er versteht immer noch nicht, wie sich ein Mensch so wandeln kann.

Immer wieder hat er überlegt, ob sie krank ist, nicht im Vollbesitz ihrer geistigen Kräfte. Dass sie nur das richtige Medikament braucht und dann wieder die alte wird.

Aber das scheint nur Wunschdenken, denn dem Antrag auf Abtretung des Sorgerechts liegt ein ärztliches Dokument bei.

Dieses wird laut James' Anwalt normalerweise eigentlich zum Schutz der Mutter gemacht, damit sichergestellt wird, dass sie zu diesem Schritt nicht gezwungen wird, durch andere Personen, Krankheiten oder Druck von außen.

James atmet tief durch und versucht, sich nun einfach auf den Scheidungstermin zu freuen, danach wird er all das abschließen und sich bestimmt erleichtert fühlen und das Thema hinter sich lassen und sich neu sortieren.

Er will sich gerade an seinen Arbeitslaptop setzen, etwas vorarbeiten, damit er morgen früh Schluss machen kann, um den Termin mit Milan zu schaffen, da piept sein Handy: *„Ich habe morgen frei. Luca kann nach der Schule einfach zu mir kommen. Ich koche etwas."*

James strahlt. Maggie ist wie immer da, wenn seine Familie sie braucht. Ein Dankeschön sollte er sich bald mal überlegen. Etwas Besonderes.

„Du bist die Beste! DANKE!", schreibt er zurück, bevor er sich an die Arbeit setzt, aber er fühlt sich schon viel besser, mit dem Wissen, dass er Maggie auf seiner Seite weiß.

Reka

„Hier. Pass auf.", sagt Matthias, als er Reka den Kaffee ins Bett reicht.

Dann kuschelt sie sich in seinen Arm und sie schauen vor sich hin und trinken.

Matthias war das ganze Wochenende bei ihr und Reka versucht, es einfach nur zu genießen, ohne Gedanken an die Zukunft und alle anderen Umstände.

Sie lebt in ihrer Blase. Bis Matthias plötzlich sagt: „Wie stellst du dir die Zukunft vor?" „Pff. Das fragst du mich?", Reka weiß nicht, ob sie sich freuen soll, dass er mit ihr solche Gespräche führen will oder ob sie es fies findet.

„Ich stelle mir eine Zukunft mit dir vor.", sagt er und Rekas Herz macht einen Sprung. „Ach so?", fragt sie aber nur, weil sie nicht weiß, was dieses Gerede soll. „Es geht mir so gut, wenn ich in deiner Nähe bin. Ich fühle mich so echt und wahrhaftig. Ich möchte, dass das unsere Zukunft ist.", sagt er und Reka setzt sich auf, damit sie ihm in die Augen schauen kann.

„Ganz ehrlich, sag sowas nicht. Ich finde das so gemein, warum machst du mir Hoffnungen? Solche Gedanken hast du mir kurz vor Weihnachten auch schon in den Kopf gesetzt und wir wissen, wie es gelaufen ist.", lässt sie alles raus.

„Ich werde alles klären. Das verspreche ich dir. Es ist nicht so einfach, es geht dabei nicht um Gefühle, es hängen auch finanzielle und organisatorische Themen in so einer langen Partnerschaft.", gibt er zurück, aber Reka reicht das nicht.

„Bitte sprich nicht über die Zukunft, bis wir nicht auch gemeinsam Hand in Hand in den Verlag oder die Reederei gehen können.", sagt sie und schämt sich fast für diese ausgesprochenen Wunschfantasien.

Matthias gibt ihr einen Kuss auf den Kopf und zieht sie dann an sich.

Clara

Auf dem Rückweg vom Kaffeetrinken mit ihrer Freundin ist Clara ganz vergnügt. Das Wetter ist schön, sie freut sich auf einen ruhigen Tag mit Jonas und grübelt, ob sie mal eine genaue Liste für alle offenen Aufgaben schreiben soll, die in der Wohnung noch zu erledigen sind.

Eins ist sicher, sie fühlt sich unglaublich wohl. Sie strahlt, als sie an den Verlauf ihrer ganzen Geschichte mit Jonas denkt.

„Bist du zu Hause?", ruft Clara in die Wohnung, nachdem sie den Flur betreten hat. „Auf dem Sofa!", ruft Jonas zurück und nachdem Clara ihre Jeansjacke und ihre Tasche abgelegt hat, kuschelt sie sich zu Jonas auf die Couch und er zeigt ihr den Artikel über Serafinas Pension.

„Puh, ich hoffe so sehr, dass das alles klappt.", sagt Clara und Jonas nickt und drückt sie fest. „Das wird schon.", gibt er zurück. „Hast du schon geguckt, ob Geld eingegangen ist?", fragt Clara nach. „Nein, ich will noch abwarten, so schnell passiert das sicher nicht, wir gucken später. Wie war dein Treffen?", fragt Jonas Clara.

„Richtig schön. Sarah will bald mal die Wohnung angucken kommen. Ihre ist ja gar nicht so weit entfernt. Aber nun geht sie erstmal auf Reisen.", berichtet Clara.

Die Reisepläne ihrer Freundin haben Clara inspiriert. „Wollen wir für den Sommer auch eine Reise planen? Für die Semesterferien?", fragt sie Jonas. „Nur wir beide? Urlaub? Gerne. Hast du Ideen?", reagiert Jonas sofort angetan. Clara grinst: „Zu viele. Roadtrip durch Südfrankreich. Wandern in der Schweiz. Wellness an der Nordsee. Städtetrip nach Paris, Brüssel oder Prag. Pasta futtern in Italien. Kanalkreuzfahrt durch Schottland. Such dir etwas aus."

„Oh wow. Ich wäre dafür, länger unterwegs zu sein. Und gutes Essen ist auch immer wichtig.", sagt Jonas und die beiden träumen die nächsten zwei Stunden vom Reisen.

Serafina

„Danke, danke, danke. Ich liebe den Artikel!", sagt Serafina am Telefon zu Johannes und ist wahnsinnig aufgeregt.

Gerade hat sie den Frühstücksraum aufgeräumt und den Kuchen für heute Nachmittag in den Ofen geschoben. Nun hatte sie endlich Zeit, Johannes anzurufen und ihm zu danken. Sie berichtet ihm davon, dass sie mit ihrem Vermieter gesprochen hat und der gar nicht abgeneigt war, dass Serafina das Gebäude kauft – klar, weniger Hin und Her für ihn.

Sie haben sich auf eine Summe geeinigt und er hat ihr einen zeitlichen Rahmen von vier Wochen genannt, in dem Serafina das Vorkaufsrecht hat.

Vier Wochen, in denen Serafina das Geld zusammen bekommen muss. Solange wird er auf keinen Fall an einen anderen Interessenten verkaufen und in den ersten drei Wochen wird es auch keine Maklertermine mehr geben.

Der Preis ist fair. Schon letzte Woche hatte sie einen Gutachter hier, der zumindest die Außenanlagen, die Pensionsflächen, den Keller, den Hausflur und die Fassade geprüft hat.

Johannes ist begeistert von diesen Neuigkeiten und drückt Serafina die Daumen, dass alles einen guten Weg finden wird und natürlich hofft er auch, dass sein Artikel hilft.

Serafina ist positiv gestimmt, das liegt einfach in ihrem Naturell, sie stellt nicht wirklich in Frage, ob sie am Ende die Eigentümerin des Gebäudes wird, sondern eher um welchen Preis, was ihr Privatvermögen angeht. All ihre Rücklagen würde sie ungern in diesen Plan investieren, so spontan und verrückt sie auch ist, sie weiß, dass sie auch an ihre Altersvorsorge denken muss.

Gegen Mittag erhält Serafina einen Anruf der Geschäftsführerin des Feinkostladens, auch ihre Immobilie wird verkauft, das wusste Serafina. Die beiden kennen sich vom Sehen, sind aber nicht wirklich befreundet, hier und da ein bisschen Smalltalk, wenn Serafina bei ihr einkauft oder sie sich zufällig im Park treffen.

Paula hat den Artikel über Serafinas Pläne gelesen und fragt sie, ob sie schon weiß, was sie mit der Ladenfläche neben der Pension machen wird, sollte sie wirklich kaufen.

Darüber hat Serafina sich noch nicht allzu große Gedanken gemacht, vielleicht war sie kurz besorgt, weil sie schon ein paar Monate leer steht und diese Mieteinnahmen sicher wichtig wären, sollten alle Ideen verwirklicht werden.

Paula berichtet ihr, dass ihre Fläche kurz vor dem Verkauf steht und sollte wirklich der Käufer zuschlagen, der als letzter sein Interesse bekundet hat, war es das mit ihrem Geschäft, weshalb sie die Idee hatte, direkt neben Serafina einzuziehen, ihrem Geschäft also ein paar Straßen weiter ein neues zu Hause zu geben.

Ein Feinkostgeschäft direkt neben ihrem B&B kann sich Serafina sehr gut vorstellen und dann noch an ein bekanntes Gesicht zu vermieten wäre klasse.

Sie gibt Paula ein positives Feedback und verspricht, sich bei ihr zu melden, sobald sie weiß, wie es weitergeht.

Paula ist dankbar und sagt, dass sie Serafina die Daumen drückt und sich selbst auch ein bisschen. Vielleicht haben die schlaflosen Nächte dann für alle bald ein Ende.

Serafina ist noch positiver nach diesem Gespräch, sodass ihr das Auffrischen der Zimmer und eine Stunde Büroarbeit so locker von der Hand gehen, als sei es keine Arbeit.

Maggie

Ein gemütlicher Sonntagabend mit Penny zu Besucht ist genau das, was sich Maggie gewünscht hat. Die zwei waren letztens in einem Restaurant essen, aber es sich so richtig gemütlich zu machen und stundenlang zu quatschen wird beiden guttun.

Maggie hat Limonade selbst gemacht und gestern frisches Brot und ein paar Dips im Feinkostladen gekauft.

Penny sitzt zufrieden auf dem Sofa, während Maggie ihren runden Babybauch bestaunt. Bei ihrem letzten Treffen trug Penny einen weiten Cardigan, heute ein enganliegendes Top und Maggie kann den Babybauch mehr als deutlich erkennen.

„Ich hoffe, die Crowdfundingaktion bringt Erfolg. Sollte die Sache für Serafina gut verlaufen, kann ich sie nämlich noch überraschen.", berichtet Maggie. „Ach so, womit denn?", fragt Penny nach und Maggie erzählt alle Details von ihrer schon sehr alten Idee, mit Serafina eine Art Lesezeit für Kinder zu machen.

Ursprünglich wollte Maggie bei ihrem Chef nur eine kleine Unterstützung in Form von Buchspenden anfragen und Matthias fragen, ob sie die Aktion inklusive des Spendenaufrufs auch auf den Social Media Kanälen des Verlags erwähnen darf, aber dann war er richtig begeistert von der ganzen Aktion, sodass sie sich letzte Woche mehrmals zusammengesetzt und viele Pläne geschmiedet haben.

Sollte Serafina durch den Artikel so viel Aufmerksamkeit bekommen, dass ihr Ziel in erreichbare Nähe rückt, ist der Verlag bereit, ebenfalls eine große Summe zu spenden, wenn Serafina damit einverstanden ist, dass die Lesezeit in Kooperation mit dem Verlag stattfindet.

Als Marketing für den Verlag ist die Idee ein Knaller, meinte Matthias und Maggie weiß natürlich selbst, dass sich soziales Engagement immer gut verkaufen lässt.

Der Verlag will namentlich als Unterstützer der Sache erwähnt werden, ist aber im Gegenzug bereit, mit Buchspenden, Werbemaßnahmen und finanzieller Unterstützung die

Lesezeit einmal im Monat stattfinden zu lassen. Das würde bedeuten, dass Serafina die Unkosten für diese Tage dem Verlag in Rechnung stellen könnte und dieser sie als soziales Projekt finanziert.

Penny scheint beeindruckt von Maggies Tatendrang, wirkt selbst aber ziemlich erschöpft von der Schwangerschaft.

„Bist du denn nun ganz sicher und zufrieden mit deiner Entscheidung für den Blumenladen?", fragt Maggie sie.

Penny

Penny seufzt: „Ja, schon. Aber ich habe natürlich auch etwas Angst, dass ich mir da mal wieder zu viel vorgenommen habe. Aber ich will den Laden nicht verlieren."

„Das kann ich verstehen. Aber ich denke, du schaffst das. Denn mein Patenkind wird sicher total brav werden, da glaube ich fest dran.", gibt Maggie zurück und lacht. „Wollen wir es hoffen. Sonst musst du dich die meiste Zeit um Nono kümmern.", sagt Penny und lacht auch.

Als würde sie ihr Baby irgendwem anderes überlassen, aber wenn es sein müsste, dann ganz sicher Maggie. Eine Person die liebevoller und emphatischer ist, kennt Penny auf keinen Fall. Okay, vielleicht kommt Tom auch dicht an diese Eigenschaften.

„Nono? Wird es so heißen? Wird es ein Junge? Das hast du gar nicht erzählt!", ist Maggie ganz überrascht. „Nein, nein. Wir wissen das Geschlecht immer noch nicht, Nono ist nur unser Spitzname. Der Name wird in diese Richtung gehen, egal ob Junge oder Mädchen.", beschwichtigt Penny sie sofort.

„Na gut. Aber mache dir bitte wirklich nicht so viele Sorgen. Ihr packt das. Du hast immer alles gepackt.", spricht Maggie Penny weiter Mut zu.

„Du hast ja recht. Tom nimmt ja auch etwas Elternzeit und mit Leni habe ich eine treue Seele an meiner Seite, die kann noch viel mehr, wenn man sie lässt, glaube ich. Und sie ist wirklich sehr glücklich, dass sie endlich ihren Teilzeitjob in der Tasche hat.", berichtet Penny weiter und legt eine Hand auf ihren Bauch.

Nora

„Klopf, klopf.", sagt Nora, als sie nach Hause kommt und ins Wohnzimmer tritt.

„Hallo.", rufen Penny und Maggie im Chor. „Magst du dich zu uns setzen?", fragt Maggie direkt und Penny lächelt sie an.

Aber Nora will nicht stören, sie will auf keinen Fall Maggies Gastfreundschaft überstrapazieren. „Das ist lieb, aber ich bin ziemlich erschöpft, ich lese oben noch etwas und gehe dann schlafen. Ich muss morgen früh raus.", lehnt Nora das Angebot ab. „Ach ja, du kannst dir morgen mein Auto leihen. Ich habe einen Tag Urlaub. Dann musst du nicht mit Bus und Bahn bis zur Boutique juckeln.", bietet Maggie an. „Oh toll, du bist so lieb. Gerne. Dann kann ich eine Stunde länger schlafen.", freut sich Nora dann aber über das nächste Angebot von Maggie.

„Ist doch kein Problem. Es würde doch sonst sowieso nur hier rumstehen.", gibt Maggie zurück, als sei nichts dabei, aber Nora weiß ihr Vertrauen und ihre liebe Art sehr zu schätzen. „Okay, aber dann bringe ich uns abends frische Dumplings als Abendessen mit, hast du Lust?", fragt sie und Maggie strahlt: „Perfekt, mittags ist Luca hier, aber nicht bis zum Abend, denke ich."

„Ich bringe einfach einen riesigen Berg Teigtaschen mit, da kommt es auf einen Esser mehr auch nicht an.", sagt Nora und winkt, bevor sie wieder in den Flur und dann nach oben verschwindet.

Es ist noch nicht wirklich spät, aber Nora ist erschöpft von ihrem langen Spaziergang und den Gedanken, die sie sich macht. Sie muss eine Wohnung finden, ist aber sehr unsicher, wo sie suchen soll.

Natürlich würde es Sinn machen, wenn sie dicht bei ihrer Arbeit liegt, aber eigentlich hat sie immer nur für David direkt in der Stadt gewohnt, ihr gefällt es etwas ruhiger, so wie bei Maggie.

Also braucht sie vielleicht eine Wohnung und einen neuen Job. Oder ein Auto. Oder, oder, sie weiß es doch auch nicht.

Nachdem Nora sich im angrenzenden Bad fertig gemacht hat, kuschelt sie sich in ihr Bett. Sie schafft nur noch wenige Seiten, bevor sie sehr früh einschläft.

Maggie

Es ist irgendwie schön, eine Mitbewohnerin zu haben, denkt Maggie und wendet sich dann wieder Penny zu.

„Nora ist wirklich ein angenehmer Hausgast.", sagt sie und Penny nickt. „Ich bin zwar immer noch total erschrocken über all die Geschehnisse, aber zumindest konnte ich Nora etwas helfen.", sagt sie noch.

„Hattest du denn zu David nochmal Kontakt? Ich finde das Ganze immer noch unglaublich.", fragt Penny. „Ich hatte einen kurzen Mailverkehr mit ihm. Er hat mir doch tatsächlich so geschrieben, als sei nichts gewesen. Ich habe ihm gesagt, dass ich hoffe, dass er seinen Weg finden wird, ich aber Abstand zu ihm möchte, weil mich all das doch stark irritiert hat. Und das war harmlos ausgedrückt.", sagt Maggie.

„Und wie lange wird Nora hierbleiben?", erkundigt sich Penny weiter. „Das ist noch nicht so sicher. Es sind ja gerade mal zwei Wochen. Ich habe ihr gesagt, sie soll sich Zeit nehmen. Aber sie schaut auch schon nach Wohnungen. Das soll keine Dauerlösung hier sein. Aber bis jetzt stört es mich nicht. Wahrscheinlich auch, weil Nora so unkompliziert ist.", gibt Maggie zurück und die beiden wechseln das Thema.

Sie reden noch zwei Stunden über das Baby, den Verlag, Maggies Gedanken zum Thema Beziehungen, die Zukunft und all das.

„Du wirst schon deinen passenden Deckel finden.", gibt Penny zurück und Maggie grinst. „Na klar. Muss ja auch nicht von heute auf morgen sein. Wie es aussieht, steht Treue ganz oben auf meiner Wunschliste. Du und Tom seid sowieso mein Vorbild für die Liebe.", sagt Maggie und streicht Penny übers Bein.

„Ha, wenn du uns streiten hören könntest. Aber nein, du hast recht. Ich habe großes Glück mit Tom.", sagt Penny

verträumt lächelnd. „Und Tom hat Glück mit dir, jawohl.",
verkündet Maggie.

Serafina

„Hast du schon auf die Seite geschaut?", fragt Jonas Serafina am Telefon. „Nein, ich habe mich nicht getraut. Bestimmt ist da gar nichts passiert und dann bin ich
wahnsinnig traurig. Wer liest so etwas auch in der Zeitung
und spendet direkt etwas?", gibt Serafina zurück.

„Du solltest aber gucken!", sagt Jonas und Serafina hört
durch das Telefon sein Grinsen.

„Oh Gott. Wirklich?", fragt Serafina nach.

„Ja! Tu es. Ich bleibe am Handy.", gibt Jonas zurück und
Serafina geht zu ihrem Laptop. Sie öffnet die Seite der
Crowdfunding-Plattform und fällt fast vom Stuhl.

„Ahhhhhh!", Serafina jubelt vor Glück. Sie hatte ein positives Gefühl heute Vormittag.

Aber umso später es wurde, umso schlechter wurde ihr
Gefühl. Sie hat sich schon so viel ausgemalt, dass es für sie
ein riesiges, dunkles Loch gewesen wäre, wenn ihr Traum
geplatzt wäre, aber diese Summe, die sie nun auf der Plattform sieht, die kann sie einfach nicht fassen.

„Ich sage Maggie Bescheid. Ruf du Johannes an.", sagt
Jonas und legt auf.

Serafina kann gar nichts mehr sagen. Sie sitzt da und
starrt weiter auf ihren Bildschirm.

„Alles wird gut.", tippt Serafina in ihr Handy und sendet
die Nachricht an Johannes.

Der ruft sie sofort zurück, aber Serafina kann jetzt nicht sprechen, muss kurz für sich sein. Sie muss durchatmen und realisieren, was das bedeutet.

Sie wird die Pension kaufen, sie wird sie nicht verlieren. Noch viel mehr. Sie wird das ganze Gebäude kaufen. Sie wird Vermieterin von einer Ladeneinheit und zwei Wohnungen.

Serafina ist überwältigt, aber glücklich. Mit ihrem geschmiedeten Finanzierungsplan sollte so alles klappen.

Die Leute haben wirklich zugeschlagen. Zweimal wurde für *„Ein Hotelzimmer mit ihrem Namen an der Tür?"* gespendet, es gibt zwei richtig große Summen ohne Gegenleistung, viele kleine, durch welche die Leute Gutscheine oder Prozente für Übernachtungen bekommen werden, dreimal wurde die *„Kuchenzeit für ein Jahr"* angeklickt und auch vier Plätze für die *„Lesezeit"* sind reserviert, Serafina ist ganz durcheinander.

Sie hätte niemals gedacht, dass sie so viel Unterstützung erfahren würde.

Sie hatte die Hoffnung, dass es gerade so klappen wird, aber erst jetzt merkt sie, wie wahnsinnig erleichtert sie ist. Unglaublich. Sie atmet nochmals tief durch und ruft dann Johannes zurück.

Tom

„Bin da.", schreibt Tom Penny, nachdem er vor Maggies Haus geparkt hat. *„Ich brauche noch kurz. Komm ruhig rein."*, schreibt Penny zurück und Tom schnallt sich ab, geht zum Haus.

Die Haustür ist bereits angelehnt und geht komplett auf, als er näherkommt.

„Hallo.", begrüßt Maggie ihn mit einer Umarmung. „Hey.", gibt Tom zurück und tritt in den Flur. „Magst du etwas trinken? Penny muss noch mal zur Toilette und packt dann zusammen.", fragt Maggie, aber Tom verneint.

Aber er zieht seine Schuhe aus und setzt sich kurz an Maggies Esstisch während sie anfängt aufzuräumen.

„Hattet ihr einen schönen Abend?", fragt er Maggie. „Ja, wir haben alles durchgequatscht, was es zu bereden gab. Lieb, dass du sie abholst.", sagt Maggie. „Na klar. Ich weiß, dass es nicht weit ist, aber es muss ja nicht sein, so spät und mit unserem kleinen Wurm in ihrem Bauch.", sagt Tom.

„Nono, habe ich gehört.", gibt Maggie zurück. „Genau. Nono muss sicher nach Hause kommen, aber Penny natürlich auch.", meint Tom.

Wie aufs Stichwort ist Penny zurück im Wohnzimmer und schnappt sich ihre Tasche.

„Danke für den schönen Abend.", sagt sie zu Maggie und drückt sie. „Und hallo Schatz.", sagt sie zu Tom, der ihr einen Kuss gibt. „Können wir los?", fragt er und Penny nickt.

Maggie

Nachdem Tom und Penny zu ihrem Auto und nach Hause aufgebrochen sind, wirft Maggie einen Blick auf ihr Handy. Zwei verpasste Anrufe von Jonas. Sie ruft zurück und freut sich riesig über die guten Nachrichten.

Jonas wusste schon von der Unterstützung, die der Verlag angeboten hat, also ist es nun an Maggie, Serafina damit zu überraschen.

„So eine hohe Summe will der Verlag auch zum Kauf zuschießen?", fragt Serafina etwas skeptisch nach. „Ja, ihnen ist klar, dass es ohne das Gebäude auch die ganze Aktion nicht gibt. Du müsstest dich nur vertraglich binden, die Lesezeit mindestens zwei Jahre jeden Monat zu veranstalten.", freut sich Maggie, dass sie Serafina so helfen kann.

„Dann müsste ich nicht mal all meine Ersparnisse benutzen, für das Eigenkapital bekomme ich wirklich einiges zusammen, sodass der monatliche Kredit mit den Mieteinnahmen und der Summe, die ich derzeit selbst als Miete zahle, zu stemmen wäre.", fasst Serafina zusammen.

„Das müssen wir ganz bald feiern. Und vergiss nicht, dass die Aktion noch zwei Wochen auf der Plattform geschaltet ist.", ergänzt Maggie und beide gehen zufrieden schlafen.

Kapitel 18

Milan

„Und wie ist dein Gefühl, wenn du an sie denkst?", fragt Dr. Myr Milan und er überlegt kurz.

„Ich bin etwas sauer, aber schon weniger als letzte Woche.", gibt er dann zurück und fragt sich selbst, was Dr. Myr auf ihrem Block notiert. Aber er fragt nicht laut. Er mag seine Therapeutin, sie hat braune Haare, eine runde Brille und sie trägt immer einen Rock.

„Glaubst du, du wirst für immer sauer sein?", fragt sie weiter nach. „Na, ich hoffe mal nicht, ich dachte, dafür komme ich hierher.", sagt Milan und Dr. Myr lacht.

„Ich glaube, wir sind auf einem guten Weg. Dass du nicht für ewig sauer sein willst, ist schon der erste Schritt in die richtige Richtung, aber wir werden uns noch eine ganze Weile treffen, denke ich.", sagt sie und schaut Milan an.

Milan ist kein Baby mehr, er weiß, dass eine Therapie nicht wie ein Zahnarzttermin ist, es ist ein Prozess, hat sein Papa gesagt und ein Prozess braucht Zeit.

Das ist in Ordnung für ihn, denn an Tagen, an denen er zu ihr geht, darf Milan das Abendessen aussuchen, was bedeutet, dass es momentan einmal die Woche Pizza vom Lieferdienst gibt. Es könnte schlimmer sein.

Als die Sitzung zu Ende ist, drückt Dr. Myr Milan ein Notizbuch in die Hand: „Wenn du bis zu unserem nächsten Termin nochmal richtig sauer wirst oder traurig, schreib mir bitte alle deine Gedanken und Gefühle in dieses Buch. Machst du das?"

„Klaro.", sagt Milan und gibt Dr. Myr ein Highfive. Sein Papa wartet im Auto auf ihn, es ist früh, Milan muss pünktlich zur zweiten Stunde in der Schule sein, auch wenn er auf Mathe gut verzichten könnte.

Serafina

Serafina sitzt etwas ungläubig in ihrem Frühstücksraum und trinkt einen großen Schluck Milchkaffee. Sie ist glücklich, aber auch immer noch überrascht, was alles in zweieinhalb Wochen passieren kann.

Heute war der Notartermin. Allein, dass man so schnell einen Notartermin bekommt, hat Serafina gewundert, aber ihr ehemaliger Vermieter hatte ja nicht erst seit gestern den Plan zu verkaufen, vielleicht hat es deshalb nicht länger gedauert.

Das ganze Gebäude gehört jetzt ihr. Okay, auch der Bank. Aber es gehört ihr, sie ist Eigentümerin. Sie ist Vermieterin. Sie ist vollkommen überfordert, glücklich, erschöpft und voller Tatendrang, alles zur selben Zeit.

In den letzten zwei Wochen sind keine weiteren Spenden eingetrudelt, was aber nach der Großzügigkeit von Maggies Verlag auch gar nicht mehr nötig war.

Ein bisschen komisch fühlt es sich für Serafina zwar an, einen Vertrag über diese zwei Jahre mit der Vereinbarung über die Lesezeit unterschrieben zu haben, aber ein spontaner Einfall von Weglaufen oder einer Weltreise stehen in der nahen Zukunft ja nun sowieso nicht mehr auf dem Plan.

Es ist also ein komisches Gefühl, aber zum Glück keins, das Serafina einsperrt, sie fühlt sich immer noch frei, sie ist immer noch ihr eigener Chef.

Sie freut sich sehr auf alles Neue, was kommt und noch mehr auf Johannes, der heute Abend wieder ihr Gast sein wird, er hat ihr richtig gefehlt.

Bevor Serafina sich wieder an die Arbeit macht – das Frühstück für ihre drei belegten Zimmer macht sich schließlich nicht von selbst – denkt sie kurz an die Lesezeit und die Pläne, die Maggie und sie gestern am Telefon geschmiedet haben und auch an Paula muss sie denken, sie war so dankbar und froh, dass sie in Serafinas freie Ladenfläche einziehen darf, dass Serafinas Freude über ihren geglückten Plan gleich noch größer wurde.

David

„Schau mich nicht so an, wenn wir in der Vorlesung sind.", schreibt David Jacky und sie grinst ihn verführerisch von ihrem Platz aus an.

Zwischendurch kann David die Veränderungen in seinem Leben kaum glauben, er hat eine Affäre mit seiner heißen Studentin, seine Freundin hat sich von ihm getrennt, ist ohne Abschied ausgezogen und seine langjährige Freundin aus Kindertagen hat ihm den Rücken zugekehrt.

Natürlich weiß David, dass er an all diesen Dingen selbst schuld ist, dass er diesen Wandel provoziert hat und vielleicht ist es falsch, aber er fühlt sich gut.

An Maggie denkt er ab und an etwas wehmütig, aber sie wird ihm nicht für immer böse sein, da ist sich David sicher, dafür kennen sie sich einfach schon zu lange.

Luca

„Freundin? Freundin? Freundin? Oder eine Freundin?", schreibt Luca und schämt sich irgendwie.

„Freundin.", schreibt Chris zurück. *„Meine Freundin. Meine feste Freundin. Also, wenn du das willst?!"*, kommt noch eine Nachricht und Luca könnte die Schmetterlinge in ihrem Bauch nie im Leben zählen, es sind so viele, dass sie fast vom Stuhl fällt.

„Natürlich möchte ich das. Freund.", schreibt sie zurück und braucht danach ziemlich lange, um sich wieder auf ihre Hausaufgaben zu konzentrieren.

„Warum grinst du so blöd?", wird sie von Milan aus ihren Gedanken gerissen.

„Einfach so. Ich bin glücklich.", sagt sie und Milan grinst plötzlich auch und geht wieder in sein Zimmer.

Dann beendet Luca ihre Hausaufgaben schnell, damit sie sich wieder auf das Herzchenmalen auf ihrem Block konzentrieren kann.

Maggie

„Ich will, dass es richtig cool wird. Penny soll Spaß haben, ein paar Spiele gehören sicher dazu. Strampler bemalen oder sowas. Aber ich will auch, dass es ein entspannter

Nachmittag für sie wird. Vielleicht mit etwas Wellness?",
überlegt Maggie und schaut Nora hilfesuchend an.

Die beiden sitzen am Nachmittag zusammen und Maggies Gedanken kreisen die ganze Zeit nur um die Babyparty, die sie für Penny veranstalten will. Als Patentante ist das ihr Job, findet sie.

„Lass uns doch erstmal eine Liste schreiben mit allen Ideen und dann gucken wir, was man alles realisieren kann. Und eine Gästeliste brauchst du.", gibt Nora zurück.

„Oh je, danke, dass du mir hilfst. Eigentlich kann ich gut organisieren, aber ich will alles richtig machen.", gibt Maggie zurück.

Die beiden schreiben wirklich eine lange Liste, aber es hilft Maggie. Sie entscheidet sich für drei Baby-Spiele, beschließt, dass gutes Essen, Gesichtsmasken und Füße hochlegen genug Wellness für einen Nachmittag sind und stellt die Gästeliste zusammen.

„Sobald ich von Penny meinen vorgeschlagenen Termin bestätigt bekommen habe und sie mir ihre Wunschliste gemailt hat, kann ich die Einladungen verschicken.", schließt Maggie das Brainstorming mit Nora ab und die beiden reden kurz über Noras Wohnungssuche.

Maggie ist überrascht, als sie von Nora erfährt, dass sie gerne in der Nähe bleiben würde, obwohl die Boutique ja doch ein Stück entfernt ist.

„Sonst muss die Wohnung halt so günstig sein, dass ich mir ein Auto leisten kann. Oder es muss ein neuer Job her.", sagt Nora, aber Maggie freut sich darüber, denn sie genießt diese neue, engere Freundschaft mit Nora sehr.

„Bleibt es bei heute Abend?", schreibt Reka Matthias. *„Kleine Planänderung."*, schreibt er zurück.

Reka ist enttäuscht, sie hat so gehofft, dass Matthias gleich mit zu ihr kommt.

„Wir gehen gemeinsam in die Reederei. Als Paar.", kommt noch eine Nachricht von ihm und Reka versteht nicht ganz.

„Wie als Paar?", fragt sie nach. „Ich bin frei.", hört sie plötzlich seine Stimme an der Tür. Reka schaut sich direkt wie ertappt um, eine ihrer Kolleginnen sitzt noch an ihrem Schreibtisch und Reka weiß, dass sie die Ohren spitzt.

„Frei?", fragt Reka trotzdem. „Na ja, nicht wirklich frei. Denn ich bin mit dir zusammen.", sagt Matthias und küsst sie. Einfach so, mitten im Büro, während Reka noch auf ihrem Stuhl sitzt. Sie ist furchtbar durcheinander und kann nicht glauben, dass das hier gerade wirklich passiert.

„Herzlichen Glückwunsch.", sagt ihre Kollegin plötzlich. „Ähm, danke.", gibt Reka zurück und nimmt ihre Tasche. Sie gehen Hand in Hand durch die Lobby, Matthias wirkt beschwingt, Reka kann dem Glück nicht trauen und ist eher wie benebelt.

Aber sie gehen wirklich in die Reederei. Bestellen eine Flasche Wein. Essen gemeinsam. Er hält ihre Hand. Grüßt Kollegen und danach gehen sie gemeinsam zu seinem Auto und er kommt mit zu ihr.

Als sie in ihrer Wohnung ankommen, schaut Reka auf ihr Handy. Eine Nachricht von Tilo. Reka antwortet nicht, sie hat ihm alles gesagt, aber es schmeichelt ihr, dass er noch an sie denkt.

„So, dann erzähl doch mal alles ganz in Ruhe.", sagt Reka dann zu Matthias, denn sie wird all das erst glauben, wenn sie jedes Detail von dieser Wendung erfährt.

Serafina

„Schön, dass ihr da seid.", sagt sie und drückt Jonas und Clara gleichzeitig.

Jetzt sind alle Gäste vollzählig. Mit ihren Freundinnen will Serafina am Wochenende anstoßen, aber heute nach dem Notartermin ist eine kleine Feier auf jeden Fall angebracht.

Johannes, Maggie, Clara, Jonas und sie selbst sitzen nun an zwei zusammengeschobenen Tischen im Frühstücksraum.

„Ich danke euch von Herzen, ohne euch, wäre all das nicht möglich gewesen!", sagt Serafina in die Runde und alle prosten ihr zu.

Es gibt Spaghetti Carbonara, die könnte Serafina auch im Schlaf kochen, mehr hat sie sich bei ihrer Nervosität nicht zugetraut. Aber es scheint allen zu schmecken.

Maggie wirkt in Gedanken, viel stiller als sonst. „Geht es dir gut, Liebes?", fragt Serafina sie leise, während die anderen in ein Gespräch vertieft sind. „Ja, doch. Tut mir leid. Mein Kopf ist voll. Die Arbeit war anstrengend, dann habe ich nachmittags Pennys Babyparty geplant und kurz bevor ich bei dir ankam, hat Reka mir eine SMS geschrieben, in der sie mir mitgeteilt hat, dass unser Chef sich von seiner Frau getrennt hat und nun mit Reka zusammen ist. Etwas viel. Ich bin durcheinander.", gibt Maggie zurück. „Ach herrje, das klingt wirklich nach viel. Und dann noch meine kleine Feier als letzter Tagesordnungspunkt.", sagt Serafina und hat fast ein schlechtes Gewissen. „Oh, sag das nicht so. Ich freu mich riesig für dich und liebe deine Spaghetti, falls ich es noch nicht gesagt habe.", erwidert Maggie und die beiden drücken sich kurz.

Nachdem alle aufgegessen haben, räumen Johannes und Jonas ab und die drei Frauen suchen sich einen Kräuterschnaps aus Serafinas Sammlung als Nachtisch aus.

Die lustige Runde verweilt noch eine Zeit mit Plänen und Träumereien und Maggie und Serafina verabreden ein echtes Meeting zum Thema Lesezeit.

Serafina ist total übermüdet, als sie den Tisch abwischt und wieder an den Ursprungsplatz zurückschiebt. Nur noch Johannes teilt ihre Gesellschaft, aber sie ist glücklich und das fühlt sich richtig, richtig toll an. Sie plaudern noch einen Moment über die Pläne der nächsten Tage, Johannes hat einiges zu tun, aber sie wollen auch einen gemeinsamen Ausflug machen, darauf freut sich Serafina.

Beim Einschlafen grübelt sie kurz über das Verhältnis zwischen ihr und Johannes, sind sie Freunde? Oder entwickelt sich da etwas zwischen ihnen? Serafina findet keine schnelle Antwort, beschließt aber, dass sie das auch gar nicht muss.

James

James schlendert langsam den Gehweg entlang. Er ist froh, dass seine Kinder schon so groß sind, dass er abends auch einfach mal einen Spaziergang machen kann, ohne direkt einen Babysitter zu bezahlen.

Luca ist schon so erwachsen, dass es ihm fast unheimlich ist und irgendwas hat sich in den letzten Wochen bei ihr verändert, aber James weiß nicht genau was. Vielleicht liegt es aber auch nur an ihrem Treffen mit Maya.

James ist schon fast bei seinem Haus angelangt, als er stutzt, ist das Maggie da hinten? Er geht einen Schritt schneller, um sie nicht zu verpassen.

„Hey.", ruft er, noch einige Meter von ihr entfernt. „Hey.", ruft sie zurück und wartet auf Höhe ihrer Häuser. „So spät noch aus?", fragt James und hofft, dass er nicht klingt, als würde er seine Tochter kontrollieren. „Gerade auf dem Weg nach Hause. Eine kleine Feier bei meiner Tante.", gibt Maggie zurück und drückt James kurz an sich. „Eine Feier? Heißt das euer Plan ist aufgegangen?", fragt James interessiert. „Ja, genau!", strahlt Maggie ihn an. „Das freut mich. Das erste Hotelzimmer, auf dem mein Name stehen wird.", gibt James zurück und grinst breit.

„Was? Du hast auch gespendet?", fragt Maggie. „Aber natürlich. Die Chance konnte ich mir nicht entgehen lassen. Ich hoffe, mein Name kommt an eine Suite. Die James-Suite. Das klingt doch luxuriös.", witzelt er. „Na mal sehen, wer da dann alles so absteigt. In deiner Suite.", sagt Maggie und lacht dann etwas unsicher.

Kurz herrscht Stille. Maggie schaut auf den Boden. „Geht's den Kindern besser?", fragt sie dann. „Ja, ich glaube, sie packen das. Irgendwie.", sagt James und schaut Maggie in die Augen.

„Sag mal, gehen wir mal etwas essen? Ich möchte dich einladen. Das wollte ich schon länger machen. Ein

Dankeschön. Du bist immer so sehr für uns da.", plappert James etwas nervös vor sich hin.

Maggie beugt sich zu ihm rüber, drückt ihm einen Kuss auf die Wange und sagt: „Sehr gerne. Schlaf gut."

Dann dreht sie sich um und geht die paar Treppenstufen zu ihrem Hauseingang hinauf. James schaut ihr noch hinterher, als Maggie längst verschwunden ist.

Kapitel 19

Serafina

„Können wir Spiegeleier mit Speck bekommen?", fragt der Herr aus Zimmer 3 und Serafina nickt freundlich und huscht zurück in die Küche.

Die meisten Gäste sind schon aus dem Haus, auch ihre Stammgäste aus Zimmer 9 sind zu einem Familienausflug aufgebrochen.

Das Paar mittleren Alters aus Zimmer 3 scheinen die einzigen Langschläfer dieses Wochenende zu sein.

Serafina brät Eier und Speck und nimmt auch eine frisch befüllte Kanne Kaffee mit an den Frühstückstisch.

Ihre Pension ist seit dem erschienenen Artikel in aller Munde, die Buchungen trudeln nur so hinein. Aber das soll ihr natürlich recht sein.

Eine Stunde später ist das Frühstücksgeschäft aber dann wirklich durch und Serafina kann einen Blick auf ihre Liste werfen: *„1x Anreise gegen 17 Uhr, Kuchenzeit, Einzug Paula in Ladenfläche, Wohnungsübergabe/Mieterauszug, 4 Zimmer herrichten, Reinigungsservice beauftragen"* – natürlich sind seit dem Kauf mehr Aufgaben auf ihrer Liste, aber dass der Mieter aus einer der zwei Wohnungen kündigt und auszieht, hat Serafina trotzdem geärgert, wieder eine weitere neue Sache, mit der sie sich auseinandersetzen muss. Aber nun ist es so, sie wird einen Nachmieter finden.

Bevor sie sich in Grübeleien vertiefen kann, piept der Küchentimer und Serafina kann die Muffins für den Nachmittag aus dem Ofen holen, sie duften himmlisch.

Es klopft an der Tür und Paula steht mit einem gut gelaunten Gesicht im Eingang und die beiden drücken sich.

In den letzten zwei Wochen haben sie sich häufig gesehen, Organisatorisches besprochen, hatten aber auch einen ausschweifenden Abend mit Pizza und Wein in Paulas Wohnung.

Heute bekommt Paula endlich die Schlüssel, die Verträge sind unterschrieben und Paula kann neben Serafina einziehen.

„Und, wie fühlst du dich?", fragt Serafina Paula, die durch die drei Räume des Ladengeschäfts streift. „Es geht mir gut. Es ist ein komisches Gefühl, meinen alten Laden zu verlassen, da hat alles angefangen und ich war viele, viele Jahre dort, aber ich bin glücklich, dass es nur ein Umzug und keine Geschäftsaufgabe ist, ich hatte mit allem gerechnet.", gibt Paula zurück und Serafina drückt sie am Arm.

„Wenn du Hilfe brauchst, komm einfach rüber, ich bin den ganzen Tag in der Pension.", sagt sie noch zu ihr und lässt sie dann allein.

Serafina muss wieder an die Wohnung denken, in zwei Stunden macht sie die Übergabe mit dem Mieter.

Dann wird sie wohl eine Anzeige schalten müssen, eine feste Mieteinnahme wäre wichtig, auch wenn sie kurz dem Gedanken nachhängt, die Wohnung als möbliertes Apartment zusätzlich zu ihren Zimmern zu vermieten.

Maggie

Maggie pustet lauter gelbe und grüne Ballons auf. Penny und Tom halten weiterhin an ihrem Plan fest, sich überraschen zu lassen, was das Geschlecht des Babys angeht, somit ist Maggies Wohn- und Esszimmer komplett in grün und gelb getaucht. Konfetti, Servietten und eine Girlande mit dem Schriftzug *„Hello Baby"*, zeigen eindeutig, dass es sich hier um eine Babyparty handelt.

Maggie ist trotz der guten Planung aufgeregt, es soll Penny gut gefallen und natürlich auch den Gästen, von denen sie gar nicht alle richtig kennt.

Sie werden eine kleine Frauenrunde sein: Penny natürlich, ihre kleine Schwester Lucy, Pennys älteste Freundin Susi, Maren, eine gemeinsame Freundin aus ihrer Abiturzeit, mit der Penny aber schon immer enger befreundet war als Maggie selbst und Pennys Mutter werden kommen.

Sechs mit Maggie, die gerade das Kaffeegedeck abzählt, aber natürlich hat sie alles gut vorbereitet und es kann losgehen.

Penny

„Das hast du alles ganz toll gemacht. Danke.", kann Penny einfach nur zu Maggie sagen und zieht sie fest an sich.

So ein Glück, eine so tolle Freundin zu haben. Und für Nono eine tolle Patentante.

Mittlerweile hat ihre kleine Schwester Lucy es auch verkraftet, dass sie nicht die Patentante wird. Aber es hat etwas gedauert, ihr klar zu machen, dass sie ja sowieso Nonos Tante sein wird und Maggie eine zusätzliche Bezugsperson sein soll.

Penny hatte sich eigentlich viel mehr Sorgen gemacht, ob ihre Freundin Susi enttäuscht über ihre Entscheidung sein könnte, aber sie hat das Ganze total locker aufgenommen und eigentlich hat sie mit ihren drei eigenen Kindern auch selbst genug zu tun.

Der Babyparty-Nachmittag verfliegt unglaublich schnell. Penny packt viele, viele Geschenke aus, sie entspannen bei Fußbädern, mit Gesichtsmasken, naschen sich durch Maggies Buffet, bemalen Strampelanzüge, lassen in Ballons Wünsche für Pennys Baby vom Garten aus in den Himmel steigen und genießen die Zeit.

Nur kurz muss Penny daran denken, dass sie jetzt erstmal nicht mehr arbeiten wird. Ihr offizieller Mutterschutz startet quasi in dieser Sekunde.

Die nächsten fünf Wochen ist Leni für den Laden allein verantwortlich, dann schließen sie drei Wochen rund um den Geburtstermin und dann geht es weiter.

Während Penny diese Zeitabschnitte im Kopf durchgeht, wird ihr erneut bewusst, dass es gar nicht mehr lange ist, bis sie Mutter wird. Ein bisschen Angst hat sie vor der Geburt, aber das haben auch schon andere überlebt, spricht sie sich selbst Mut zu.

Maggie

Maggie ist zufrieden mit ihrer kleinen Party. Penny wirkte glücklich und die anderen hatten auch ihren Spaß. Auch Pennys Mutter hat sich mehrmals bei ihr bedankt und war ganz entzückt von Maggies Deko.

Gerade hat sie alle verabschiedet, Tom hat Penny abgeholt und die anderen sind auch alle weg, Nora arbeitet heute.

Plötzlich kommt Maggie das Haus groß und leer vor. Ihr Blick fällt auf den großen Bilderrahmen auf ihrer Kommode, ihr Onkel Markus strahlt sie an.

„Du würdest jetzt einfach alles liegen lassen und es dir mit einem Kakao im Garten gemütlich machen, oder?", fragt Maggie laut in den Raum. Sie hält sich an den Ratschlag und lässt die Luftballons eben Luftballons sein.

Sie wippt auf ihrer Terrasse nur langsam in ihrem Schaukelstuhl, damit sie die heiße Schokolade nicht verschüttet und schaut vor sich hin.

Ende Mai. So schönes Wetter. Da piept Maggies Handy und sie holt es aus der Tasche ihrer Strickjacke.

Sie schreibt eine Weile mit Reka hin und her und kann immer noch nicht glauben, dass Matthias wirklich seine Frau verlassen hat.

Doch seit einem Monat verhalten Reka und Matthias sich im Verlag wie ein echtes Paar. Reka hat ihr nicht viele Details über die Trennung erzählt und Maggie ist sich unsicher, ob sie nur nicht darüber sprechen möchte oder ob sie selbst auch gar nicht viel darüber weiß.

Sie freut sich für ihre Freundin, na klar, aber ein richtig gutes Gefühl hat Maggie trotzdem noch nicht bei der Sache, auch wenn es für sie bei der Arbeit nun etwas leichter ist, weil sie jetzt kein Geheimnis mehr mit sich herumtragen muss.

Sollte es Klatsch in der Kaffeeküche über all das geben, weiß Maggie nichts darüber, sie ist nicht der Typ für Tratsch, außerdem hatte sie die letzten Wochen so viel

Arbeit auf ihrem Schreibtisch, dass sie es selten überhaupt nur in die Nähe der Kaffeeküche geschafft hat und dass sie mit Reka gut befreundet ist, wissen sowieso die meisten.

Tom

„Wir können am Blumenladen vorbeifahren. Aber ich weiß nicht, ob das der Sinn vom Mutterschutz ist, Schatz.", sagt Tom, der eigentlich damit hätte rechnen müssen. Gerade hat er sie erst bei Maggie eingesammelt, schon denkt Penny an ihren Laden.

„Es ist doch Lenis erster Tag.", gibt Penny zurück. „Es ist nicht Lenis erster Tag. Leni arbeitet schon seit über zwei Jahren für dich und sie hat auch schon mal einen ganzen Samstag allein im Laden gestanden. Weißt du noch, als wir bei der Hochzeit deiner Cousine waren.", sagt Tom und hofft, dass Penny noch zur Besinnung kommt.

„Wir bringen ihr nur einen von Maggies Muffins vorbei. Ist doch schade, dass sie nicht bei der Babyparty sein konnte, so hat sie trotzdem etwas davon.", plappert Penny drauf los und Tom biegt an der nächsten Ampel nach rechts ab, Richtung Blumenladen, anstatt nach links, Richtung Zuhause und Penny ist still.

Tom ist trotzdem stolz auf sie, weil Penny sich wirklich kurz hält im Laden und Leni keine Fragen zum Geschäft stellt, außer, ob alles in Ordnung ist.

Leni kann Penny beruhigen und sie reden nur kurz über die Babyparty, bevor sie sich dann wirklich auf den Heimweg machen.

Jonas

Jonas überfliegt seinen Kalender im Handy. Jetzt ist Ende Mai. Im August ist vorlesungsfreie Zeit.

Clara und er wollen endlich feste Urlaubspläne machen. Eine Reise muss ja auch geplant und gebucht werden. Sie sind sich auf jeden Fall schon einig, dass sie mit dem Zug unterwegs sein wollen.

Vielleicht tingeln sie von A nach B und bleiben am Ende eine längere Zeit irgendwo zum Entspannen.

Clara ist offen für alle Ziele, das weiß Jonas, das liebt er an ihr. Sie ist furchtbar unkompliziert, von seiner Exfreundin konnte man das nicht wirklich behaupten.

Aber das ist lange her und sie waren so jung, es fühlt sich wie ein anderes Leben an, Jonas lacht.

Ja, ein paar Städteziele auf dem Weg nach Italien würde Jonas gerne abklappern und dann dort entspannen am Pool, Pasta essen und Zweisamkeit genießen.

Genau diesen Plan wird er Clara später vorschlagen und dann können sie Unterkünfte heraussuchen und buchen.

Nora & Maggie

„Und, war die Party ein Erfolg? Gibt es noch Kuchen?", fragt Nora in den Garten.

Maggie sitzt immer noch in ihrem Schaukelstuhl, mittlerweile aber mit einer dicken Decke und einem noch dickeren Buch.

„Klar gibt's noch Kuchen. Muffins auch und Quiche.", gibt Maggie zurück. „Deine Deko ist toll.", sagt Nora.

„Danke, ich hatte irgendwie noch keine Motivation zum Aufräumen. Aber ich glaube, es hat allen gefallen.", sagt Maggie.

Nachdem Nora beiden die Quiche in der Mikrowelle erwärmt hat, setzt sie sich nach draußen zu Maggie und sie berichten sich gegenseitig von ihrem Tag.

„Samstage in der Boutique vergehen eigentlich immer wie im Flug, weil so viel los ist.", sagt Nora und steckt sich genüsslich ihren letzten Happs in den Mund.

„Sag mal, wie ernst war es dir, dass du eine Wohnung hier in der Gegend suchst?", fragt Maggie dann. „Na sehr ernst, aber es ist echt schwer. Die Wohnung müsste schon sehr günstig sein, damit ich mir ein Auto leisten kann. Und es gibt wirklich kaum freie Wohnungen. Kommende Woche schaue ich mir zwei in der Nähe der Boutique an. Ich denke, darauf wird es hinauslaufen. Ich kann ja nicht ewig hierbleiben.", sagt Nora etwas nachdenklich.

„Ich habe vorhin mit meiner Tante telefoniert. Eine ihrer Wohnungen wird frei. Das hat sie total erschreckt, weil sie nicht damit gerechnet hat, dass sie sich jetzt auch noch einen neuen Mieter suchen muss, nachdem das mit der Ladeneinheit quasi von allein erledigt war.", erzählt Maggie und Nora wird neugierig. „Aber die wird nicht günstig sein, oder?", fragt Nora nach. „Das weiß ich ehrlich gesagt nicht. Ich habe es Serafina auch nicht vorgeschlagen, die Idee kam mir gerade erst, als du dich zu mir gesetzt hast. Aber ich kann ihr schreiben, vielleicht guckst du sie dir zumindest an. Serafina wäre sicher froh, wenn dieses Thema kein riesiger Aufwand für sie wird.", erklärt Maggie und die beiden rechnen, wie teuer die Wohnung sein dürfte, damit Nora sich ein Auto leisten kann.

Kapitel 20

Serafina

„Toll, dass du heute so früh Zeit hattest. Ich weiß, es sieht hier noch schlimm aus.", sagt Serafina, die Nora gerade in die leere Wohnung gelassen hat. „Alles gut. Danke, dass ich gucken darf.", gibt Nora zurück und sieht sich um.

Serafina hätte Nora gerne schon früher die Wohnung gezeigt, aber in der letzten Woche hatte sie einfach so viel zu tun. Sie hat sich gefreut, als Maggie den Vorschlag gemacht hat. Vielleicht hat Serafina wieder Glück und die missliche Lage mit dem Auszug des Vormieters erledigt sich fast von selbst.

Paulas Einzug ist immer noch in vollem Gange, sie wird noch ein, zwei Wochen brauchen, bis sie wieder aufmachen kann, aber Serafina ist weiterhin froh über ihre Entscheidung.

In der letzten Woche ist Paula immer zur Kuchenzeit in die Pension gekommen und die beiden haben sich ausgetauscht. Da hat Serafina erst gemerkt, dass es vorher doch auch manchmal einsam war, ganz allein in ihrem B&B, ohne Kollegen oder Mitarbeiter.

Paula nebenan zu wissen fühlt sich gut an, jeder kann sein Ding machen, aber wenn man mal etwas durchsprechen oder einfach einen Kaffee trinken möchte, ist da jemand.

„Was denkst du?", fragt Serafina jetzt Nora, die eine kleine Runde gedreht hat. „Ich finde sie wirklich schön.", sagt Nora und schaut aus dem Fenster. „Hier muss auf jeden Fall renoviert werden. Da müsste man sich einig werden, wie wir das handhaben, aber ich wäre froh, ein mehr oder weniger bekanntes Gesicht in diese Wohnung zu lassen.", sagt Serafina freundlich.

Die Wohnung ist wirklich nicht groß für eine Zweiraumwohnung, aber sie ist gut geschnitten. Beim Eintreten steht man zwar direkt in der Küche, aber die ist so geräumig, dass man sie fast als drittes Zimmer zählen kann, das Bad ist klein und ohne Fenster, aber dafür gibt es am Schlafzimmer einen Balkon, der in den Innenhof zeigt.

Serafina drückt Nora einen Ausdruck mit allen Zahlen und Fakten in die Hand, Miete, Quadratmeter, Nebenkosten und so weiter.

„An sich ist der Preis in Ordnung für mich, das ist die Wohnung auf jeden Fall wert. Allerdings weiß ich nicht, ob das mit meinen Plänen, ein Auto anzuschaffen, um weiterhin den Weg zu meinem Job bewältigen zu können, funktioniert.", Nora sieht nachdenklich aus.

„Viel kann ich am Preis nicht machen. Du weißt ja, dass ich hier selbst eine neue Verantwortung mit mir rumtrage, aber wir könnten auf jeden Fall eine mietfreie Zeit vereinbaren, wenn du selbst renovierst.", gibt Serafina zurück und beide stehen etwas unschlüssig im Wohnzimmer der leeren Wohnung.

Nora

Verdammt, denkt sich Nora. Die Wohnung ist toll. Ja, sie muss renoviert werden, aber sie könnte sich ein Leben hier so gut vorstellen und sie findet es irgendwie auch so gemütlich zu wissen, dass in der einen Haushälfte die Pension ist und unten der Feinkostenladen bald aufmacht. Maggie nicht weit weg, so viel Grün und Ruhe um sich rum. Aber preislich würde das mit einem Autokauf eigentlich nicht klappen. Also der Autokauf selbst wäre nicht das Thema, aber die zusätzlichen monatlichen Kosten wären bei ihrem Gehalt schwierig zu stemmen.

„Darf ich ein, zwei Nächte drüber schlafen? Oder brauchst du sofort eine Entscheidung?", fragt Nora, die selbst einfach noch kein Nein akzeptieren will.

„Ja, na klar, darauf kommt es jetzt auch nicht an. Sag mir doch bis Ende der Woche Bescheid und falls es nicht passt, stelle ich eine Anzeige online.", sagt Serafina und die beiden verlassen die Wohnung.

Als sie unten auf die Straße treten, begrüßt Serafina Paula mit einer Umarmung und stellt sie Nora vor.

Paula ist gerade dabei, ein großes Plakat an ihre Ladenfläche zu kleben: *Teammitglied in Teilzeit gesucht!*

Nora schaut interessiert und Paula und Serafina plaudern darüber, dass Paulas alte Mitarbeiterin ihr drittes Kind erwartet und sich nun komplett auf ihre Familie konzentrieren möchte.

„Aber das ist schon okay, neue Ladenfläche, neue Mitarbeiter. Ein richtiger Neustart. Ich freue mich auf alle Veränderungen. Das tut ja auch mal richtig gut.", sagt Paula und Nora nickt.

Neuanfang, ja, das kann sie auch fühlen. Es kribbelt richtig in ihr drin und dann fragt sie spontan: „Braucht dein neues Teammitglied Vorkenntnisse im Bereich Lebensmittel und Feinkost?"

„Erfahrung im Einzelhandel wäre super. Aber sonst suche ich einfach jemanden, der Spaß bei der Arbeit hat und nachvollziehen kann, warum man für ein Kilo frische Pasta mehr ausgibt als für die günstigen Nudeln im Supermarkt. Warum? Kennst du jemanden?", bekommt sie direkt eine offene Reaktion von Paula.

Serafina grinst: „Ich glaube, deine neue Mitarbeiterin und meine neue Mieterin steht vor dir."

Die drei setzen sich in Serafinas Frühstücksraum zusammen, bevor Serafinas Gäste kommen und besprechen sich ausführlich.

Nora kann es nicht glauben, auf einmal fliegt ihr alles zu. Sie ist ganz aufgeregt, als sie sich auf dem Heimweg zu Maggies Haus macht.

Sie wird das Ganze natürlich noch einmal genau überdenken, aber wie es aussieht, hat sie einen neuen Job und eine neue Wohnung gefunden, innerhalb von dreißig Minuten. Und ein Auto bräuchte sie dann auch nicht.

Reka

Reka ist gut gelaunt, sie freut sich sehr auf den Arbeitstag, denn heute Abend kommt Matthias von seiner Geschäftsreise zurück und sie treffen sich in der Reederei zum Abendessen und wollen danach die Nacht bei Reka verbringen.

Richtig beschwingt läuft sie durch das Foyer des Verlags und beginnt dann mit ihrer Arbeit.

Heute hat sie noch nichts von Matthias gehört, aber es ist auch erst zehn Uhr und es schürt ihre innige Vorfreude auf ihn.

Die letzten anderthalb Monate ist Reka wie auf Wolken gegangen und sie weiß, es wird nur noch schöner werden, sobald Matthias geschieden ist und sie sich eine gemeinsame Wohnung zu zweit suchen.

„Reka, kannst du mal kommen?", eine Mitarbeiterin aus der Personalabteilung steckt den Kopf in ihr Büro und Reka bekommt augenblicklich ein komisches Gefühl in ihrem Bauch. „Ja klar, worum geht es?", fragt Reka und steht auf. „Gleich. In Ruhe.", sagt ihr Gegenüber leise, was Rekas Bauchgefühl nicht wirklich beruhigt.

Die beiden laufen den Flur entlang, bis sie bei dem kleinen Konferenzraum direkt auf der Etage angelangt sind. Es ist dunkel, obwohl draußen die Sonne mit all ihrer Junikraft scheint. Die schweren Vorhänge dunkeln den Raum so ab, dass man instinktiv das Licht anmachen will, aber dann ziehen sie doch einfach die Vorhänge einen Spalt auf und setzen sich hin.

„Ich weiß nicht, wie ich es dir schonend beibringen soll.", beginnt das Gespräch.

Reka denkt nur: Ich werde gefeuert. Ich werde gefeuert. Was habe ich angestellt? Ich bin mit dem Chef zusammen. Ich kann nicht gefeuert werden. Ich darf nicht gefeuert werden. Oder werde ich gefeuert, weil ich mit dem Chef zusammen bin?

Aber all das ist nur in Rekas Kopf, sie sagt nichts, sondern schaut nur und wartet auf weitere Worte: „Ich weiß, dass du mit Matthias zusammen bist. Er hat daraus kein Geheimnis gemacht. Und deshalb finde ich es wichtig und fair, mit dir zu sprechen, nicht nur mit seiner Frau, auch wenn sie immer noch als Notfallkontakt in seiner Personalakte hinterlegt ist."

Notfall? Jetzt ist Reka verwirrt. Meine Kündigung ist natürlich ein Notfall. Aber, was hat das eine mit dem anderen zu tun? „Ja?", fragt Reka nur und ist durcheinander und weiß nicht, was jetzt kommt.

„Matthias hatte letzte Nacht einen Herzinfarkt. Er ist gestorben.", hört Reka die ruhige Stimme sagen, so wie eine ruhige, sachliche Person aus der Personalabteilung eben schlimme Nachrichten verkündet.

Reka bewegt sich nicht. Sie wiederholt die Worte in ihrem Kopf. Matthias. Letzte Nacht. Herzinfarkt. Gestorben.

„Maggie wird gleich hier sein und bringt dich nach Hause.", hört sie nur noch leise, bevor ihr schwarz vor den Augen wird.

Maggie

Maggie ist sich unsicher, was sie für Reka tun soll. Als sie den kleinen Konferenzraum betreten hat, fiel Reka im selben Moment ohnmächtig vom Stuhl.

Ein kleines Tätscheln auf ihre schweißnasse Wange und das Hochlegen ihrer Beine verhalfen ihr schnell wieder zu Bewusstsein.

Jetzt liegt Reka in ihrem Bett und Maggie bringt ihr Tee, als hätte sie eine Grippe. Maggie versucht sich zu erinnern, was ihr damals geholfen hat, als ihr Onkel starb, aber alle Erinnerungen sind wie weggeblasen in diesem Moment.

Wahrscheinlich ist das jetzt auch egal, weil es eine ganz andere Situation ist.

Maggie schämt sich für den Gedanken, dass sie froh ist, dass all ihre Pläne mit der Lesezeit für Kinder bereits schriftlich fixiert sind, dass dieses Projekt nicht gefährdet ist durch Matthias' Tod. Aber es ist die Wahrheit, dass sie daran als erstes denken musste.

Jetzt denkt sie nur an Reka und will alles für ihre Freundin tun. Nur was ist das Richtige?

Reka spricht nicht. Sie hat sich wortlos in Maggies Auto gesetzt, ist an Maggies Arm die Treppen hoch zu ihrer Wohnung gelaufen. Maggie hat sie ausgezogen, ihr eine Jogginghose und ein weites Shirt angezogen und sie ins Bett gesteckt.

Der Tee ist nun trinkbereit und Maggie bietet ihn Reka an, aber sie dreht sich weg und schließt die Augen. Wahrscheinlich sollte sie Reka einfach schlafen lassen. Sie wird den Tag von hier arbeiten und da sein, falls sie etwas braucht. Mehr wird nicht gehen.

Nach zwei Stunden mit dem Laptop auf ihrem Schoß auf Rekas Sofa sitzend, hört Maggie eine Stimme: „Habe ich es nur geträumt?"

Maggie springt auf und stürzt zum Bett ihrer Freundin und schlingt die Arme um sie und sagt: „Nein mein Schatz, es war kein Traum. Es tut mir so leid."

Und dann weint Reka endlich. So empfindet es Maggie zumindest, endlich lässt Reka ihre Gefühle zu und alles raus. Maggie hält sie einfach nur fest und streicht ihr über den Kopf. Immer wieder fragt Reka: „Warum?", oder sagt: „Das ist nicht fair. Es sollte jetzt erst so richtig losgehen."

Maggie bleibt bei ihr, bis Reka ihr am frühen Abend sagt, dass sie gerne alleine wäre und sich bei Maggie melde, falls sie etwas braucht.

Ein bisschen unwohl fühlt sich Maggie schon damit, ihre Freundin allein zu lassen, aber sie respektiert ihren Wunsch und stellt ihr Handy auf die höchste Lautstärke, damit sie auf keinen Fall eine Nachricht oder einen Anruf von Reka verpassen kann.

Luca

„Du bist so süß.", sagt Chris zu ihr und küsst sie auf den Mund.

„Luca? Ist das dein Ernst?", werden die zwei aber aus ihrer Welt gerissen.

Lucas Papa steht plötzlich in ihrem Zimmer. Sie hatte erst in ein, zwei Stunden mit ihm gerechnet und sich gefreut, Chris endlich mal ihr Zimmer zeigen zu können.

Chris scheint wirklich peinlich berührt, Luca selbst ist eher verärgert.

„Hallo Papa. Das ist Chris. Mein Freund. Ich habe dir von ihm erzählt.", sagt Luca ziemlich lässig.

Die beiden sitzen nun auf ihrem Bett und liegen nicht mehr dicht beieinander, wie vor wenigen Sekunden.

Chris steht auf und reicht dem Störenfried seine Hand. „Hi.", sagt er und setzt sich dann wieder. Doch Lucas Papa scheint überfordert und nun auch selbst etwas nervös, merkt sie und ist darüber richtig amüsiert.

„Wollen wir unten kurz reden?", fragt Luca, um die unangenehme Situation aufzulösen. „Ähm. Ja, gute Idee.", sagt er und die beiden lassen Chris in ihrem Zimmer zurück.

„Warum hast du nicht angeklopft?", fragt Luca mit ruhiger Stimme, sie weiß, dass sie nun bedacht vorgehen muss, wenn sie sich nicht alle Freiheiten für die nächsten Jahre selbst verscherzen will. „Warum hast du nicht gesagt, dass du deinen Freund mit nach Hause bringst?", bekommt sie eine Gegenfrage. „Das war spontan.", sagt sie und ihr Papa atmet tief durch.

„Ich bin kein Kind mehr, in ein paar Monaten werde ich fünfzehn.", versucht sie zu argumentieren.

„Ich weiß, dass du kein Kind mehr bist. Aber das hat mich jetzt doch etwas überrascht, Luca. Du hast Chris einmal erwähnt, dass er dein fester Freund ist, kam dabei nicht wirklich klar rüber.", gibt er zurück und nun atmet Luca tief durch: „Bitte mach mir keine Szene, Papa. Ich mache keine Dummheiten und Chris ist ein netter Kerl. Wirklich."

„Okay, ich möchte ein cooler Papa sein. Wirklich. Aber du musst offener mit mir reden und mir von solchen Treffen und Besuchen vorher erzählen. Eine SMS hätte ja schon gereicht, um mich nicht in diese Überraschungssituation zu bringen.", sagt er und Luca drückt ihn fest.

„Frag ihn, ob er zum Essen bleiben will. Wir bestellen Pizza. Milans wöchentlicher Wunsch nach seinem Termin bei Dr. Myr.", sagt er dann noch abschließend und sie strahlt.

Es wird ein schönes Abendessen. Chris und ihr Papa scheinen sich zu verstehen und Luca freut sich, dass sie die Lage noch etwas beruhigen konnte.

Milan himmelt Chris augenblicklich an und zeigt ihm nach dem Essen sein Zimmer.

So sitzen Luca und ihr Papa einen Moment alleine am Tisch und Luca lehnt sich an die Schulter ihres Vaters: „Wie findest du ihn?", fragt sie selig lächelnd.

„Er scheint dich sehr glücklich zu machen. Solange das so bleibt, mag ich ihn.", gibt er zurück und nun ist Luca fast froh über das Reinplatzen in ihr Zimmer, sonst hätte es diesen Abend bestimmt nicht gegeben.

Maggie & Serafina

Maggie glaubt nicht, dass sie sich nach diesem Tag wirklich konzentrieren kann, trotzdem trifft sie sich wie geplant mit Serafina in der Reederei, nachdem sie noch einige Unterlagen aus dem Verlag abgeholt hat. Ihr Handy ist immer noch laut gestellt, aber keine Meldung von Reka. Aber sie ist ja auch erst vor gut einer Stunde bei ihr aufgebrochen.

Serafina hat ihren Tag gut über die Bühne gebracht und hofft auf eine positive Rückmeldung von Nora, dann wäre alles um sie herum geklärt und der neue Alltag könnte beginnen.

Sie freut sich, Maggie zu sehen, zu zweit haben sie sich länger nicht getroffen. Auch wenn Serafina weiß, dass das hier ein Arbeitsessen ist, ist es schön ihre Nichte mal wieder ganz für sich zu haben.

Es dauert allerdings nicht lange, bis Serafina erfährt, wie Maggies Tag verlaufen ist und ihre Stimmung dadurch nicht wirklich unbeschwert ist.

Da sich Maggie aber sicher ist, dass ihr Ablenkung guttut, planen die beiden trotzdem ohne Erlass ihre erste Lesezeit für Kinder.

Dabei wird auch gegessen, getrunken und Serafina berichtet von ihrem Morgen mit Nora und Paula und Maggie sagt, dass Nora in einer SMS bereits etwas angedeutet habe, sie sich aber heute noch nicht gesehen haben.

Maggie findet den Gedanken super, dass Nora wirklich die Chance bekommt, hier in der Nähe zu bleiben, auch wenn sich diese Fügung fast etwas unrealistisch anhört und Maggie in ihrer heutigen Verfassung innerlich auf der Suche nach dem Haken ist.

Irgendwann klappt Maggie ihre große Mappe zu: „Puh, ich glaube, wir haben alles durch. Das wird sicher sehr schön. Die Kontakte zu den sozialen Einrichtungen schicke ich dir noch und dann kannst du den ersten Termin verkünden und ich kümmere mich um die Buchspenden und weitere Werbung über die Kanäle des Verlags."

„Ich freu mich, dass es nun Wirklichkeit wird. So lange reden wir von dieser Idee. Und dass wir es gemeinsam verwirklichen können, fühlt sich toll an.", gibt Serafina zurück und die beiden umarmen sich.

Etwas länger umarmen sie sich sogar, als sie es normalerweise getan hätten, aber Maggie braucht etwas Liebe und Kraft, wo sie heute selbst versucht hat, so viel zu geben, das spürt Serafina ganz deutlich.

Clara

Clara spaziert mit ihrer Freundin vom Japaner quer durch die Stadt zu ihrer Wohnung. Sarah will die neue Bleibe endlich sehen und die beiden wollen noch einen Absacker trinken.

„Ich freu mich so auf die Reise, zwei Monate noch. Italien wir kommen. Bestimmt komme ich mit zehn Kilo mehr zurück, so viel Pasta will ich verspeisen.", sagt Clara fröhlich während sie die Tür aufschließt.

„Jonas ist nicht da. Wir haben also sturmfrei.", sagt sie noch und startet ihre Tour.

„Die Wohnung ist wirklich klasse. Und ich freue mich, dass sich deine Geduld die letzten, naja, Jahre muss man ja schon fast sagen, mit Jonas ausgezahlt hat.", gibt ihre Freundin zurück und darauf stoßen die beiden an.

Sie sitzen noch lange zusammen und sind froh, dass ihre Kurse morgen erst spät beginnen. Jonas kommt noch viel später nach Hause, aber Clara freut sich, als er sich zu ihr ins Bett kuschelt und sie tauschen sich noch lange über ihren Tag aus, bevor sie dicht beieinander einschlafen.

Kapitel 21

Reka

Es ist fast drei Wochen her, dass Maggie sie aus dem Verlag nach Hause gebracht hat. Fast drei Wochen her, dass Reka erfahren hat, dass sie Matthias nie wiedersehen wird.

Heute ist die Beerdigung, sie weiß das, weil der Verlag natürlich informiert wird, wenn ein leitender Angestellter verstirbt.

Natürlich wird der Arbeitgeber informiert und so wurde auch das gesamte Team von Matthias informiert, also auch Reka.

Weil Reka Matthias' Mitarbeiterin war. Seine Mitarbeiterin. Und doch so viel mehr. Aber wer weiß das alles schon? Offiziell war es noch nicht lange, sie haben sich gezeigt, Matthias hat es in der Personalabteilung erwähnt, kein Geheimnis daraus gemacht, aber es gibt keinen offiziellen Eintrag in ihren Personalakten, dafür sollte es einen Termin im August geben.

Wobei es den Termin immer noch gibt, nur wird er nicht daran teilnehmen. Reka hat bestimmt schon hundert Mal auf den Termin in ihrem Arbeitskalender gestarrt. Sie erwartet jeden Tag aufs Neue, dass die Personalabteilung den Termin entfernt.

Reka wartet auf den Schmerz, den sie sich ganz genau vorstellen kann. Sie sehnt sich fast nach diesem Schmerz, denn seit einer Woche fühlt sie eigentlich gar nichts mehr.

Sie zieht sich ihren schwarzen, knielangen Rock an, eine dunkle Seidenbluse und eine leichte Strickjacke.

Heute ist Sommeranfang, ein Anfang, aber eigentlich nur ein Ende. Das Wetter ist schön, aber es ist früh und deshalb trotz der Sonne etwas frisch.

Reka schaut in den Spiegel und verlässt dann die Wohnung, das Taxi, welches sie zum Friedhof bringen wird, wartet bereits.

Maggie hat ihr angeboten, sie zu begleiten, aber Reka will das alleine schaffen. Sie will sich verabschieden.

Reka ist über die Menschenmenge an der Kapelle nicht überrascht. Matthias ist beliebt, nein, war beliebt.

Reka hat kaum über all das gesprochen, sie hat nur die Gedanken in ihrem Kopf und das Essen in ihrem Kühlschrank, das Maggie alle zwei Tage bringt.

Ihre Familie und Freunde wissen nichts, weil sie nichts von Matthias wussten.

Sie hatte gerade Pläne geschmiedet, wann sie ihn wem vorstellt, wollte aber noch abwarten, bis er komplett bei seiner Frau ausgezogen ist und zumindest der Anstoß zur Scheidung erfolgt ist.

Reka findet sich lächerlich. Was sagt sie, wenn sie jemand fragt, wer sie ist und woher sie Matthias kannte? In diesem Augenblick kommen drei Verlagsmitarbeiter auf sie zu, Matthias' Sekretärin, ein bekanntes Gesicht aus der Personalabteilung und Matthias' Freund und Kollege Marcel, der auch eine Abteilung im Verlag leitet, wie es Matthias getan hat.

Reka denkt, dass alle drei Bescheid wissen, aber so oder so ist sie beruhigt, dass sie nun in der Gruppe der Arbeitskollegen stehen kann, so kommen keine Fragen auf.

Die Zeremonie ist kurz, traurig und verwirrend für Reka. Sein Vater und seine Frau sprechen vor der Gemeinde,

Reka wird schlecht. Sie hört nichts von einer Trennung, aber das erwähnt man in so einer Situation nicht, das ist klar. Aber sie waren getrennt, Reka ist nicht verwundert darüber, dass seine Frau dennoch trauert, aber dass sie so fix und fertig wirkt, scheint ihr trotzdem übertrieben. Schließlich ist es Rekas Herz, das nie wieder normal schlagen und lieben wird.

Reka will sich mit den Kollegen ein Taxi Richtung Innenstadt teilen, sie steigt als letzte ein und wird dann aber zurückgehalten: „Einen Moment."

Reka dreht sich um und schaut in die verweinten Augen der Ehefrau: „Glaub ja nicht, du warst die Einzige. Glaub ja nicht, das hatte wirklich etwas zu bedeuten. Er hätte mich nie verlassen!"

Rekas Beine werden weich, sie zittert und dann zieht Marcel sie ins Auto. Reka weiß nicht, ob er etwas gehört hat, er nimmt einfach ihre Hand und drückt sie ganz fest.

Rekas Wohnung ist die vorletzte auf der Taxifahrt, aber Marcel steigt mit aus, nachdem er das Taxi bezahlt hat.

„Ich brauche etwas frische Luft. Ich laufe von hier.", sagt er erklärend zu Reka. Reka überlegt, ihn hineinzubitten, aber sie will alleine sein.

„Matthias hat viel getan, das ich nicht im Detail verstanden oder gar gewusst habe, aber ich weiß, dass er sehr verliebt in dich war.", sagt Marcel zu Reka.

Sie nickt nur und geht über die Straße und betritt ihren Hausflur. Es ist schön kalt hier. Ihr ist warm von der Aufregung.

Er war in sie verliebt. Natürlich war er das. Reka weiß das.

Maggie & Serafina

„Super, dass du bei mir vorbeikommen konntest.", sagt Serafina und nimmt Maggie in den Arm.

Es war kein Problem für Maggie. Sie hat die ersten Stunden von zu Hause gearbeitet, immer mit einem Blick auf ihr Telefon, falls Reka sich meldet und sie braucht.

Nun sind Serafinas Frühstücksgäste alle ausgeflogen und der Raum strahlt schon wieder.

Serafina bringt Maggie Kaffee und ein letztes Croissant und die beiden beginnen, die erste Lesezeit vom vergangenen Sonntag Revue passieren zu lassen.

Es lief wirklich super. Maggie und Serafina waren richtig aufgeregt, aber alles war toll. Den Kindern ging es gut. Serafina hat mit drei Kindern, die momentan in Pflegefamilien leben, lesen geübt, Maggie hat drei Stunden vorgelesen, für alle, die zuhören wollten.

Es gab Kekse, Kakao und auch die Eltern, die vor Ort waren, um sich umzuschauen oder die Kinder zu bringen oder abzuholen, waren herzlich und dankbar.

Alle Kinder wollen im nächsten Monat wiederkommen. „Wenn es häufig dieselben Kinder sind, könnten wir auch eine Art Buchclub integrieren. Die Kinder bekommen alle das gleiche Buch mit nach Hause und wir sprechen einen Monat später gemeinsam darüber.", schlägt Maggie vor.

„Das finde ich super. Das motiviert die Kids vielleicht auch zu Hause für sich zu lesen.", stimmt Serafina dieser Idee sofort zu.

Die beiden wickeln ein paar organisatorische und verwaltungstechnische Dinge ab, Maggie als Vertreterin des Verlags und Serafina als Veranstalterin mit Location.

Sie einigen sich auf ein Kinderbuch, welches Maggie zum nächsten Mal in größerer Stückzahl mitbringen wird, damit der Buchclub umgesetzt werden kann und sie legen den genauen Termin fest.

Nachdem ihr offizielles Meeting beendet ist, organisiert Serafina aus Paulas Feinkostladen Quiche mit Spinat und Fetakäse als Mittagessen und die beiden plaudern noch eine Stunde während sie essen.

Bevor Maggie in den Verlag aufbricht, wirft sie mit Serafina einen Blick in Noras zukünftige Wohnung und freut sich, als sie Nora selbst erwischt.

Mit Farbe bekleckert ist Nora fleißig bei der Renovierung und auch Serafina ist beeindruckt über den Fortschritt von Nora.

„Wow. Du gibst ja ein Tempo vor.", sagt Serafina und freut sich, dass sie sich mit Nora einig werden konnte. Damit sind mehr als zwei Fliegen mit einer Klappe geschlagen. Nora bekommt ein neues Zuhause, einen neuen Job, einen richtigen Neuanfang. Serafina ist ihre Wohnung los und Paula bekommt eine fleißige und flexible Mitarbeiterin, ohne weiten Arbeitsweg.

„Wir sehen uns vielleicht erst morgen früh. Ich gehe heute Abend mit James essen.", sagt Maggie noch zu Nora, bevor sie und Serafina Nora weiterarbeiten lassen.

Auf dem Gehweg hakt Serafina nach: „Essen mit James?" „Ja. Er hat mich eingeladen. Als Dankeschön, weil ich ihm ab und an mit den Kindern helfe.", gibt Maggie mit Vorfreude im Bauch zurück.

Serafina denkt sich ihren Teil. Ein schönes Paar wären die beiden. Aber da will sie sich nicht einmischen. Ihre Nichte ist schließlich erwachsen.

Milan

„Und, wie war es?", fragt Luca ihren kleinen Bruder. „Wie immer. Heute gibt es Pizza.", gibt Milan zurück, der nicht wirklich weiß, was seine Schwester genau wissen will.

Seine Termine bei Dr. Myr sind immer gut. Er mag sie. Es geht nur um ihn, das findet er gut. Manchmal reden sie, manchmal spielen sie etwas. Heute hat er aus seinem Gefühlstagebuch vorgelesen und sie hat ihn gelobt, weil er seine Gedanken so gut beschreiben kann.

„Vielleicht willst du auch mal zu ihr gehen?", fragt Milan nun Luca. „Was, warum denn?", gibt Luca schroff zurück. „War ja nur eine Idee. Du weinst nachts immer noch so oft.", sagt Milan und hat Angst, dass seine Schwester jetzt böse wird. Sie haben noch nie darüber gesprochen, dass er sich nachts manchmal um sie kümmert, bis sie wieder eingeschlafen ist, er glaubt auch nicht, dass sein Papa davon weiß.

„Mir geht's gut.", sagt Luca nur und geht ins Wohnzimmer. Milan läuft ihr hinterher. „Mir geht's auch gut. Aber es hilft, mal mit jemandem zu reden.", sagt er zu seiner Schwester und hofft, dass er nicht klingt wie ein Besserwisser. Jetzt guckt Luca freundlicher. „Ich denke drüber nach. Danke.", sagt sie und drückt Milan kurz.

Zum Glück hat er eine große Schwester, er könnte sich nichts Cooleres vorstellen. Und auch Lucas neuen Freund Chris kann Milan gut leiden, am Wochenende wollen sie zusammen Fußball im Garten spielen, das hat er ihm versprochen, als er letztens abends mit ihnen gegessen hat.

Penny

„Und wenn das doch Wehen sind?", fragt Penny und hält sich den Bauch. „Liebes, ich spüre nicht, was du spürst. Wir können ins Krankenhaus fahren, wenn du möchtest.", gibt Tom zurück. „Nein, nein, nein. Ich will die Hausgeburt, ich will nicht ins Krankenhaus. Ich rufe meine Hebamme an und beschreibe ihr den Schmerz und dann sehen wir weiter.", sagt Penny sichtlich aufgeregt. Tom reicht ihr das Telefon und bleibt das ganze Telefonat über neben Penny sitzen.

Sie ist dankbar, dass er so für sie da ist. Zum Glück hat er einen frühen Feierabend an diesem Freitag gemacht.

Pennys Hebamme beruhigt sie am Telefon, sie glaubt nicht, dass es Wehen sind, wird sich aber später nochmal melden und kann auch vorbeikommen, wenn es Penny lieber ist.

Aber Penny ist erstmal besänftigt und versucht, sich mit Tee und romantischen Komödien auf dem Sofa zu entspannen.

Das klappt gut, heute Abend wird kein Baby geboren, aber lange kann es nicht mehr dauern, das weiß Penny auch ohne das errechnete Datum, welches in knapp zwei Wochen erreicht wäre, sie hat es einfach im Gefühl.

Reka

Reka hat eine Stunde mit Maggie telefoniert und ihr von der Beerdigung berichtet und von ihren Gedanken und Gefühlen, so viel hat sie die letzten Wochen nicht gesprochen.

Aber Reka musste zugeben, dass sie die Worte der Ehe-frau nicht loslassen. Und auch die Worte von Marcel konn-ten sie nicht wirklich beruhigen.

Matthias war in sie verliebt, ja, aber Marcel sprach auch von Dingen, die er nicht versteht oder weiß.

Wie gut kann man jemanden kennen? Spielt all das jetzt überhaupt eine Rolle? Warum fühlt Reka sich so ungerecht behandelt? Ist die Frau von Matthias einfach nur in ihrer Trauer gefangen und lässt es an Reka aus oder hat sie jetzt erst von Reka erfahren und Matthias hat sie beide belogen?

Reka wäre nicht die Erste. Was soll das denn heißen? Maggie war kurz davor ihr Abendessen abzusagen und zu ihr zu kommen, aber davon konnte Reka sie noch abhalten, zum Glück.

Maggie denkt immer an alle anderen, viel zu selten an sich. Das Essen mit James wird ihr guttun. Da ist sich Reka sicher.

Und ihr selbst ist sowieso nicht zu helfen. Vielleicht ist all das jetzt sowieso irrelevant, denn Matthias wird nie die Wahrheit aufklären können und Reka wird sich wohl kaum mit seiner Frau in Verbindung setzen.

Montag wird sie wieder zur Arbeit gehen, das nimmt sich Reka fest vor. Es bringt ja nichts. Zu Hause abwarten ändert gar nichts, sie muss ihr Leben wieder in die Hand nehmen.

Aber da fällt Rekas Blick auf einen Rollkragenpulli über der Stuhllehne in der Küche. Sie steckt ihre Nase in den Pul-lover und riecht so viel Matthias in sich hinein, dass ihr fast schwindelig wird.

Vielleicht bleibt sie noch eine Woche zu Hause und er-holt sich.

Eine oder zwei, denkt Reka und dann piept ihr Handy: *„Hey. Lange nichts gehört. Wie geht's dir? Tilo."* Reka weiß nicht, warum sie es tut, denn sie hat Tilo nicht vermisst und es geht ihr natürlich nicht gut, aber trotzdem antwortet sie, einfach so, weil sie alleine zu Hause liegt und all das ja auch keinen Unterschied macht: *„Es könnte besser gehen. Und dir?"*

Tilo antwortet schnell. Sie plaudern den ganzen Abend. Es ist angenehm. Es ist kein ernstes, tiefes Gespräch. Aber es ist leicht und lenkt ab und das gönnt sich Reka nun einfach.

James

James ist fast ein bisschen aufgeregt, wobei ja gar nichts dabei ist, mit Maggie essen zu gehen. Sie sind Freunde, Nachbarn, es ist ein Dankeschön.

Das ist kein Date. Aber zu zweit im Restaurant waren sie wahrscheinlich doch noch nie. Wenn dann mit den Kindern oder mal bei ihnen zu Hause, mal ein Wein im Garten, das gab es schon. Aber heute gehen sie aus.

Er hat seine gute Hose angezogen. Einen Tisch reserviert. Luca passt auf Milan auf, auch wenn es James manchmal andersherum vorkommt. Kein Babysitter nötig, das ist gut. Sie können ihn anrufen, wenn etwas ist. Sie sind nicht weit weg.

Ein neuer Franzose hat an der Hauptstraße aufgemacht. Neben der leeren Fläche, in der vor wenigen Wochen noch der Feinkostladen war. Was der neue Eigentümer damit wohl plant? Aber das ist jetzt nicht wichtig.

James holt Maggie ab und sie wollen gemeinsam zum Restaurant spazieren. Maggie trägt ein Blumenkleid, das fast bis zum Boden reicht. Ihre Augen sehen müde aus, aber sie lächelt.

„Alles gut?", fragt James während sie sich umarmen. „Ja, doch, ich denke schon. Ein verrückter Tag. Aber mir geht es gut. Bei dir?", gibt Maggie zurück und hakt sich wie selbstverständlich bei James unter.

„Ich bin auch froh, dass die Arbeitswoche um ist. Die Kinder bestellen heute Pizza. Puh. Schön, dass wir das hier endlich schaffen.", sagt James.

„Pizza? War Milan heute bei seiner Sitzung? Wie läuft es da?", fragt Maggie und James wird in die Realität zurückgeholt. Er redet hier mit Maggie, das ist hier kein Date. Sie kennen sich schon lange, Maggie weiß so viel, sie weiß, dass Milan das Essen aussuchen darf, wenn er bei Dr. Myr war und dass er eigentlich immer Pizza bestellen will.

Sie kennt James. Er ist kurz enttäuscht, weil ihm diese Erkenntnis das Gefühl von einem richtigen Date nimmt, aber dann ist er entspannt und erfreut darüber, dass das hier kein krampfiger Abend wird, eben weil Maggie ihn kennt. Ihn, sein Leben, seine Kinder.

Sie sitzen wirklich lange zusammen, essen geradezu umwerfend gut, reden, trinken Wein und machen aus ihrem Heimweg eine sehr lange Nachtwanderung.

„Das war echt schön.", sagt James beim Abschied und Maggie drückt ihn wieder so fest wie bereits vor einer Weile und James ist kurz davor, der Versuchung zu erliegen sie zu küssen, aber die Angst vor einer Abfuhr und die Besorgnis, was das mit ihrem Verhältnis machen würde, ist größer als sein Verlangen.

Also nimmt er einfach das Gefühl von ihrem warmen Körper, dicht an ihn gepresst in Gedanken mit nach Hause.

Kurz bevor er ins Bett geht, wirft er allerdings noch einen Blick auf sein Handy und dort leuchtet eine neue Nachricht von Maggie, die lediglich ein Herz enthält.

Die Nacht ist die beste, die James in den letzten Jahren hatte, wohlig und zufrieden taucht er ab in eine Traumwelt, die ihm zeigt, dass er noch sein ganzes Leben vor sich hat.

Kapitel 22

Penny & Maggie

„Liebe Patentante Maggie, mein Name ist Nola und ich würde mich freuen, wenn du mich zu Hause besuchen kommst.", tippt Penny in ihr Handy und sendet die Nachricht.

Die letzte Nacht war aufregend und verrückt und schön und lang und trotzdem ganz schnell vorbei.

Jetzt hält sie ihre wunderschöne Tochter im Arm und fühlt sich reich beschenkt, aber auch befreit und erlöst. Sie ist endlich da.

Als Maggie die Nachricht liest, liegt sie noch in ihrem Bett, kurz nachdem sie den Wecker ausgeschaltet hat.

Sie kann es kaum fassen. Ihr Patenkind ist auf der Welt. Maggie muss heute sowieso nicht zur Arbeit, Noras Umzug steht an.

Penny erhält eine Antwort von Maggie: *„Gib mir eine halbe Stunde."*

Nachdem Maggie Nora von der tollen Neuigkeit erzählt hat, verabreden sie sich fest für halb zwölf, damit Maggie wie geplant beim Umzug helfen kann. Nora hat zum Glück Verständnis und packt ihre letzten Sachen allein.

Penny liegt im Schlafzimmer und sieht erschöpft, aber glücklich aus, als Maggie das Zimmer betritt. Die kleine Nola liegt schlafend in einer Wiege dicht neben Penny. Die beiden umarmen sich und Maggie schaut voller Neugierde in die Babywiege. Von Nola ist nur das kleine Köpfchen zu sehen, das unter der Decke hervorschaut. Sie schläft fest und atmet ruhig, Maggie ist von der ersten Sekunde an verzaubert.

„Wie geht's dir?", fragt Maggie Penny und setzt sich auf die Bettkante. „Ganz gut. Etwas erschöpft.", untertreibt Penny ein bisschen, denn sie ist sehr erschöpft.

Penny berichtet Maggie ausführlich von der Hausgeburt, Toms Unterstützung, ihr Glücksgefühl, als sie Nola das erste Mal im Arm halten konnte und von ihrer Hebamme, die Penny so gut versorgt hat, dass sie keine Angst hatte.

Bevor Maggie wieder aufbricht, wird Nola wach, sie trinkt an Pennys Brust und danach darf Maggie sie kurz auf den Arm nehmen.

„Hallo kleine Nola. Willkommen.", flüstert Maggie und fühlt all die Liebe, die sie diesem kleinen Mädchen entgegenbringen wird.

Penny ist froh, dass Maggie sofort vorbeigekommen ist, aber auch erleichtert, dass ihre und Toms Eltern erst am Abend zu ihnen kommen werden, sie braucht Ruhe.

Die brauchen sie alle drei.

Nora

Alle Sachen sind gepackt, als Maggie wieder nach Hause kommt.

Am Anfang hatte Nora nur das Nötigste in Maggies Gästezimmer, aber als klar war, dass sie länger als zwei Wochen bleibt, haben immer mehr Dinge aus ihren Taschen und Kisten Einzug in ihr Zuhause auf Zeit gefunden.

Lediglich ihre Bettwäsche, Handtücher und die einzelnen Küchenartikel, die sie aus der gemeinsamen Wohnung

mit David mitgenommen hatte, standen die Zeit über un-
angerührt in Maggies Abstellkammer.

„Und, ist sie so zuckersüß, wie Babys einfach sind?",
fragt Nora und Maggie nickt.

Kurz denkt Nora daran, dass sie vor einer ganzen Weile
auch an Babys für sich und David gedacht hat, nun ist auch
dieses Lebensziel, ähnlich wie ein Haus und Heiraten, in
weite Ferne gerückt.

Aber dann schiebt Nora diese Gedanken beiseite und
konzentriert sich auf ihre neue Wohnung, den Neuanfang,
der ihr alles ermöglicht. Sie ist ja noch jung.

„Ich werde dich echt vermissen.", sagt Maggie und
drückt Nora an sich, als sie die letzte Fuhre in die neue
Wohnung geschleppt haben. „Haben dir über drei Monate
mit mir nicht gereicht?", witzelt Nora und ist glücklich,
Maggie als Freundin zu haben. Die beiden arbeiten bis in
den Nachmittag.

Nora berichtet Maggie von ihren ersten Tagen im Feinkostladen, die schon letzte Wochen begonnen haben. Sie
ist richtig froh über den neuen Job. Sie mag Paula und sie
kommen gut miteinander aus, haben dieselbe Arbeitsweise
und der Umgang mit den hochwertigen Lebensmitteln gefällt Nora.

Sie räumen, packen aus, bauen Noras neues Bett auf,
das gestern geliefert wurde und gönnen sich zwischendurch einen Kaffee bei Serafinas Kuchenzeit.

Nachdem Maggie nach Hause aufgebrochen ist, macht
Nora einen kleinen Spaziergang durch den nahegelegenen
Park. Sie liebt die Natur und Ruhe und als sie danach die
Wohnungstür aufschließt, umgibt sie ein Gefühl von

angekommen sein. Sie hat alles richtig gemacht, das ist jetzt ihr Leben.

Reka

Seit gestern geht Reka wieder arbeiten. Ein paar Kollegen haben sie komisch angesehen, andere haben ihr ihr Beileid bekundet, wieder andere wissen gar nichts, scheint es Reka und sie fragen sie nur, ob sie wieder gesund ist.

Gesund? Was bedeutet das, hat Reka sich gefragt, aber es muss weitergehen.

Sie ist froh, dass Maggie gestern da war und sie in ihrer Pause gemeinsam in der Reederei essen und reden konnten.

Reka hat ihr all ihre verwirrten Gedanken mitteilen können, die sie seit der Beerdigung hat. Diese ist über zwei Wochen her und in manchen Situationen scheint es wie ein Moment aus einem anderen Leben und in wieder anderen Situationen fühlt es sich an, als hätte Matthias ihr vor zwei Sekunden noch einen Kuss gegeben und ihr ein gemeinsames Leben versprochen.

So ein Betrüger, denkt Reka manchmal. Es hilft, sauer zu sein, dass er sie allein gelassen hat, dieses Gefühl lässt sie weitermachen, Trauer lähmt.

Sie hat Maggie auch erzählt, dass sie mit Tilo schreibt. Aber sie schreiben nur, kein Treffen geplant. Das würde Reka auch gar nicht durchstehen. Es fällt ihr schon schwer, sich auf ihren Job zu konzentrieren. Aber es muss weitergehen.

Immer wieder driften ihre Gedanken zu den Worten von Matthias' Frau ab. Was ist, wenn sie die Wahrheit sagt, wenn Reka nur eine von vielen war? Wie lächerlich wäre ihre Trauer, ihr Verlust dann? Reka schwankt zwischen Akzeptanz, Verdrängen und dem Willen herauszufinden, wer Matthias wirklich war, ob sie sich in ihm getäuscht hat.

Aber was würde das ändern? Ginge es ihr dann besser? Würde die Trauer verschwinden? Oder ginge es ihr noch schlechter, weil er sie nie wirklich geliebt hat?

Vielleicht ist Ungewissheit auch eine Möglichkeit, die ihre Vorteile hat.

Rekas Handy vibriert in ihrer Handtasche: *„Wollen wir uns bald mal treffen?"*

Tilo, Tilo, Tilo, Reka fragt sich selbst, was sie da nur wieder macht. Wie bekommt sie ihr Leben zurück?

Tom

Tom kann es nicht fassen. Alles ist glatt gegangen. Als nachts Pennys Wehen eingesetzt haben, war es eindeutig, dass es Wehen waren. Die Hebamme war in weniger als dreißig Minuten bei ihnen zu Hause und strahlte so viel Routine und Gelassenheit aus, dass Penny und auch Tom keine Panik bekamen.

Tom wirft einen Blick auf die schlafende Penny. Seine Frau. Er ist so stolz, dass sie ihm diese wunderschöne Tochter geschenkt hat. So dankbar. Er streift sanft über Nolas Köpfchen und alle Glückshormone der Welt schlagen in Toms Bauch Purzelbäume. Endlich Papa. Endlich Familie.

Serafina klickt sich durch mehrere Ordner auf ihrem Computer. Sie hat eine kleine Liste mit allen noch zu erfüllenden Verbindlichkeiten, die mit der Crowdfundingaktion einhergehen.

An die beiden noblen Spender, die keine Gegenleistung erwarten, wollte sie eigentlich Dankeskarten und Selbstgebackenes verschicken, dies wird sie aber leider nur für einen machen können, denn der erste Spender ist nach wie vor anonym.

Die Übernachtungs- und Prozentgutscheine hat Serafina gestern alle verschickt, mit einer handgeschriebenen Karte.

Die drei Einheimischen, die sich für ein Jahr die Kuchenzeit gesichert haben, stellten sich schon vor vier Wochen als drei ältere Herren aus der Nachbarschaft heraus, die mit ihrer Anwesenheit und ihren Geschichten aus dem Ort auch Serafinas Pensionsgäste unterhielten. Serafina hat sie schon richtig ins Herz geschlossen.

„Ein Hotelzimmer mit ihrem Namen an der Tür?", liest Serafina auf ihrer Liste und weiß, dass sie das heute endlich umsetzen muss.

Ein Zimmer ihrer Pension wird den Namen von Maggies Nachbarn James tragen, die andere Namensgebung haben ihre Stammgäste aus Zimmer 9 erworben. Natürlich wird auch genau dieses Zimmer ihren Namen erhalten. Das ältere Ehepaar kommt so regelmäßig, dass das Zimmer quasi schon ihr alleiniges ist. Ganz selten vergibt sie es an andere Gäste.

„Suite James", liest Serafina auf dem zweiten Messingschild, welches gestern geliefert wurde und freut sich, die beiden Zimmertüren gleich damit auszustatten.

Die Suite wird das neurenovierte Zimmer werden, es ist durch den Umbau etwas größer als die anderen und hat eine komplett neue Möblierung und wird mit teureren Laken, Handtüchern und auch Bademänteln ausgestattet.

Das mit den Bademänteln war Johannes Idee, denn ab und an neckt er Serafina noch mit ihrer nächtlichen Begegnung letztes Jahr.

Johannes und sie stehen in regem Mailkontakt und Serafina genießt diese neue Freundschaft sehr. Sie können über alles Mögliche reden, lieben dieselbe Musik, dieselben Weine und trotzdem werden ihre Unterhaltungen nie langweilig.

Maggie

Maggie sitzt auf ihrem Sofa und hält eine heiße Tasse Tee in den Händen. Auch wenn es mitten im Sommer ist, findet sie es am Abend immer wieder gemütlich, sich aus dem Garten frische Kräuter zu pflücken und diese aufzubrühen.

Sie schaut sich in ihrem Wohnzimmer um. Es kommt ihr ein bisschen ruhig vor, auch wenn Nora auf keinen Fall ein lauter Hausgast war.

Ein lachendes und ein weinendes Auge begleiten Maggies Gedanken über Noras Auszug. Etwas einsam wird es vielleicht schon. Über drei Monate eine Mitbewohnerin zu haben, hatte auch viele Vorteile. Gemeinsames Essen, jederzeit war jemand für ein Gespräch nur ein Zimmer weiter. Mit einem Partner an ihrer Seite wäre auch immer jemand da, grübelt Maggie und ihr Blick fällt auf ein Bild ihres Onkels.

Der war auch immer allein, denkt Maggie, vielleicht liegt ein Fluch auf diesem Haus.

Aber dann verwirft sie den Gedanken, denn sie liebt dieses Haus und ein bisschen schön, es wieder ganz für sich zu haben, ist es eben auch.

Sie schnappt sich ihr Handy und meldet sich bei Luca, die hat sie länger nicht gesehen, sie weiß aber von James, dass das sicher an Chris liegt und deshalb ist Maggie besonders neugierig.

Luca schwärmt Maggie vor, wie schön es ist, verliebt zu sein und sie freut sich für ihre junge Freundin. Die erste große Liebe, die wird sich noch umschauen, denkt Maggie.

Dann gönnt sie sich eine lange Dusche, schnappt sich ihr aktuelles Buch und legt sich in die Hängematte im Garten.

Als sie Hunger bekommt, ist sie froh, dass noch eine halbe Avocado, Feldsalat und Speck in ihrem Kühlschrank liegen. Ein gutes Sandwich ist schnell zubereitet.

Eigentlich will Maggie sich wieder ihrem Buch widmen, aber da leuchtet ihr Handy auf dem Küchentisch auf, eine Nachricht von James.

Wenn sie heute so viel Kontakt zu ihren Nachbarn hat, hätte sie vielleicht einfach rüber gehen sollen, überlegt Maggie, aber öffnet dann die Nachricht.

„Ich habe nun meine eigene Suite!", schreibt James unter das Bild, welches er an Maggie weiterleitet, nachdem Serafina es ihm geschickt hat. *„Oha!"*, kommt sofort Maggies Antwort. *„Was treibst du?"*, fragt James und Maggie berichtet ihm, dass sie mit einem Avocadosandwich in der Hängematte liegt.

James geht zur Terrassentür und wirft einen Blick quer rüber in Maggies Garten. Er kann sie nicht sehen, oder doch, ein Fuß lugt aus der Hängematte, die sich leicht bewegt.

Mit Maggie in der Hängematte liegen stellt James sich schön vor. Seit ihrem Essen vor über zwei Wochen haben sie sich nur einmal aus der Ferne gesehen, einmal sind sie aneinander vorbeibeigefahren und wenige SMS haben sie ausgetauscht. Aber James hat es jedes Mal den Tag erhellt, wenn sie Kontakt hatten.

Sie schreiben noch etwas hin und her, während James Maggies Fuß aus der Hängematte ragend beobachtet. *„Schöne Socken."*, schreibt er irgendwann und plötzlich kommt mehr Bewegung in die Hängematte und Maggies Kopf taucht auf und sie sieht sich um.

Letztlich endet der Abend am Zaun, jeder sitzend auf einem Gartenstuhl, James mit einem kalten Bier in der Hand, Maggie mit einer Kirschlimonade.

Zwischendurch kommen auch Milan und Luca vorbei, aber irgendwann sind sie im Bett und James und Maggie zählen alle Sterne, die sie sehen können, bis sie schlafen gehen, jeder in seinem eigenen Haus, im eigenen Bett.

Maggie küsst James zum Abschied über den Zaun auf die Wange und James träumt nachts von Zaunbesuchen, Hängematten, Kirschlimonadenküssen und dem restlichen Sommer.

Kapitel 23

Milan

Heute hat Maggie Geburtstag und Milan rätselt schon am Frühstückstisch, welche Kuchen es wohl heute Nachmittag bei ihr geben wird.

„Das Marmeladenbrot noch im Mund, denkst du schon an Kuchen.", sagt sein Papa und Milan muss grinsen.

Es klingelt an der Tür. Es ist Chris. Das hört Milan an der fröhlichen Stimme seiner Schwester.

Aber er selbst freut sich auch, denn Chris hat versprochen, mit ihm Fußball zu spielen, bevor er Zeit mit Luca verbringt.

„Möchtest du noch etwas essen?", begrüßt Milans Papa Chris, aber der möchte nichts.

Chris schlägt mit Milan ein und drückt dann kurz Luca nochmal an sich, bevor die zwei Jungs in den Garten verschwinden.

„Ich glaube, langsam müssen wir aufhören. Sonst wird Luca traurig.", sagt Chris nach einer Dreiviertelstunde und das kann Milan verstehen.

Chris und Luca gehen spazieren. Bestimmt reden sie über langweilige Sachen, aber vielleicht halten sie auch einfach nur Händchen, überlegt Milan.

Er hilft seinem Papa den Rest vom Frühstückstisch abzuräumen, der bedankt sich dafür und verzieht sich danach mit seiner Zeitung auf das Sofa.

Milan geht in sein Zimmer und packt das Geschenk für Maggie ein. Ein Insektenhotel, das hat er im

Werkunterricht gebaut und hofft, dass es Maggie gefällt und sie es in ihrem Garten aufhängt.

Penny

Seit zwei Wochen ist der Blumenladen wieder geöffnet. Heute am Sonntag nicht, aber Penny gibt es ein gutes Gefühl, dass die Schließzeit vorüber ist, sie ist stolz auf Leni, die den Laden super leitet und Penny trotzdem nicht das Gefühl gibt, überflüssig zu sein.

Kurz bevor Leni abends schließt, ruft sie Penny immer an und berichtet vom Tag, manchmal hat sie auch ein paar Fragen, aber es gibt keine größeren Schwierigkeiten.

Einmal war Penny schon samt Nola im Kinderwagen im Geschäft, aber eigentlich nur, damit sie Leni die Kleine zeigen kann.

Pennys Erschöpfung hält immer noch etwas an und der wenige Schlaf hilft nicht wirklich, was ihre Erholung angeht, deshalb ist sie beruhigt, dass Leni auch eine Weile ohne sie klarkommt.

Fast einen Monat ist Penny nun Mama. Mama, was für ein Wort. Sie kann es kaum erwarten, dass Nola Mama sagen kann, auch wenn Tom versucht ihr weißzumachen, dass Nola längst Papa sagen kann, aber das hofft er nur.

Da interpretiert ein übereifriger Papa schon mal mehr in ein Quäken des Babys hinein, als wirklich zu hören ist.

Bis Nola die ersten Silben sprechen kann, vergehen sicher noch sechs Monate und bis zum ersten Wort ist noch lange, lange Zeit.

Penny schaut kurz in die Babywiege, aber Nola schläft fest. Zumindest am Tag schafft sie es länger durchzuschlafen. Penny muss sich unbedingt angewöhnen, diese Zeit auch für eigenen Schlaf zu nutzen, aber bevor sie sich kurz aufs Ohr legt, schreibt sie Maggie eine lange Geburtstagsnachricht und schickt gleich noch ein Bild von Nola dazu.

„Möchtest du auch etwas trinken?", fragt Tom Penny, aber sie verneint und legt sich wirklich etwas hin.

Während ihre Augen immer schwerer werden, denkt sie noch, dass es zumindest für den Blumenladen von Vorteil ist, dass Nola tagsüber länger am Stück schläft, aber wie sie ihren eigenen Schlafhaushalt in Ordnung bringen soll, weiß Penny noch nicht.

In ihren Träumen wirbeln Blumen, Strampler, Babywiegen und Pflanzkübel um ihren Kopf herum, aber da hört sie auch schon ein leises Babyweinen und Penny ist wieder wach, weil Nola es auch ist.

Jonas

„Hallo Schwesterherz!", ruft Jonas nur in Badehose bekleidet in sein Telefon.

Er gratuliert ihr herzlich und entschuldigt sich erneut, dass er und Clara nicht mit ihr feiern können. Maggie ist zum Glück nicht böse, sie kennt es nicht anders, Sommerferien-Geburtstage sind eine spezielle Sache.

Sie fragt nach dem Urlaub und Jonas freut sich, dass er ihr einen kleinen Bericht von ihren kurzen Stopps berichten kann, die sie passiert haben, bevor sie gestern in Italien angekommen sind.

„Clara hat gestern so viel Pasta gegessen, dass sie die halbe Nacht Bauchweh hatte. Aber es ist wirklich klasse hier. Die Ferienwohnung ist klein, aber sauber, der Strand ist nah und in den nächsten Wochen wollen wir uns einiges ansehen", gibt er seiner Schwester weiter einen Statusbericht.

Jonas verspricht, Fotos zu schicken und fragt Maggie, wie sie ihren Tag verbringt. Er erfährt, dass sie Serafina, James, Luca und Milan zu Kaffee und Kuchen eingeladen hat, den Tag aber sonst ganz für sich verbringt.

„Kommende Woche gehe ich dann nochmal etwas mit Nora und Reka trinken. Da fällt Penny ja leider noch aus, weil das Baby noch so klein ist.", erzählt Maggie weiter, bevor Clara ihm das Telefon abnimmt, um Maggie auch persönlich zu gratulieren und richtig zu stellen, dass ihre Bauchschmerzen gar nicht so schlimm waren.

„Sie verkraftet, dass wir nicht da sind, oder?", fragt Jonas Clara nachdem sie aufgelegt hat. „Natürlich. Sie wirkte doch total zufrieden.", gibt Clara zurück und die beiden überlegen, wie sie den Rest des Ferientages verbringen wollen.

Bauchschmerzen hin oder her, heute Abend muss es Pizza geben, findet Jonas und er hat zwei Ecken von der Ferienwohnung entfernt einen kleinen Pizzaladen entdeckt, der urgemütlich wirkte.

Natürlich hält Clara viel von diesem Vorschlag, auch wenn sie es sich jetzt erstmal auf ihren Handtüchern im Sand gemütlich machen und ihre Nasen in ihre Bücher stecken.

Serafina

Heute beginnt Serafina etwas früher mit dem Auffrischen der Zimmer und ihre Kuchenzeit wird zu einem Tablett aus Muffins und zwei Thermoskannen, eine mit Kaffee und eine mit heißer Schokolade gefüllt.

Maggies Geburtstag darf sie nicht verpassen und die Pension ist nicht voll belegt, da kann sie sich das schon erlauben.

Serafina kümmert sich um die drei belegten Zimmer, tauscht Handtücher aus, lüftet, in die Suite stellt sie frische Blumen und freut sich erneut über das Ergebnis ihrer Renovierung. Suite James.

An alle drei Zimmertüren hängt Serafina heute kleine Lavendelsäckchen mit einer Karte, auf der ein Gedicht steht.

Danach geht sie durch den Hausflur und betritt durch die Hintertür den Garten. Er sieht schlimm aus und man kann ihn nur durch den Hausflur betreten, aber nun gehört ihr auch dieser Garten und es juckt Serafina schon wieder in den Fingern.

Irgendetwas wird sich daraus doch machen lassen? Früher war das nicht ihre Angelegenheit, der Eigentümer hat den Garten einfach Garten sein lassen, aber nun gehört er ihr. Ein Projekt jagt das nächste, denkt sie. Aber eigentlich ist es ein gutes Zeichen, wenn sie neue Ideen hat, dann scheint ihr Stresslevel einigermaßen unter Kontrolle zu sein, sonst hätte sie gar keinen Spielraum für weitere Träumereien.

„Oh, dieser Garten war mir gar nicht bewusst.", wird Serafina von Paula aus ihren Gedanken gerissen. „Nanu? Hast du nun auch sonntags geöffnet?", fragt Serafina überrascht nach, mit Paula hat sie heute gar nicht gerechnet. „Ich habe gestern nur etwas im Laden vergessen. Und habe dich im Hausflur klappern gehört.", erklärt Paula und die beiden Frauen schauen in den verwilderten Garten.

„So kann er nicht bleiben.", sagt Serafina, als wäre es nicht offensichtlich. „Wir könnten selbst Gemüse anbauen und es im Feinkostladen verkaufen. Mehr Bio geht nicht.", schlägt Paula vor und Serafina findet die Idee gar nicht so schlecht.

„Ich hätte auch gerne eine Feuerstelle. Dann könnten die Lesungen im Sommer auch mal draußen stattfinden. Wobei mir auffällt, dass ich länger keine veranstaltet habe. Die Lesezeit für die Kids hat irgendwie neben allem anderen viel Zeit und Planung in Anspruch genommen.", grübelt sie weiter.

„Ich muss los. Aber sag Bescheid, falls ich im Garten helfen kann. Egal, was du am Ende daraus machen willst.", unterbricht Paula Serafinas Gedanken und drückt sie kurz.

„Schönen Sonntag noch.", ruft sie Paula hinterher und geht selbst wieder in die Pension.

Sie muss noch Maggies Geschenk einpacken und sich dann auch gleich auf den Weg machen.

Neben ihrem Empfangstresen trifft sie ihre neuen Gäste aus Zimmer 6: „Die Kuchenzeit findet heute in Selbstbedienung statt. Meine Nichte hat Geburtstag."

„Kein Problem. Wir schnappen uns zwei der köstlich aussehenden Muffins und drehen eine Runde durch den Park.", sagt die Frau des Pärchens und Serafina ist froh, dass sie sich nicht billig abgespeist fühlen.

Maggie

Maggie hört Milan schon lange bevor es an ihrer Tür klopft. Er plappert fröhlich vor sich hin.

„Hallo!", ruft Maggie glücklich. Es war genau die richtige Entscheidung in so einer gemütlichen Runde zu feiern. Serafina ist auch schon da und so passen sie alle zusammen auf die Terrasse und können die Augustsonne genießen.

Frischer Zitronenkuchen, Erdbeereis und selbstgemachter Löffelbiskuit schmecken himmlisch zu Eistee, kaltem Kakao und Limonade.

Ein bisschen geniert sich Maggie, als Milan und Luca darauf bestehen, dass sie alle für sie singen müssen.

Milans Geschenk freut Maggie besonders und sie suchen direkt einen Platz für das Insektenhotel.

Von Serafina bekommt sie einen guten Wein und ein Buch, das sich Maggie gewünscht hat. Ihre Tante ist sehr aufmerksam und scheint ihre Ohren stets gespitzt zu haben.

Luca hat Maggie einen Gutschein für ein gemeinsames Eisessen gebastelt und James überreicht Maggie, in feines Seidenpapier gewickelt, ein Notizbuch mit elegantem Füller.

„Vielen Dank.", sagt Maggie und drückt James kurz, woraufhin es ein bisschen in ihrem Bauch kribbelt.

Es ist ein schöner Nachmittag mit verschiedenen Gesprächsthemen und alle verstehen sich gut.

Zwischendurch grübelt Maggie, ob sie sich etwas für ihr neues Lebensjahr vorgenommen hat. Aber sie ist sich nicht sicher, so viel ist um sie herum passiert in letzter Zeit.

Ein bisschen mehr Ruhe in ihrem Freundeskreis würde sie sich fast wünschen, aber das hat eigentlich nichts mit ihr selbst zu tun.

Dann fällt ihr Blick auf James und sie muss unwillkürlich lächeln.

Luca

„Wo ist eigentlich Jonas?", fragt Luca in Maggies Gedanken hinein. „Der ist mit seiner Freundin in Italien.", sagt Maggie und schaut Luca an.

Und da spürt Luca eine so tiefe Erleichterung in sich, nicht darüber, dass er nicht da ist, sie hätte Jonas gern mal wieder gesehen. Aber ihr Herz tut nicht mehr weh. Sie ist glücklich mit Chris, keine Frage. Aber ab und an hat sie schon noch an Jonas gedacht, er war immer der tolle Typ, den sie nicht haben konnte. Älter, cooler, unerreichbar.

Wenn Luca sich erinnert, wie sie sich gefühlt hat, als bei Maggies Weihnachtsessen die Rede von einer Freundin von Jonas war, muss sie fast über sich selbst lachen. Der Zauber scheint verflogen und darüber ist sie froh.

„Na hoffentlich bringt er dir ein tolles Urlaubsmitbringsel als Geschenk mit.", sagt Luca zu Maggie und die berichtet von Pasta und Pizza und den Plänen, die Jonas und Clara noch haben.

Luca hört interessiert zu, aber ohne Eifersucht.

Langsam naht der Abend. Milan fallen schon fast die Augen zu. Aber er will noch nicht gehen. James will auch noch nicht gehen und bietet sich an, Maggie beim Aufräumen zu helfen, nachdem Serafina gegangen ist.

Milan und Luca sitzen weiter draußen und blättern durch ein paar Kinderbücher, die Maggie aus dem Verlag mitgebracht hat.

„Soll ich die Teller direkt in die Spülmaschine räumen?", fragt er Maggie, aber die winkt ab. Die Spülmaschine sei noch voll und er solle alles einfach auf der Arbeitsplatte abstellen. „Wird erledigt.", salutiert James etwas albern vor ihr und sie müssen beide lachen.

„Ich glaube, jetzt haben wir alles.", sagt Maggie zu James, nachdem sie ein paar Mal von draußen nach drinnen gelaufen sind.

Die beiden bleiben in der Küche stehen und schauen sich an. Stille. Aber keine unangenehme, findet James.

Maggie lächelt jedoch etwas verlegen. Jetzt, denkt James. Jetzt könnte er sie küssen, aber dann fallen ihm wieder alle Gründe ein, die dagegensprechen und er lässt es, bleibt aber stehen.

„Geht's dir gut?", fragt er stattdessen und Maggie seufzt. „Ja, wahrscheinlich.", sagt sie dann und James geht einen Schritt auf sie zu und umarmt sie fest. „Jetzt geht's mir besser.", sagt Maggie dann leise in seine Umarmung hinein und die beiden bleiben eine Weile so in der Küche.

Für James fühlt es sich so innig und verbunden an, dass er gar nicht mehr enttäuscht über einen fehlenden Kuss ist, diese Umarmung und dieses Vertrauen sind so viel mehr als ein Kuss.

Irgendwann ruft Luca allerdings nach ihrem Papa und der ruhige Moment findet früher ein Ende, als James es sich gewünscht hätte.

Warum wirkt Maggie so traurig, fragt sich James. Aber er weiß leider, dass er jetzt nicht genug Zeit hat, um in Ruhe mit Maggie zu sprechen.

„Ich bring Milan ins Bett. Sehen wir uns gleich noch am Gartenzaun?", fragt er Maggie aber. „Das klingt gut. Bringst du ein Bier mit?", erwidert sie und James nickt.

Die Kinder sind schnell ins Bett gesteckt und so vergeht keine halbe Stunde, da sitzen er und Maggie am selben Platz, wie vor knapp einem Monat und wundern sich, dass schon wieder so viele Wochen vergangen sind.

Jetzt hakt James nach und Maggie berichtet ihm, dass sie an ihrem Geburtstag auch immer viel an ihren Patenonkel denken muss, der hat Geburtstage und Feste immer geliebt.

Außerdem ist Maggie etwas erschöpft, von all dem Trubel in ihrem Umfeld und dem komischen Gefühl, dass aber so direkt bei ihr nur wenig passiert ist dieses Jahr.

„Aber du bist doch Teil von all dem.", sagt James. „Ja, ich weiß, vielleicht wünsche ich mir auch einfach eine große Geschichte, eine Veränderung. Keine Ahnung.", sagt Maggie und wird ein bisschen rot. James denkt bei sich, dass er gerne diese Veränderung wäre, hält sich aber zurück und schließt das Thema mit einem läppischen Spruch, dass so etwas doch immer erst passiert, wenn man nicht damit rechnet.

Kapitel 24

Reka

Seit zwei Monaten schreibt Reka wieder mit Tilo und sie weiß, dass sie ihn nur als Ablenkung benutzt. Sie ist fast etwas stolz auf sich, dass sie seinen Vorschlägen, sich zu treffen, bis jetzt immer wieder ausgewichen ist. Das wäre ja noch schlimmer, nachher würde sie noch mit ihm schlafen, einfach nur, um etwas anderes zu fühlen als Unsicherheit, Angst, Verlust und Verwirrtheit, Einsamkeit nicht zu vergessen. Aber auch das Schreiben ist nicht fair, denn er macht sich Hoffnungen, denkt, sie habe nur viel bei der Arbeit zu tun und überschüttet sie dauerhaft mit Komplimenten.

Sie muss ihm sagen, dass es sich zu nichts entwickeln wird, sie muss es klären. *„Aber können wir nicht einfach Freunde sein? Ich tausche mich gerne mit dir aus."*, schreibt Tilo zurück und Reka weiß nicht, ob sie das toll oder bemitleidenswert finden soll.

Es kommt noch eine weitere Nachricht: *„Ich habe übrigens seit drei Monaten eine Freundin. Ich hatte nie die Absicht, dass wir wieder etwas miteinander anfangen."*

Jetzt ist Reka noch mehr verwirrt, vielleicht hat sie das alles falsch verstanden, wie peinlich, aber warum schreibt er ihr, wenn er frisch verliebt ist? *„Es tut mir leid, ich kann nicht mit dir befreundet sein."*, schreibt Reka zurück, sie braucht keine verwirrenden Gedanken, sie ist sowieso ein vollkommenes Wrack, weil sie immerzu überlegt, ob Matthias es ernst mit ihr meinte oder ihr nur etwas vorgemacht hat.

Reka löscht Tilos Nummer. Er antwortet nicht nochmal und das findet sie gut.

Sie schnappt sich ihre Tasche, höchste Zeit Feierabend zu machen, an einem Freitag muss man ja nicht bis abends hier sitzen, außerdem hat sie heute noch etwas vor.

Reka will zum Friedhof. Sie ist kein gläubiger Mensch, aber bei der Beerdigung ging alles so schnell und die Angelegenheit mit Matthias' Frau hat sie so schockiert, dass sich das Ganze nicht wie ein Abschiednehmen angefühlt hat. Reka hat die Hoffnung, dass sie das heute nachholen kann und sich ihre Stimmung dann etwas normalisiert.

Gut eine halbe Stunde braucht sie mit dem ersten Bus, einmal umsteigen, nochmal zehn Minuten Busfahrt.

Reka spaziert über den Friedhof, der heute sehr ruhig und leer wirkt.

Als Reka sich Matthias' Grabstelle nähert sieht sie aus einiger Entfernung allerdings, dass dort jemand steht.

Oh nein, wenn das jetzt seine Frau ist, spring ich in ein Gebüsch, denkt Reka noch, als sie sieht, dass die Person am Grab nicht seine Frau ist, die Frau die dort steht ist deutlich jünger. Vielleicht sogar jünger als Reka selbst.

Ihr wird schlecht und sie denkt nur, verdammt, verdammt, er hat mich nur angelogen, gar nichts von all dem war wahr.

Reka hält weiterhin etwas Abstand, ist aber auch getrieben von ihrer Neugierde und streift in einem kleinen Umkreis durch die Wege.

Die junge Frau ist hübsch, Anfang zwanzig vielleicht. Sie weint, sie tupft sich die Augen. Reka dreht sich der Magen um und sie wendet sich lieber ab.

Verdammt. So ein Vollidiot. Um den hat sie geweint, einen Betrüger. Ein Heuchler war er.

„Reka? Bist du Reka?", hört sie plötzlich eine zaghafte Stimme hinter sich. Reka dreht sich um und die junge Frau steht direkt vor ihr.

Reka nickt und wünscht sich sehr weit weg, nach Hause, oder wieder zur Arbeit, oder zu Maggie, oder einfach irgendwohin.

„Hallo. Ich bin Ida. Matthias war mein Onkel.", sagt sie dann und Reka atmet so laut aus, dass die zierliche Ida von diesem Windstoß fast hätte umgehauen werden können.

„Seine Nichte bist du?", fragt sie. „Ja, genau. Mein Onkel hat mir kurz vor seinem Tod von dir erzählt. Er wollte, dass wir uns bald kennenlernen. Es tut mir so leid für dich.", fängt Ida an zu reden und Reka kann nicht glauben, dass sich ihre Gefühlwelt gerade nochmals um sich selbst gedreht hat.

„Danke.", bringt Reka erstmal nur hervor. Aber dann setzen sich die beiden auf eine Bank und Reka kann irgendwann wieder besser sprechen und erklärt Ida, warum sie so schockiert war, sie hier zu sehen, was ihre Gedanken ihr weiß machen wollten, beziehungsweise, was die Frau von Matthias ihr für giftige Gedanken eingeimpft hat.

„Die beiden waren schon lange nicht mehr zusammen. Bestimmt zwei Jahre. Und unglücklich waren sie vielleicht schon acht Jahre. Geld und Immobilien und fiese Tricks haben den Trennungsprozess aber sehr schwer gemacht, deshalb waren sie auch noch nicht geschieden. Matthias' Bruder ist mein Papa. Wir standen uns immer sehr nahe. Wir haben oft etwas zu dritt gemacht, mein Papa, mein Onkel und ich.", erzählt Ida und als Reka an diesem

Freitagabend ins Bett geht, ist sie das erste Mal seit langem überzeugt von der Liebe, die sie empfunden und empfangen hat.

Sie weint sich in den Schlaf, sie trauert und das wird nicht so schnell vergehen, aber Matthias war kein Betrüger. Er hat sie geliebt.

Serafina

„Liebe Serafina, hast du in der kommenden Woche noch ein Doppelzimmer frei? Ich komme in Begleitung. Wie geht es dir? Wie steht es um deinen verwilderten Garten? Setzt du alle deine Pläne in die Tat um? Ich sende dir herzliche Grüße und eine feste Umarmung. Johannes", liest Serafina am späten Abend eine Mail von Johannes und ihr Herz macht einen kurzen Sprung.

Und dieser Sprung ist nicht angenehm, er kommt in Begleitung, nicht der Sprung, sondern Johannes. Es lief natürlich nie etwas zwischen ihr und Johannes, aber sie verspürt trotzdem eine so große Eifersucht, dass sie sich richtig dämlich vorkommt.

Zumindest hätte sie gerne davon gewusst, dass es eine Frau in seinem Leben gibt.

Selbst wenn sie nur Freunde sind, tauschen sie sich sehr regelmäßig aus, da wäre eine Erwähnung doch mal ganz angebracht gewesen. Serafina fühlt sich fast etwas hinters Licht geführt, was natürlich albern ist, denn sie hat keinerlei Anspruch auf alle Details aus seinem Leben, sie kennen sich ja auch erst seit letztem Dezember, nicht mal ein Jahr und Anspruch auf ihn, als Mann, hat sie sowieso nicht.

Serafina weiß auch gar nicht, ob sie ihn haben wollen würde, aber dass er nun in ihre Pension mit einer anderen Frau kommen will, passt ihr trotzdem nicht.

„Hallo. Oha, in Begleitung? Muss ich etwas wissen? Brauchst du die Suite?", tippt Serafina, merkt aber zum Glück noch vor dem Abschicken, dass dieser Tonfall vollkommen unangebracht ist.

„Hey. Ich habe noch Zimmer frei. Von wann bis wann wollt ihr kommen? Darf es die Suite sein? :-) Kein anderer würde eine Veränderung im Garten erkennen, aber mein Muskelkater und die Flecken in meiner Jeans verraten mir, dass ich auf jeden Fall schon fleißig war. S.", schreibt sie stattdessen und wartet auf eine Reaktion.

Während sie wartet, gönnt Serafina sich ein Glas Rotwein und macht es sich im Frühstücksraum auf der Bank gemütlich.

Alle ihre Gäste sind schon in den Zimmern. Es ist nach elf und da kommt auch schon eine Antwort: *„Danke für deine schnelle Bestätigung. Ein einfaches Zimmer reicht. Donnerstag-Sonntag wäre super. Ich werde deinen Garten ganz genau begutachten, wenn ich komme. Grüße Johannes"*

Serafina ist etwas gnädig gestimmt, wenigstens keine Suite. *„Gilt hiermit als reserviert."*, tippt sie eine Antwort und steht auf, um die Reservierung auch in ihr Buch am Empfang einzutragen.

Dann leert Serafina stehend ihr Glas und verzieht sich in ihr Schlafzimmer.

Clara

„Nur noch anderthalb Wochen?", fragt Clara im Halbschlaf Jonas. „Ja, dann müssen wir zurück. Die Uni ruft.", sagt er und Clara ist wieder hellwach.

„Das gefällt mir gar nicht.", sagt sie und fährt sich durchs sonnengebleichte Haar.

Clara ist so braun, dass man sie kaum wiedererkennt. Wahrscheinlich erkennt man sie wirklich nicht, drei Kilo zugenommen hat sie auch, aber sie kann keiner italienischen Köstlichkeit widerstehen.

„Wir könnten die Ferienwohnung verlängern und einfach bleiben.", schlägt Clara vor und sie hört erst auf, unrealistische Vorschläge kund zu tun, als Jonas sie so stürmisch küsst, dass sie gar keinen klaren oder auch verrückten Gedanken mehr zu fassen kriegen kann.

Der Kuss geht über in eine innige Nacht mit so viel Nähe und Liebe, dass Clara gar nicht weiß, wie sie nur je ohne Jonas und dieses Leben existieren konnte.

Sie geht wie auf Wolken und schläft spät in der Nacht an ihn geschmiegt ein und träumt von einer Hütte am Strand, in der sie glücklich alt werden.

Kapitel 25

Maggie

„Sie ist so süß.", Maggie kann gar nicht an sich halten, als sie Nola auf den Arm nehmen darf. „Sie hat sich auch schon die ganze Woche auf ihre Patentante gefreut.", erwidert Penny und streicht Maggie über den Rücken.

Tom ist in der Küche und macht Tee für alle. Nola ist nun schon fast zwei Monate alt und Maggie kann es kaum glauben, wie schnell sie wächst und sich entwickelt.

„Und, was kann ich tun als Patentante, soll ich schon irgendwelche Impulse setzen?", fragt Maggie mehr im Scherz, aber sie denkt wirklich über ihre neue Rolle nach.

Sie hofft, dass Nola später immer eine Bezugsperson in ihr sieht. Ihr Onkel hat ihr so viel bedeutet und tut es auch jetzt noch, obwohl er nicht mehr lebt.

Penny nimmt ihr Nola ab und sie setzen sich alle an den gedeckten Frühstückstisch.

„Du musst gar nichts tun. Du bist einfach du und bist ein Teil von Nolas Leben. Mehr wünschen wir uns nicht und Nola auch nicht.", sagt Penny und lächelt Maggie an.

„Na ja, ab und an Babysitten, sobald sie älter ist, erwarte ich schon von dir.", sagt Tom in einem gespielt ernsten Ton.

„Ha. Jederzeit.", gibt Maggie zurück und kann es ehrlich gesagt kaum erwarten, dass sie sich Nola unter den Arm klemmen kann, um die Welt mit ihr zu erkunden.

„Wie geht es dir denn?", fragt Penny jetzt und Maggie ist dankbar, dass Penny eine so aufmerksame und liebe Freundin ist, die trotz ihrer neuen Mutterrolle Maggie und ihr Leben nicht vergisst.

Maggie berichtet ein bisschen, erzählt von ihrem Geburtstag und allen Geschehnissen im Verlag, wie froh sie über die Lesezeit in der Pension ist, dass ihr aber auch irgendwie etwas fehlt.

„Und was ist das mit James und dir?", fragt Penny später, als sie sich mit Maggie auf die Couch gesetzt hat und Tom Nola schlafen legt.

„Was meinst du?", fragt Maggie, wird aber ein bisschen rot. Sie genießt jede Sekunde mit James. Er ist intelligent, witzig, emphatisch und ihre kleinen Treffen am Gartenzaun oder auch ihr Abendessen im Juni waren tolle Momente.

„Na irgendwas ist doch da zwischen euch, oder? Ist er mittlerweile geschieden?", hört Penny nicht auf, weiter zu fragen.

„Ja, ist er. Aber er hat allerhand mit seinen zwei Kindern zu tun, er führt ein ganz anderes Leben als ich. Ich denke, wir sind einfach gute Freunde und treue Nachbarn.", versucht Maggie sich selbst und Penny zu überzeugen.

„Also die Kinder sind ja wohl kein echtes Problem. Die beiden lieben dich doch, du hast in den letzten Jahren so oft Ersatzmama gespielt, dass du ja sowieso schon zur Familie gehörst.", versucht Penny aber dagegen zu halten.

Maggie muss zugeben, der Moment am Ende ihrer Geburtstagsfeier in der Küche, diese Stille, das hat sich ganz besonders angefühlt.

Trotzdem wechseln sie das Thema, sprechen über Leni und den Blumenladen, über Nola und wie sich Penny fühlt – ängstlich, überfordert, toll und überglücklich zugleich.

So durcheinander ist Maggie auf dem Heimweg auch. Denn ihre Gedanken kreisen weiter um James und sie malt sich aus, wie es wäre, wenn sie sich diese Anziehung zwischen ihnen vielleicht doch nicht nur einbildet.

Aber was würde Luca dazu sagen? Maggie kann sich nicht vorstellen, dass sie Fan von dieser Vorstellung wäre und Maggie kann sich auch nicht vorstellen, plötzlich die Verantwortung für zwei Kinder zu übernehmen, wobei das ja nicht direkt ihre Pflicht wäre, oder?

Aber eine lose Affäre mit James anzufangen wäre bescheuert und auch nicht das, was sich Maggie für ihr Leben wünscht.

Maggie wünscht sich Liebe. „Jetzt ist es raus. Ich will Liebe.", sagt Maggie laut zu sich selbst, als sie ihren Haustürschlüssel im Flur auf den Tisch fallen lässt.

Zum Glück hat sie keine Mitbewohnerin mehr, die sie bei ihren Selbstgesprächen erwischen könnte.

„Danke für den schönen Morgen. Gib Nola noch ein Küsschen von mir, wenn sie wieder wach ist.", schreibt Maggie noch eine Nachricht an Penny, bevor sie sich mit ihrem Buch in den Lesesessel im Arbeitszimmer setzt.

Nora

Nora räumt gewissenhaft die neue Ware in die Regale, die ältere nach vorne, die neuere nach hinten. Pesto, Nudelpackungen, Saucengläser, Gewürze, eingelegte Oliven.

Für Nora ist es nicht ungewöhnlich am Samstag zu arbeiten, das war in der Boutique nie anders.

Aber sie genießt den kurzen Arbeitsweg, Treppe runter und es geht los. Bis jetzt kann sie trotzdem erstaunlich gut abschalten, sobald sie frei oder Feierabend hat.

Wahrscheinlich liegt es daran, dass sie sich so wohl fühlt. Nach nun fast zwei Monaten ist ihre Wohnung fast fertig eingerichtet. Ein schönes Sofa konnte Nora auf dem Flohmarkt im Stadtkern ergattern, ihre Bilder und Fotos hängen an den Wänden. Regale für den Flur hat sie sich selbst aus alten Obstkisten aus dem Feinkostladen gebaut.

Ihr eigenes Reich, genau nach ihren Vorstellungen. Zwischendurch verleiht es ihr immer wieder eine wahnsinnige Genugtuung, dass sie alles einrichten und arrangieren kann, wie es ihr gefällt.

Ihren Esstisch liebt sie besonders. Er ist nicht riesig, aber im Vergleich zu Davids Kaffeehaustisch ist er groß. Sie hat Platz sonntags Zeitung zu lesen und trotzdem noch ein halbes Frühstücksbuffet aufgebaut zu haben.

Sie genießt ihre Sonntage, auch wenn sie an den letzten zwei Wochenenden fleißig in Serafinas Garten gearbeitet hat. Dafür konnte sie sich dort ein kleines Beet anlegen, was sie von ihrem Balkon aus sehen kann.

„Kannst du nachher kurz alleine hierbleiben?", reißt Paula sie aus ihren Gedanken. Nora schaut auf. „Ich muss kurz zur Bank, aber heute scheint es sowieso ruhig.", erläutert Paula weiter.

„Na klar, kein Problem. Ich bin hier gleich fertig, dann komme ich vorne an die Theke.", gibt Nora dann zurück und beeilt sich mit den letzten Kisten.

Sie entsorgt die Pappe und geht in den vorderen Bereich im Laden, wo Paula schon auf sie wartet.

„Du kannst los.", gibt Nora ihr das Startzeichen und Paula beeilt sich auf dem Weg zu ihrem Auto.

Nora ist stolz, dass Paula ihr so vertraut, dass sie sie schon ab und an alleine im Geschäft lässt. Sie weiß, dass der Laden Paulas Baby ist und nicht einfach nur ein Job, um Geld zu verdienen. Das spürt Nora auch in allen Details und der liebevollen Gestaltung des Schaufensters, an der Auswahl des Sortiments und Paulas Fürsorge ihr gegenüber.

Reka

„Hast du kurz Zeit?", fragt Reka Maggie, nachdem sie beim zweiten Klingeln direkt rangegangen ist. „Ja sicher, was gibt's denn? Ich lese nur.", gibt Maggie zurück.

Reka berichtet Maggie nun nochmals im Detail von ihrem Kontaktabbruch zu Tilo und dem Aufeinandertreffen mit Ida, der Nichte von Matthias. In ihren gemeinsamen Kaffeepausen bei der Arbeit war einfach nicht genug Zeit, um alle Einzelheiten genau durchzusprechen.

„Vielleicht hilft es dir zumindest, um dir nicht mehr so viele Gedanken zu machen.", sagt Maggie.

Daraufhin ergreift Reka direkt ihre Chance: „Ich muss dir noch etwas sagen. Montag fängt der Nachfolger von Matthias an und ich habe eine Entscheidung getroffen. Ich brauche einen klaren Schlussstrich. Ich werde kündigen. Ich kann das so nicht. Ich sehe Matthias überall und jeden Tag und wenn nun noch jemand neues in seinem Büro, auf seinem Stuhl sitzen wird, das packe ich nicht."

Kurz ist einfach nur Stille in der Leitung. „Maggie? Bist du noch da?", fragt Reka.

„Ja. Ja, ich bin noch da. Okay, wow. Damit habe ich nicht gerechnet.", sagt Maggie und dann erstmal wieder nichts.

„Ich werde es so vermissen, dich jeden Tag zu sehen, aber ich brauche einen Neuanfang.", setzt Reka nach.

Puh. Damit hat Maggie wirklich nicht gerechnet. Natürlich kann sie ihre Freundin verstehen und es ist bestimmt auch die richtige Entscheidung, Maggie überlegt keine Sekunde es ihr auszureden.

Aber. Aber Maggie spürt, wie ihr Tränen in die Augen schießen. Sie liebt es, dass Reka nur ein paar Türen weiter sitzt. Selbst, wenn sie gar nicht direkt miteinander arbeiten, weiß Maggie, Reka ist da.

Zwischendurch ein Kaffee, Feierabenddrinks in der Reederei, dass Reka alle Leute im Verlag kennt, Maggie muss sich nie groß erklären, Reka weiß immer Bescheid.

Sicher, in den letzten Monaten ging es in ihrer Freundschaft mehr um Reka als um Maggie, aber das ist okay. Das ist Freundschaft, das rechnet man nicht auf.

Maggie ist so traurig, aber sie ist auch stolz. Denn sie weiß, dass es Reka nicht leichtgefallen sein kann.

„Ich bin stolz auf dich.", sagt Maggie deshalb auch und versucht, ihre Tränen runterzuschlucken, es gelingt ihr nicht, aber davon weiß Reka nichts, denn die nassen Tropfen ihrer Tränen laufen einfach am Telefon entlang, lautlos und einsam.

Reka berichtet, dass sie in der kommenden Woche bereits zwei Vorstellungsgespräche haben wird und sie die Kündigung auch ohne neuen Arbeitsvertrag durchziehen wird, weil sie einfach nicht mehr länger bleiben kann.

Reka hat keinen Resturlaub mehr, deshalb werden Maggie und ihr noch ein paar gemeinsame Wochen bleiben und darüber ist Maggie verdammt froh.

Penny

„Ich bin richtig beeindruckt. Das Schaufenster und die Blumenkästen vor dem Eingang sehen toll aus, Leni.", sagt Penny, die aber auch ein kleines bisschen Neid verspürt.

Kommende Woche wird sie für einige Stunden endlich wieder selbst im Laden stehen und es juckt ihr schon richtig in den Fingern. Hoffentlich klappt das mit Nola und Tom zu Hause.

Einen Tag will sie Nola auch mal mitnehmen, sie schläft nachmittags ab und an zwei bis drei Stunden durch, vielleicht hat sie Glück und alles läuft nach Plan.

„Wie ist es, Mama zu sein? Bist du glücklich?", fragt Leni nach und Penny kann gar nicht anders, als überdimensional zu lächeln und die Frage zu bejahen.

Nola macht sie jeden Tag so, so glücklich. Das Gefühl kannte Penny vorher gar nicht.

Sie sind endlich komplett. Tom, Nola, Penny. Eine perfekte Familie.

Penny schaukelt den Kinderwagen, damit Nola weiterschläft und führt noch eine nette Unterhaltung mit einer Stammkundin, die ganz beeindruckt in den Kinderwagen guckt. Komplimente für ihr süßes Baby nimmt Penny gerne entgegen.

Dann bespricht sie noch ein paar Bestellungen und Buchhaltungsthemen mit Leni und führt ihren großen Spaziergang fort, bevor sie sich auf ein Eis mit Tom trifft.

Ein wunderbarer Samstag, denkt Penny bei sich und strahlt Tom an, der ihr einen dicken Kuss gibt, der nach Vanilleeis und Spätsommer schmeckt.

„Ich wollte gar nicht mehr weg.", sagt Jonas. „Stimmt gar nicht, ich wollte nicht mehr weg.", sagt Clara und Serafina grinst die beiden an.

Sie sitzen zu dritt im Frühstücksraum und die zwei sind braungebrannt und glücklich und wirken, als wären sie noch verliebter, als sie es nicht ohnehin schon waren.

„Ich glaube, ich kaufe später bei Paula noch frische Pasta für heute Abend. Ich kann noch keinen richtigen Italienabschied akzeptieren.", sagt Clara, während Jonas Serafina die schönsten Urlaubsfotos auf seinem Handy zeigt.

„Jetzt esst erstmal Kuchen.", sagt Serafina und schenkt allen Kaffee nach.

Jonas präsentiert stolz den Sonnenuntergang am Strand, einige Fotos von leckeren Speisen, gemütlichen Cafébesuchen, Sehenswürdigkeiten und ein paar verliebte Kussbilder sind auch dabei.

„Es scheint, als wäre es ein prima Urlaub gewesen, da wird man ja richtig neidisch.", sagt Serafina nachdem sie alle Bilder gesehen hat und lächelt das verliebte Paar an.

„Es war wirklich himmlisch.", bestätigt Clara und nimmt Jonas' Hand. „Wer weiß, vielleicht wandern wir ja irgendwann aus.", sagt der und lacht.

„Aber wie geht es dir und der Pension und was gibt es für Neuigkeiten?", fragen die beiden dann Serafina aus.

Sie berichtet von der gut laufenden Lesezeit, wie schön Maggies Geburtstag war und von ihrem großen Gartenprojekt.

„Dürfen wir mal gucken?", fragt Clara und die drei gehen durch den Hausflur nach hinten in den Garten.

„Wow. Hast du das alles alleine gemacht?", fragt Jonas beindruckt.

Serafina erzählt von der großen Unterstützung, die sie von Paula, Nora und auch Johannes hatte und zeigt ihnen jede Ecke.

„Und diese kleinen Beete sind für die Mieter?", fragt Clara. „Genau, dieses hier ist Noras Beet.", sagt Serafina und zeigt ihnen dann noch die großen Hochbeete für die Gemüseanzucht für die Pension und den Feinkostladen, die Feuerstelle und den selbstgebauten Schuppen.

Jetzt ist Jonas fast ein bisschen traurig, dass er das alles verpasst hat. „Mensch, das wäre auch genau ein Projekt für dich gewesen, oder?", bemerkt auch Clara die Lage.

„Ich bin noch lange nicht fertig. Vor allem brauche ich bald deine Hilfe bei den Fahrrädern.", sagt Serafina und entspannt damit Jonas' Gefühl etwas verpasst zu haben.

„Fahrräder?", hakt er nach. „Ja, ich möchte sechs bis acht Räder für die Pensionsgäste zum Leihen anbieten, dafür ist der Schuppen. Ich dachte an alte, günstige Räder vom Trödel, die du wieder fit machen kannst?", berichtet Serafina und lag mit ihrem Gedanken genau richtig.

Jonas Augen leuchten und er schlägt mit seiner Tante ein: „Da bin ich dein Mann!"

Luca

Luca fühlt sich gut. Mitte der Woche war sie nun auch bei Dr. Myr. Eigentlich mehr um Milan einen Gefallen zu tun, denn sie war sich nicht sicher, ob es wirklich nötig war.

Jetzt weiß sie, es hat nicht geschadet und sie freut sich, dass sie Dr. Myr persönlich kennenlernen konnte, schließlich spricht Milan oft von ihr.

Dass Luca nachts weinen muss, hat zwar schon in den letzten Wochen nachgelassen, aber das Gespräch hat sich trotzdem gut angefühlt. Alle Ereignisse mit einer außenstehenden Person zu besprechen. Sie wird nicht regelmäßig, wie Milan, zu ihr gehen, aber es ist schön zu wissen, dass sie jederzeit einen Termin machen könnte, wenn sie mal das Bedürfnis haben sollte.

Dr. Myr war auch nicht der Meinung, dass sie häufiger kommen braucht und damit fühlt Luca sich bestätigt und noch stärker. Durch den Termin aber auch enger verbunden mit ihrem kleinen Bruder, was ein toller Nebeneffekt ist.

All das erzählt Luca auch Chris, der stolz auf sie ist, dass sie hingegangen ist, weil er weiß, dass es sie Überwindung gekostet hat. Wer offenbart sich und seine Gefühle schon so einfach einer wildfremden Person.

Die beiden besprechen, wie sie das restliche Wochenende verbringen wollen und überlegen, Sonntag in den Zoo zu gehen.

„Wollen wir Milan mitnehmen?", fragt Chris und Luca freut sich, dass er ihren kleinen Bruder nicht nervig findet, sondern auch in sein Herz geschlossen hat.

Natürlich hat Luca Chris am liebsten für sich allein, aber einen gemeinsamen Zoobesuch hält sie trotzdem für eine schöne Idee.

Die beiden gehen runter ins Wohnzimmer, wo Milan mit ihrem Papa einen Film guckt. Er freut sich sehr über den Vorschlag für den morgigen Tag und Luca hat auch das

Gefühl, dass ihr Papa sich freut und dankbar über ein paar Stunden für sich ist.

Luca und Chris machen noch einen kleinen Spaziergang, bevor jeder zu sich nach Hause geht und den Abend mit der eigenen Familie verbringt.

„Danke, dass du so toll bist.", sagt Luca zu Chris beim Abschied.

Chris muss grinsen und erwidert: „Danke, dass du so toll bist."

Milan

„So cool, Papa.", sagt Milan, nachdem Chris und Luca das Haus verlassen haben.

„Die Einladung in den Zoo?", fragt sein Papa und Milan grinst über das ganze Gesicht. „Ja, total. Ich mag Chris.", sagt Milan noch und sein Papa nickt, er scheint Chris auch zu mögen.

„Glaubst du, irgendwann heiraten die beiden und Luca wohnt dann bei Chris und seiner Familie?", fragt Milan dann.

„Na immer mit der Ruhe. Geheiratet wird hier noch lange nicht. Dafür ist deine Schwester noch viel zu jung. Und wenn sie irgendwann, so in hundert Jahren, doch mal heiraten sollte, dann wohnt sie bestimmt mit ihrem Mann in einem eigenen Haus. Nicht bei seiner Familie.", gibt sein Papa zurück.

Milan grübelt: „Oder die wohnen dann bei uns? Bei Chris fände ich das in Ordnung."

„So schön, dass du da bist.", sagt Nora und drückt Maggie fest an sich.

„Abends mit dir zu essen fehlt mir total. Da konnte ich deine spontane Einladung doch nicht ausschlagen.", gibt Maggie zurück und sieht sich in Noras Wohnung um.

Sie ist wirklich so gut wie fertig, Maggie ist beeindruckt. So schnell hatte sie damals das Haus von Markus nicht eingerichtet. Aber das war vielleicht auch etwas anderes.

„Ich hoffe, es ist okay, dass wir einfach Pizza bestellen?", fragt Nora und Maggie nickt.

Die beiden wählen ihre Lieblingssorten aus und rufen bei der nahegelegenen Pizzeria an.

„Hast du Wein?", fragt Maggie dann und sieht sich in der Küche um. „Ich arbeite jetzt in einem Feinkostgeschäft. Natürlich habe ich Wein!", ruft Nora und öffnet eine Flasche und befüllt zwei Gläser.

Die beiden stoßen an und machen es sich am Esstisch bequem.

Nachdem sie ihre Pizzen erhalten und aufgegessen haben, zeigt Nora Maggie ihr kleines Beet in Serafinas Garten vom Balkon aus und sie machen es sich im Wohnzimmer gemütlich.

Ganz schön viele Menschen hat Maggie heute gesehen, wobei sie mit Reka nur telefoniert hat, aber sie ist trotzdem froh, dass sie morgen den Sonntag ganz für sich hat.

Nora freut sich, Besuch zu empfangen, in ihren eigenen vier Wänden und noch mehr darüber, dass Maggie so spontan Zeit hatte.

Ohne Maggie wäre alles anders gekommen. Und mit Sicherheit nicht so schön, wie es jetzt ist.

Die beiden reden über alles und nichts und landen zwischendurch auch beim Thema Männer. Maggie überlegt, ihre Gedanken über James mit Nora zu teilen, aber entscheidet sich dann dagegen, sie weiß ja selbst noch nicht, was ihre Gedanken und Gefühle zu bedeuten haben.

So sehr Nora sich immer noch eine Hochzeit und Kinder wünscht, weiß sie aber auch, dass sie jetzt erstmal Zeit für sich braucht. So beenden sie auch dieses Thema nach kurzer Zeit und Maggie bricht zu ihrem Heimweg auf, aber nicht ohne das Versprechen, dass sie sich das nächste Mal bei Maggie zu Hause treffen.

Kapitel 26

James

James zieht sich seinen dunkelgrünen Rollkragenpullover über und sieht durch das schräge Dachfenster in den Garten. Richtig Herbst ist es geworden. Die Blätter verfärben sich und es wird immer kühler. Die Herbstferien stehen vor der Tür.

Die Kinder wollen ans Meer, James will in die Berge. Noch ist nichts entschieden. Er schielt rüber zu Maggies Garten, kann sie aber nirgends sehen.

Was sollte sie bei diesem Wetter auch im Garten machen? Laub harken vielleicht?

James lacht kurz auf, er muss immer öfter und immer länger an Maggie denken. Immer wieder spielt er die Szene an Maggies Geburtstag in der Küche durch, immer und immer wieder. Diese Stille, die feste Umarmung.

Er hätte sie küssen sollen, das weiß James jetzt. In diesem Moment. In dieser Stille hat er sich in Maggie verliebt.

Das ist nun schon zwei Monate her, aber es ist ihm jetzt in diesem Moment so klar und präsent, als wäre es vor wenigen Minuten geschehen.

„Papa?", ruft Milan ihn von unten. Keine Sekunde kann man hier nachdenken, grummelt James, geht dann aber nach unten zu seinem Sohn.

Milan hat ihn zu Recht gerufen, an den letzten Tagen vor den Ferien sollte er nicht zu spät zur Schule kommen.

Maggie, Maggie, Maggie, er muss es ihr sagen, er kann es ihr nicht sagen, er will es ihr sagen, er kann es ihr nicht sagen.

„Papa? Fahren wir los?", fragt Milan und James merkt erst jetzt, dass sie mittlerweile mit Jacken am Körper, Schuhen an den Füßen und Milans Schulranzen auf der Rückbank im Auto sitzen.

Nachdem er Milan sicher abgesetzt hat, kehrt James in einem kleinen Café nahe der Grundschule ein und gibt sich wieder seinen Gedanken hin.

Das Jahr ist so schnell vergangen, okay, es ist erst Anfang Oktober, aber es fühlt sich an, als wäre alles schon vorbei.

Es ist so viel passiert und irgendwie auch gar nichts. Er ist geschieden und froh darüber, Milan geht zur Therapie und ist schon viel ausgeglichener, Luca hat ihren ersten richtigen Freund.

Und dann waren da das ganze Jahr über so viele kleine, süße Momente mit Maggie.

„Denk an dich.", schreibt James mutig eine Nachricht an sie.

„Das fühlt sich gut an.", schreibt Maggie sofort zurück und James trinkt zufrieden seinen Cappuccino aus.

Er wird mit ihr sprechen, sie müssen sich treffen, er muss sein Glück versuchen, er hat nur ein Leben.

Maggie

James denkt an sie. In Maggies Bauch kribbelt es auf einmal. Sie ist gerade im Verlag angekommen, als sie die Nachricht von James erhalten hat. Sie kann nicht mehr aufhören zu grinsen.

Sie sollten noch einmal essen gehen. Das wäre gut. Gucken was passiert, was sie fühlt, wenn sie sich sehen.

Maggie versucht, sich wieder zu konzentrieren. Es fällt ihr schwer, nicht nur James kreist durch ihren Kopf.

Heute ist Rekas letzter Arbeitstag und Maggie könnte in Tränen ausbrechen, wenn sie es sich bewusst macht. Außerdem schwirren ihr die ganze Zeit Gedanken zur bevorstehenden Lesezeit im Kopf umher. Das ist natürlich schon ein bisschen Arbeit, aber irgendwie auch privat.

Maggie hat am Wochenende eine kleine Geschichte geschrieben und dazu Skizzen angefertigt. Das Geburtstagsgeschenk von James hat sich perfekt dafür geeignet. Das feste Papier des Notizbuches verträgt die feuchte Tinte aus dem Füller und all die kleinen Zeichnungen mit Buntstift wirken wunderbar grazil und leicht.

Sie möchte sie bei der Lesezeit den Kindern vorlesen und sie vielleicht nicht nur zum Lesen oder Zuhören, sondern auch zum Schreiben animieren.

Schreibzeit mit Maggie. Okay, jetzt gehen ihre Gedanken mit ihr durch. Das würde ja glatt eine ganze Serie von Events werden und nebenbei bringt sie noch erfolgreich Kinderbücher auf den Markt, jetzt ist es aber genug mit der Träumerei.

Maggie holt sich in der Kaffeeküche eine Flasche Wasser und einen Müsliriegel und checkt danach ihre Mails, erledigt zwei größere Aufgaben und sortiert ihre To-do-Liste für die restliche Woche, doch ihre Gedanken gehen immer wieder auf Wanderschaft.

Sie hat früh angefangen, umso länger ist ihr letzter Tag mit Reka, redet sie sich ein. Sie trinken zwischendurch einen Kaffee und besprechen, wann sie Feierabend machen, denn danach gehen sie in der Reederei zusammen essen.

Ein Abschiedsessen. Und Maggie steigen schon wieder Tränen in die Augen. Aber sie muss sich zusammenreißen, denn sie spürt, dass es Reka Erleichterung verschaffen wird, nicht mehr hier zu sein.

Reka

Nur noch heute, denkt Reka, nachdem sie ihren Kaffee mit Maggie ausgetrunken hat und wieder an ihrem Schreibtisch sitzt.

Sie wird gleich ihr Zeugnis in der Personalabteilung abholen und noch ein paar letzte Themen für die Übergabe ihrer Aufgaben mit Kollegen besprechen, dann hat sie Feierabend und geht mit Maggie in die Reederei.

Reka freut sich auf den Neuanfang. Ihre Vorstellungsgespräche liefen gut. Sie hat sich allerdings für eine Stelle entschieden, die erst im neuen Jahr beginnt.

Eine kleine Auszeit hat sie sich verdient, findet Reka. Es geht ihr besser als vor einigen Wochen, aber jedes Mal, wenn sie an Matthias' ehemaligem Büro vorbeigeht, tut ihr Herz so doll weh, dass sie einfach nur fliehen möchte.

Vor allem seit der neue Chef angefangen hat. Als niemand in diesem Büro saß, ging es irgendwie für Reka. Das Licht war aus. Matthias nicht da. Aber es fühlte sich trügerischer Weise ab und zu so an, als wäre er nur im Urlaub und würde wieder kommen.

Jetzt ist das Licht an und durch die Milchglastür kann Reka den Schatten des Nachfolgers sehen.

Eigentlich ist er keine schlechte Besetzung, wenn man es rein beruflich sieht. Aber das kann Reka nicht und das muss sie auch nicht können, denn für sie wurde der Mann ersetzt, den sie geliebt hat, immer noch liebt.

Der Neue sitzt nun auf dem Stuhl von Matthias, denn Matthias sitzt nirgendwo mehr und kommt auch nicht zurück.

Reka versucht, tief durchzuatmen und den Tag über die Bühne zu bringen.

Ihre direkten Bürokollegen haben ihr ein kleines Abschiedspaket gepackt, es gibt Blumen, Schokolade, neue Handschuhe und ein gerahmtes Teamfoto von vor zwei Jahren.

Reka wird bei der Verabschiedung doch etwas wehmütig. Sie hat lange hier gearbeitet. Fast fünf Jahre. Es gab viele Teamabende, Projekte, Erlebnisse. Aber am allerwichtigsten ist ihr ihre Freundschaft mit Maggie, die sie ohne diesen Job nie hätte.

Und diese wird sie behalten. Da ist sich Reka sicher, auch wenn sie sich nicht mehr jeden Tag sehen und weniger ihren Alltag miteinander teilen werden.

Maggie

„Es kann losgehen.", ruft Reka Maggie zu. Maggie hat gerade ihren Rechner heruntergefahren und nochmals einen Blick auf ihre To-do-Liste geworfen.

„Okay, ich bin bereit. Also eigentlich bin ich nicht bereit, dich zu verabschieden, aber ich bin hungrig und für heute fertig mit der Arbeit.", gibt Maggie zurück.

Die beiden verlassen das Verlagsgebäude und gehen die wenigen Schritte zur Reederei Arm in Arm.

„Kommst du eigentlich mit dem Neuen klar?", fragt Reka Maggie, nachdem sie sich hingesetzt haben.

„Ja, er ist ganz okay. Aber mit Veränderungen habe ich ja immer ein paar Probleme. Aber ich werde mich an ihn gewöhnen, nehme ich an. Er weiß schon, was er tut, ist zumindest mein Gefühl.", antwortet Maggie und die beiden fangen an, die Speisekarte zu studieren.

Zwischendurch blickt Maggie auf, war das an der Tür gerade David? Aber da schlägt die Eingangstür auch schon zu und Maggie ist sich nicht sicher, ob er es wirklich war.

„Wäre ja irgendwie unverschämt, wenn er hierherkommt. Die Reederei gehört doch dir. Also uns.", sagt Reka, nachdem Maggie sagt, dass sie David eben vermutet hat. „Es ist ein freies Land.", seufzt Maggie und entscheidet sich wie immer für den Antipastimix als Vorspeise und Zucchinispaghetti mit Kürbis. Reka nimmt vorweg eine getrüffelte Kartoffelsuppe und als Hauptgericht einen Flammkuchen mit Sellerie.

„Das Essen wirst du hier bestimmt vermissen.", grinst Maggie. „Ich ziehe ja nicht um, Süße. Wir können uns trotzdem zum Feierabend hier treffen.", sagt Reka und Maggie ist beruhigt.

Sie hofft, dass das wirklich so kommen wird, aber tief in ihrem Herzen weiß sie, dass sie sich auf Reka verlassen kann. Sie wird ihr fehlen, ja, natürlich, aber sie bleiben Freunde. Job hin oder her. Und das macht Maggie glücklich.

Ein bisschen neidisch ist Maggie aber auch auf die Auszeit, die Reka sich erstmal nimmt, fast drei Monate frei am Stück, es könnte Schlimmeres geben.

Aber Maggie liebt ihren Job und gibt ungern ihre Aufgaben an eine Vertretung ab. Da ist es leichter, wenn sie nur ein bis zwei Wochen am Stück wegfährt. Und ihre restlichen Urlaubstage einzeln über das ganze Jahr verteilt nimmt.

In dieser Sekunde hat sie plötzlich das Bild von James vor sich, er und sie gemeinsam wandernd.

„Meine Gedanken spielen mir Streiche. Jetzt erträume ich mir schon Natururlaube mit James. Dabei war nie etwas zwischen uns.", entfährt es Maggie und Reka wird ganz hellhörig.

„Na ja. Irgendwas war da doch schon immer, oder? Sonst hättest du dich nie so sehr um seine Familie gekümmert. Das macht man ja auch nicht für jeden Nachbarn.", sagt Reka und Maggie grübelt.

Vielleicht hat Reka recht, vielleicht war da doch schon immer irgendetwas.

Den restlichen Abend genießen die beiden ihr Essen, mehrere Cocktails, Reka berichtet von ihren Reiseplänen, die vor allem Besuche bei Freunden und Familien beinhalten und Maggie zeigt Reka ihren Entwurf für das Kinderbuch.

„Wow. Das musst du jemandem im Verlag zeigen!", ruft Reka aus. „Ach Quatsch, das ist nur für die Lesezeit. Ich dachte, vielleicht entwickle ich es mit den Kids weiter, lasse ihre Ideen einfließen.", erklärt Maggie.

Reka scheint beeindruckt, was Maggie sehr stolz macht, schließlich ist Reka vom Fach.

Als die zwei vor Maggies Auto stehen und Reka sagt, dass sie lieber mit dem Bus fahren will, ein letzter Heimweg von hier für sie im Bus, muss Maggie wirklich weinen.

Die beiden umarmen sich lange und fest. Es ist ein Abschied, manch einer mag es albern finden, weil sie sich ja nicht wirklich verlieren. Aber diese gemeinsame Zeit. Auf dem Flur, in der Kaffeeküche, dieser Notfallmensch, der da ist, wenn Maggie mal eine Krise bekommt, der ist jetzt weg und deshalb gesteht sie sich zu, so traurig zu sein, wie es ihr Herz begehrt.

Zum Glück hat Maggie nur alkoholfreie Cocktails getrunken, so kann sie mit ihrem Auto den Heimweg schnell hinter sich bringen.

Als sie parkt und aussteigt, sieht sie bei James im Küchenfenster noch Licht und sie überlegt, ob sie klingeln soll.

Maggie entscheidet sich aber dagegen, sie möchte die Kinder nicht wecken und eigentlich hat sie gerade noch so viel Abschiedsschmerz in sich drin, dass sie froh ist, allein zu sein.

Kapitel 27

Serafina

Serafina räumt die letzten Frühstückstische ab und stapelt das gesamte Geschirr in der Küche. In der ganzen Pension ist es warm und gemütlich, die brennenden Teelichter auf den Tischen schaffen eine schöne Atmosphäre.

Serafina überlegt, was sie heute zur Kuchenzeit anbieten möchte. Vielleicht backt sie mal wieder ein paar Walnussmuffins oder eine Kürbistarte.

Aber sie muss auch noch Leckereien für Halloween nächste Woche vorbereiten, es ist immer genug zu tun.

Serafinas Blick fällt auf die Skizzen, die Maggie liegen lassen hat. Die Idee mit dem eigenen Kinderbuch hat sich toll entwickelt. Maggie hat den Rahmen dafür geschaffen und spickt nun all ihre eigenen Ideen mit den Vorschlägen, Aussprüchen und Gedanken der Kinder, die an der Lesezeit teilnehmen.

Serafina wäre begeistert, wenn das Buch wirklich veröffentlicht wird, aber auch als Projekt für die Kinder hat es seinen Zweck längst voll erfüllt. Denn Lesen und Schreiben gehören eben zusammen und schaffen so viele Möglichkeiten.

Heute Nachmittag kommt Johannes an. Serafina freut sich, denkt aber auch an seinen Aufenthalt in Begleitung vor gut zwei Monaten.

Sie weiß nicht, ob diese Geschichte noch aktuell ist. Johannes hat ihr die Frau kurz vorgestellt, Magdalena, sie war nett, aber mehr weiß Serafina nicht von ihr oder darüber, welche Art von Beziehung die beiden haben.

Als Johannes zur Mithilfe für das Gartenprojekt in der Pension war, kam er allein und verlor kein Wort über Magdalena. Serafina hat nicht nachgefragt, sie wollte nicht eifersüchtig und zu neugierig wirken. Dabei ist sie enorm neugierig und auch immer noch etwas eifersüchtig.

Heute kommt er aber wieder alleine und deshalb braucht sie sich darüber keine Gedanken machen. Vielleicht findet sie ja nebenbei im Gespräch etwas heraus. Sie hofft, dass Johannes trotz seiner Arbeit, wegen der er in der Gegend ist, einen Abend Zeit finden wird, um gemeinsam zu essen.

Nachdem die Tische im Frühstücksraum abgewischt sind, kümmert Serafina sich um die Buchhaltung und checkt ihre Reservierungen für die nächsten Wochen.

Sie ist dankbar, dass es so gut läuft und sie sich über den Kredit nicht zu viele Sorgen machen muss.

Dennoch wird ihr ab und an bewusst, wie gebunden sie ist. Ganz klein in ihr drin schlummert ein Gefühl von Fernweh und Freiheit, die sie vermisst.

Aber diese Gedanken und Gefühle versucht sie beiseite zu schieben.

Tom

„Eins, zwei, drei, vier, fünf.", zählt Tom Nolas Finger an der einen und danach an der anderen Hand.

Er ist vollkommen vernarrt in seine kleine Tochter und überglücklich. Gestern haben Penny und er über die Fehlgeburt von damals gesprochen. Tom ist froh, dass sie die traurigen Gedanken daran mittlerweile teilen können. Es gab dunkle Tage, in denen Penny nicht mit ihm darüber sprechen wollte, oder vielleicht auch gar nicht konnte.

Tom findet es wichtig, dass sie gemeinsam durch dick und dünn gehen und auch diese Erfahrung gehört zu ihrem Leben, ebenso wie das Elternsein von Nola.

Mittlerweile greift Nola nach allem, was sie in die Finger bekommt und steckt es sich in den Mund. Laut Pennys Babyratgeber scheint es die ganz normale Entwicklung zu sein. Aber Tom ist über jede Veränderung so stolz, dass er gar nicht einsieht zuzugeben, dass dies und das alle Babys in diesem Alter tun und können. Für Tom ist Nola ein kleines Wunderkind und natürlich viel besser als alle anderen Babys.

Penny ist gerade im Blumenladen und Tom hat seine Tochter ganz für sich. Er ist froh, dass die Pausen zwischen dem Stillen nun länger sind und er nicht so abhängig von Penny ist.

Außerdem ist er überzeugt davon, dass es ihr guttut, wenn sie ab und an im Laden ist, etwas für sich tut und ihr Geschäft im Auge behält.

Aber da hört Tom auch schon die Haustür und Penny ist zurück, bepackt mit Blumen, einem Sack Erde, einem Pflanzkübel und einer Vase.

„Was wird das?", fragt Tom nachdem er ihr einen Kuss gegeben hat.

Penny lässt alle Sachen im Flur stehen, wäscht sich die Hände und nimmt Tom Nola ab, sie scheint sie schon vermisst zu haben.

„Dekoration für uns. Ich habe das Lager im Geschäft mit Leni ausgemistet.", gibt Penny dann als Antwort zurück und Tom begutachtet die Sachen.

„Ich bin stolz auf dich. Du kümmerst dich um alles und bist eine tolle Mama!", sagt Tom zu Penny und drückt seine beiden Frauen fest an sich.

Maggie

Endlich Freitag. Maggie ist froh, dass das Wochenende vor der Tür steht. Diese Arbeitswoche war irgendwie anstrengender als sonst.

Reka ist nun seit zweieinhalb Wochen weg und langsam spürt Maggie ihre Abwesenheit immer deutlicher.

Die ersten Tage waren okay, als hätte Reka Urlaub, aber dann kam Stress auf für Maggie, der neue Chef wurde fordernder und ein, zwei Dinge liefen nicht, wie von Maggie geplant und da war keine Reka ein paar Türen weiter, um sich bei ihr auszuheulen.

Maggie hat sich richtig umgesehen, nach jemandem mit dem sie reden kann, kam sich aber etwas bemitleidenswert vor und hat einfach das Ende der Woche herbeigesehnt.

Nun steht sie in Paulas Feinkostladen nachdem sie kurz bei ihrer Tante in der Pension war.

Johannes war gerade angekommen und die drei saßen eine halbe Stunde bei einem Kaffee beisammen, bis Maggie zu ihrem Einkauf und Johannes mit seinem Gepäck in sein Zimmer aufgebrochen ist.

„Ist Nora da?", fragt Maggie Paula, aber die erzählt ihr, dass Nora frei hat und erst morgen wieder arbeitet. Maggie bittet Paula, Nora morgen Grüße auszurichten, sie will nicht unangekündigt bei ihr aufkreuzen.

Außerdem hat sie Pläne für den Abend. James kommt zum Essen, dafür auch der Einkauf.

Maggie kauft guten Käse, Kartoffeln, frische Tomaten und ein paar weitere Kleinigkeiten.

Wieder zu Hause angekommen, bereitet sie alles vor und springt dann unter die Dusche.

Das Essen war eine spontane Idee, die während einer Unterhaltung per SMS aufgekommen ist. Luca geht mit ihrem Freund und Milan abends ins Kino und Pizza essen und da konnte Maggie James natürlich nicht einfach alleine zu Hause sitzen lassen und hat ihn eingeladen.

Seit ihrem Geburtstag haben sie relativ viel Kontakt, sie schreiben sich Nachrichten, sprechen am Gartenzaun, haben ein, zwei Mal telefoniert, aber sich nie in Ruhe zu zweit getroffen.

Einmal waren sie zusammen mit den Kindern spazieren, aber keine echte Zweisamkeit.

Maggie wundert sich ein bisschen, dass sie nicht aufgeregt ist. Sie denkt viel an James und genießt seine Aufmerksamkeit, freut sich über jede Nachricht. Aber sie ist nicht nervös, sie fühlt sich wohl und sicher. Natürlich ist auch eigentlich nichts dabei, dass sie zusammen essen, aber für Maggie ist das Ganze trotzdem eine Art Date. Ob James das auch so sieht?

Doch da klingelt es bereits an der Tür und Maggie hört auf sich Gedanken zu machen und entspannt sich. James erzählt von seinem Tag während sie essen und Maggie hört interessiert zu.

„Wow. Das war echt lecker. Vielen Dank.", sagt James, nachdem er seinen Teller komplett leer gegessen hat.

„Gerne. Schön, dass du so spontan vorbeigekommen bist.", sagt Maggie und die beiden lächeln sich an.

Wie immer haben sie den ganzen Abend ungezwungen geplaudert, über die Arbeit, die Kinder, über Menschen, die sie beide kennen.

Ein Strahlen, ein Zwinkern, ein kurzes Schweigen machten all das für Maggie aber trotzdem zu etwas Besonderem.

„Ich würde gerne häufiger Zeit mit dir allein verbringen.", sagt Maggie mutig, als sie sich an der Haustür verabschieden. „Das wäre mir eine Freude.", gibt James zurück, hält einen Moment inne und gibt Maggie dann einen Kuss.

Maggie fühlt seine warmen, weichen Lippen auf ihren. Sanft, zärtlich, aber nicht aufdringlich oder gar stürmisch.

Dann löst James sich wieder von ihr und ruft beim Weggehen: „Schlaf schön."

Maggie steht noch einen Augenblick an der geöffneten Tür und kann nicht glauben, dass sie gerade diesen wunderschönen Gutenachtkuss erhalten hat.

Egal wo all das hinführt, dieser Kuss wird sie gut schlafen lassen, ganz sicher.

Luca

„Und? Wie war dein Abend?", fragt Luca, als ihr Papa wieder nach Hause kommt.

Er berichtet von dem guten Essen, das Maggie gekocht hat und sagt, dass es ein schöner Abend war.

Luca kann das Funkeln in seinen Augen sehen. Sie wäre so froh, wenn ihr Vater endlich wieder sein Glück finden würde. Jetzt hat sie ja sogar einen Freund, aber ihr Papa ist allein.

„Ich finde, Maggie wäre die perfekte Frau für dich.", sagt Luca laut und James grinst.

„Ach so?", fragt er nach und Luca erklärt ihm im Detail jeden Vorzug den Maggie hat.

Als Luca in ihr Zimmer gegangen ist, denkt sie selbst nochmals ernsthaft darüber nach. Sie hat sich Maggie schon so oft in ihre Familie gewünscht, vielleicht ist es aber langsam kein Wunschtraum mehr. Ihr Vater hat nicht protestiert, als sie von Maggie geschwärmt hat.

Sie sollte Milan fragen, ob er Ideen hat, wie sie die beiden verkuppeln können. Die Kreativität eines Zehnjährigen sollte man bei solch einer Mission nicht unterschätzen.

Aber morgen ist auch noch ein Tag, denkt Luca und macht sich erstmal bettfertig und liest vor dem Einschlafen noch ein paar Seiten aus dem Roman, den Maggie ihr letztes Weihnachten geschenkt hat.

James

Die perfekte Frau? James freut sich natürlich, dass Luca Maggie gegenüber so positiv aufgeschlossen ist, aber wie würde Milan es finden, wenn er wieder eine Frau an seiner Seite hat, die nicht seine Mutter ist?

Aber dann verdrängt James diese Sorgen erstmal und setzt sich mit einem guten Glas Whiskey auf das Sofa im Wohnzimmer und lässt den Abend in aller Ruhe Revue passieren. Den Abschiedskuss immer und immer wieder. Ist er damit zu weit gegangen?

Maggie hat ihn nicht von sich gestoßen, aber hat es ihr auch so gefallen wie ihm? Sie hat ihm gesagt, dass sie gerne mehr Zeit mit ihm alleine verbringen würde, das war ja eigentlich eindeutig, das sagt man in diesem Ton und mit diesen Augen nicht einem guten Freund, oder nettem Nachbarn.

James prostet sich selbst zu und nickt, das war ein toller Abend und es dürfen gerne noch weitere folgen.

Nachdem James sein Glas geleert hat, fängt er an, Ordnung im Wohnzimmer und der Küche zu machen, das Wochenende kann kommen.

Kapitel 28

Maggie

„Du fehlst mir!", schreibt Maggie Reka am Dienstagvormittag eine Nachricht. *„Du mir auch. Wie ist die Arbeit?"*, fragt Reka nach. *„Eigentlich alles okay. Aber der neue Chef hat große Pläne und noch größere Erwartungen. Und ich denke immerzu an das Kinderbuch. Und, und James hat mich geküsst."*, schreibt Maggie alles zurück, was in ihrem Kopf ist.

„Waaas? Wann? Wo? Wie? Wann seht ihr euch wieder?", kommen tausend Fragen von Reka und Maggie muss lachen.

Maggie berichtet Reka alles von ihrem Abend mit James, der nun schon anderthalb Wochen zurück liegt.

Doch Maggie kann sich alle Gefühle, die der Kuss in ihr ausgelöst hat sofort zurückholen, als wäre es erst vor Sekunden passiert.

Reka ist gerade in einem Wellnesshotel und lässt es sich gut gehen, Maggie wäre gerne bei ihr. Ein Mädelswochenende mit ganz viel Zeit zum Reden.

„Dann komm doch am Wochenende her.", schreibt Reka irgendwann und Maggie ist spontaner, als sie es sonst eigentlich ist und kann deshalb als nächste Nachricht senden: *„Gebucht!"*

Das wird gut, Maggie freut sich richtig und lacht über die strenge Mail ihres neuen Chefs und ist sich sicher, dass der sich nur auf seiner neuen Stelle beweisen will.

An Matthias kommt halt nicht so schnell jemand ran, er war ewig im Verlag und alle mochten ihn.

„Maggie, das mit dieser Kinder-Lesezeit, was soll das?",
fragt da plötzlich besagter Chef ins Büro rein.

Einatmen. Ausatmen. Maggie reißt sich zusammen und
versucht, sich nicht persönlich angegriffen zu fühlen, auch
wenn ihr der Ton gar nicht gefällt, den sie da zu Ohren bekommt.

Sie setzen sich in den kleinen Konferenzraum und Maggie erklärt ihm, was es mit der Aktion auf sich hat und das
Gespräch entwickelt sich von einem Kampf in eine nette
Unterhaltung, das beruhigt Maggie. Schließlich ist die Lesezeit keine erfundene oder belanglose Geschichte, sondern
eine vertraglich geregelte Sache.

„Soziales Engagement ist natürlich richtig und wichtig.",
sagt er am Ende und Maggie stimmt ein: „Ja, und für das
Verlagsmarketing auch wirklich von Vorteil. Quasi eine
Win-Win-Situation."

Das werden noch interessante Monate in nächster Zeit,
denkt Maggie, als sie wieder an ihrem Schreibtisch sitzt.

Ihre Kinderbuchidee wird sie hier wohl nicht so schnell
vorschlagen, wenn der Neue erstmal alle alten Projekte
und Ideen auseinandernimmt, da braucht sie mit neuen
Themen sicher nicht um die Ecke kommen.

Maggie schreibt sich in ihrer Mittagspause eine kleine
Packliste und ist frohen Mutes, dass sie die Woche gut über
die Bühne bringen wird, um dann am Wochenende mit
Reka zu entspannen.

Maggie blättert ihren Kalender durch und ihr wird klar,
dass es nur noch ein Monat ist, bis ihr Weihnachtsessen
stattfinden soll. Sie fragt sich, ob irgendwo im Universum
jemand auf vorspulen gedrückt hat, das Jahr ist verflogen.

Einladungen sollte sie schreiben, handgeschrieben. Schöne Karten könnte sie kaufen und per Post versenden. Maggie überlegt, ob sie genau die gleichen Leute einladen soll. Na ja, David wohl kaum, merkt sie dann und schüttelt dann all ihre privaten Gedanken ab, damit sie sich wieder auf die Arbeit konzentrieren kann.

Nach Maggies Feierabend fährt sie etwas weiter als gewöhnlich und findet in der Nähe der Boutique, in der Nora früher gearbeitet hat, erstaunlicherweise einen Parkplatz.

Maggie bummelt durch die Straßen. Ja, es ist erst Anfang November, aber Weihnachten ist schneller da als man erwartet, das weiß Maggie und hält die Augen für Geschenke auf.

Aber vor allem will sie in die kleine Papeterie, die eine unzählige Auswahl an Umschlägen, Karten, Stickern, Siegeln, Stiften und Bändern anbietet. Dort wird Maggie sicher eine tolle Auswahl für ihre Einladungen finden.

Die Verkäuferin erinnert sich an Maggie. Sie hat im selben Geschäft auch die Einladungen für Pennys Babyparty gekauft und sich damals lange mit der Inhaberin unterhalten.

Maggie entscheidet sich, in der Stadt zu essen, anstatt allein zu Hause zu kochen. Sie macht es sich in einem Café mit leckeren Tagesgerichten auf der Karte gemütlich und schreibt in ihr neuerworbenes Notizbuch eine Liste nach der anderen.

Vielleicht wird, zusätzlich zur Tradition das Essen am ersten Samstag im Dezember abzuhalten, auch das Aufschreiben aller Einzelheiten für die Planung ein Ritual.

Dann kann sie in den nächsten Jahren nachschlagen, wer alles eingeladen war, welche Speisen und Getränke sie angeboten hat und ein Foto vom Abend wird sie danach immer dazu kleben, Maggies Gedanken schwirren, aber sie ist glücklich.

So abwechslungsreich ausgefüllt hat sich ihr Leben schon lange nicht mehr angefühlt. Die Arbeit, die Planung des Essens und zwischendurch schleicht sich James immer wieder in ihre Gedanken und nicht zu vergessen der anstehende Wochenendtrip.

Jonas

„Können wir nicht einfach ganz schnell heiraten?", fragt Jonas Clara, während sie eng umschlungen im Bett liegen. „Das war jetzt aber kein Antrag, oder? Ich brauche schon einen richtigen Antrag!", gibt Clara zurück.

Jonas muss grinsen, das ist kein Nein, denkt er. Er hält Clara fest und kann einfach nicht glauben, dass seine Liebe zu ihr jeden Tag wächst, es klingt kitschig und irgendwie furchtbar, aber es ist so.

Genauso wächst in ihm aber auch die Angst sie zu verlieren. Clara gibt ihm keinen Grund, dies zu empfinden, aber so ist das wohl mit der Liebe.

Wenn er sich vorstellt, dass ihr etwas passieren würde und er dürfte im Krankenhaus nicht mal zu ihr, ihm wird ganz schlecht. Ja, er sollte sich all diese Gedanken mit Anfang zwanzig gar nicht machen, aber er kann nicht anders.

Die beiden reden über die Zukunft, die nächsten Reisen, die sie zusammen machen wollen.

Einen Antrag will Clara, den soll sie bekommen. Jonas nimmt sich fest vor, einen Plan zu schmieden. Einen ganz tollen Antrag wird sie bekommen, einen, den sie nie vergessen wird. Vielleicht auf einer Bühne? Mit ihrer Familie? Ein Flashmob?

„Aber bloß kein Antrag in der Öffentlichkeit.", hört Jonas Clara plötzlich in die Stille sagen. Kann sie seine Gedanken lesen? Sie haben gar nicht mehr über das Thema gesprochen. Aber anscheinend hat auch Clara beim Einschlafen darüber nachgedacht.

„Niemals.", sagt Jonas und verwirft all seine ersten Ideen. Es muss ruhig sein, intim, ein Moment nur für die beiden.

Nora

Nora fallen fast die Augen zu, aber ihr Buch ist so spannend, dass sie es nicht weglegen kann. Sie steht kurz auf und lässt frische Luft ins Zimmer.

Es ist schon spät, aber sie hat morgen frei, deshalb kann sie ruhig die ganze Nacht lesen.

Mittlerweile ist ihre Wohnung wirklich richtig fertig eingerichtet und Nora fühlt sich mehr zu Hause, als sie es je irgendwo anders getan hat. Sie schaut während des Lüftens aus dem Fenster in den Garten.

Wegen der Dunkelheit kann sie kaum etwas erkennen, aber sie genießt die frische Luft und die Ruhe.

Heute hat sie das erste Mal das Gefühl, nicht unter Druck zu stehen. Ihre Gedanken lassen ihr ihre Freiheit.

Nora ist genau da, wo sie sein möchte, ihr fehlt nichts. Hat sie das jemals vorher so empfunden?

Natürlich hat sie Wünsche und Pläne für die Zukunft. Sicher, sie will sich irgendwann wieder verlieben, sie wünscht sich immer noch Kinder und ein großes Haus.

Aber heute weiß sie, sie hat noch Zeit für all das. Viel Zeit und das sagt sie sich nicht, um sich selbst zu beruhigen, sondern weil sie es wirklich empfindet und das fühlt sich so wahnsinnig gut an, dass Nora still und allein vor sich hinlächelt.

Angekommen. Es gibt dieses Gefühl also wirklich. Sie macht sich eine nächtliche heiße Schokolade mit Marshmallows und liest noch fünf Kapitel bis es fast vier Uhr morgens ist.

Kapitel 29

Milan

Milan reibt sich die Augen, bleibt aber noch liegen. Heute ist Samstag und es gibt keinen Grund direkt aufzustehen, denkt er sich. Solange sein Papa oder Luca nicht beim Bäcker waren, kann er es sich weiter gemütlich machen.

Kaum Licht fällt in sein Zimmer, aber Ende November kann man auch nicht viel erwarten am frühen Morgen.

Milan denkt an gestern. Sein vorerst letzter Termin bei Dr. Myr. Er ist stolz, dass er nicht mehr zu ihr muss, aber auch ein bisschen traurig, er mochte diese Treffen. Zum Abschied hat sie ihm ein neues Notizbuch geschenkt. Da könne er weiterhin all seine Gedanken und Gefühle notieren und wenn es ihm schlechter geht, darf er jederzeit wieder zu ihr kommen.

Das beruhigt Milan. Aber sie hat recht, dass es ihm mittlerweile wirklich besser geht. Die letzten drei, vier Termine haben sie mehr über Milans Schulalltag geplaudert, als ernste Themen zu behandeln.

Milan ist sich nun sicher, dass all das, was mit seiner Mutter passiert ist, nicht an ihm liegt. Und er weiß auch, dass er einen tollen Papa hat, eine super Schwester und ein gutes Leben. Er darf traurig sein, das ist nicht verboten. Er darf traurig sein und es auch zeigen, ohne dass er Angst haben muss, dass es seinem Papa dadurch schlecht geht.

Denn Offenheit ist immer der beste Weg, weil sonst niemand weiß, was mit einem los ist.

Nicht alle Kinder haben beide Elternteile, manche haben gar keine Eltern. Da ist Milan mit seinem Papa doch gar nicht so schlecht dran. Und wenn nun auch noch der Plan von Luca und ihm aufgeht, dass sein Papa mit Maggie zusammenkommt, hat er fast wieder eine Mama.

Oder zumindest hat sein Papa wieder eine Frau und das wird ihn froh machen und dann ist er nicht so besorgt und streng und Milan darf trotzdem einmal die Woche Pizza essen, auch wenn er nicht mehr zu Dr. Myr geht. Milan will es zumindest hoffen.

„Bist du wach?", flüstert es plötzlich von seiner Zimmertür aus. Er blickt auf und sieht seine Schwester, erneut reibt Milan sich die Augen und nickt. „Kommst du mit zum Bäcker?", fragt Luca und Milan freut sich, Zeit mit ihr verbringen zu können.

Schnell steht er auf, wäscht sich das Gesicht und putzt sich die Zähne. Seinen Schlafanzug lässt er an. Er zieht sich nur seine warmen Schuhe und die dicke Jacke über.

Die beiden laufen zum Bäcker, der zwei Straßenecken entfernt liegt. „Papa schien noch zu schlafen.", sagt Luca auf dem Rückweg.

Die beiden sind voll bepackt mit süßen Brötchen, einem Brot und sechs Körnerbrötchen.

„Dann decken wir den Tisch und machen Kakao und Rührei und überraschen ihn.", schlägt Milan vor und freut sich, als seine große Schwester von seiner Idee begeistert ist.

Penny

Penny gibt Nola einen Kuss auf die Stirn und verschließt die Knöpfe des Strampelanzugs. Tom hat gleich Babydienst und Penny macht die ersten vier Stunden im Laden allein, bis Leni sie ablöst.

Penny ist froh, dass Nola auch ab und an mit der Flasche zufrieden ist, so hat sie zeitlich weniger Stress und Tom kommt auch alleine zu Hause klar.

Penny ist glücklich über das Muttersein, aber auch total erleichtert darüber, dass sie den Laden nicht verkauft oder länger geschlossen hat. Sie braucht Abwechslung und zum Glück kann Tom das verstehen und unterstützt sie.

Nola zeigt immer mehr ihren starken Charakter und quengelt deutlich mehr als in den ersten Wochen, bald ist sie fünf Monate alt und man sieht die ständigen Veränderungen ohne Erlass.

Penny muss lächeln, weil sie daran denkt, dass sie nun selbst eine von den Mamas ist, die sagt, dass die Zeit so schnell vergeht und die Babys so schnell größer werden. Aber es ist die Wahrheit.

Als Nola fertig angezogen ist, bringt Penny sie zu Tom ins Wohnzimmer und verabschiedet sich von ihrer kleinen Familie.

„Grüß Leni von mir und viel Spaß.", sagt Tom und Penny braucht eine Sekunde, um sich von dem Anblick, Nola auf Toms Oberkörper liegend, loszureißen.

Dick angezogen spaziert Penny dann aber doch zum Laden und schließt auf. Das hat sie ewig nicht gemacht. Ihren Laden öffnen.

Eine ganz normale Schicht. Sie bereitet alles vor, macht die Beleuchtung an, trägt die winterlichen Töpfe und den großen Aufsteller vor die Tür und dreht das Schild an der Scheibe um, damit dort nun jeder die Worte: *„Wir haben geöffnet"*, lesen kann.

Penny ist in ihrem Element, als Leni mittags ins Geschäft kommt und sie begrüßt.

„Na, konntest du endlich mal ausschlafen?", fragt Penny Leni. „Ja, es tat gut, an einem Samstagmorgen mal freizuhaben, wobei ich in der Woche bei unseren neuen Öffnungszeiten ja auch nicht früh raus muss.", gibt Leni zurück und bringt ihren Mantel und ihren Rucksack ins Büro hinter dem Tresen.

Bis vierzehn Uhr werkeln die beiden gemeinsam, binden Sträuße, besprechen Bestellungen und Termine, dann macht sich Penny auf den Weg nach Hause.

Kurz bevor sie an ihrem Haus angekommen ist, erkennt sie Tom mit dem Kinderwagen auf sie zukommen. „Lust auf eine kleine Runde? Oder hast du genug auf den Beinen gestanden?", fragt Tom sie, als sie nebeneinander zum Stehen kommen.

„Ehrlich gesagt, wäre mir eine heiße Badewanne lieber.", sagt Penny, mit einem deutlich zu erkennenden schlechten Gewissen. „Kein Problem, Liebling. Nola geht es gut. Ich laufe eine kurze Strecke und du ruhst dich aus. Ich könnte Essen von unterwegs mitbringen und wir machen uns einen gemütlichen Nachmittag.", gibt Tom zurück.

Penny kann nur noch strahlen. Diesen Ehemann hätte sie sich nie zu erträumen gewagt.

„Wenn sie ihn so gegen fünf wieder abholen, passt das für uns.", sagt Serafina zu der Mutter von ihrem Neuzugang in der Lesezeit.

Der kleine René ist schon zu den anderen Kindern verschwunden und Serafina legt seine Jacke auf den großen Sessel neben dem Empfangstresen.

Renés Mutter bedankt und verabschiedet sich und Serafina begrüßt nochmals offiziell ihre heutige Truppe.

Es sind acht Kinder, von denen alle bis auf René schon das ein oder andere Mal dabei waren.

Die drei kleinsten schnappen sich einen Becher Kakao und kuscheln sich zu Maggie, die vorliest.

Zwei ältere Kinder nehmen sich ihre Bücher und verziehen sich in die letzte Ecke des Frühstücksraums und lesen für sich. Sie sind froh, dass sie das hier tun können, weil sie zu Hause keine Ruhe dafür haben. Kleinere Geschwister, kein eigenes Zimmer oder schlichtweg keine eigenen Bücher sind bei ihnen das Problem.

Mit den drei anderen, René eingeschlossen, setzt sich Serafina an den größten Tisch im Raum und macht Leseübungen, übt Betonungen, lässt reihum vorlesen und hilft auf ihre liebevolle Art.

Kurz flackert in Serafinas Kopf die Frage auf, warum sie selbst keine Kinder hat, aber sie weiß, dass das eine dämliche Frage ist. Sie wollte sich nie binden, war immer auf Reisen und jetzt hat sie ein so ausgefülltes Leben, dass sie es sich auch mit Ende dreißig irgendwie nicht vorstellen kann.

Am frühen Abend sind alle Kinder abgeholt worden und auch Maggie ist nach dem Aufräumen nach Hause aufgebrochen.

Serafinas Computer macht ein Geräusch und sie freut sich über eine lange Mail von Johannes. Er berichtet ihr von beruflichen Themen, stellt interessierte Fragen und schickt ihr sogar mehrere Bilder.

Serafina macht sich ein Abendbrot, schenkt sich ein Glas Wein ein und schreibt in aller Ruhe zurück: *„Lieber Johannes. Schön von dir zu lesen. Eine Mail von dir lässt meinen Alltag immer kurz pausieren. Jetzt habe ich mir ein leckeres Abendbrot gemacht und schreibe dir direkt zurück. Deine neuen Projekte klingen sehr spannend und lassen mein Reisefieber entfachen. Ich muss mir Gedanken machen, ob ich es mir im kommenden Sommer trotz der Verantwortung hier vor Ort herausnehmen kann, für einige Wochen unterwegs zu sein. Dieses Jahr hat das ja leider nicht geklappt. Wobei ich mich wirklich nicht beklagen will. Ich bin froh über meine Entscheidung und der Kauf ist zum einen natürlich ein Besitz, der auch Verantwortung und Bindung mit sich bringt, auf der anderen Seite aber auch eine Freiheit, durch Unabhängigkeit von anderen Personen. Selbstbestimmtheit ist ja am Ende doch der Inbegriff von Freiheit. Vielleicht finde ich auch jemanden, der für ein paar Wochen die Pension übernimmt. Mal sehen. Weißt du schon, ob du im Dezember nochmal in der Gegend bist? Unser letztes gemeinsames Essen habe ich sehr genossen. Umarmung – deine Serafina"*

Das war die Wahrheit. Es ist fast einen Monat her, dass Johannes beruflich in der Gegend war und in der Pension übernachtet hat.

Aber, wie es sich Serafina gewünscht hatte, kam Johannes wirklich allein und sie fanden einen Abend Zeit für ein Essen. Sie hatten gemeinsam bei Paula im Feinkostladen gestöbert, danach gekocht und den Abend sehr spät werden lassen.

Zwischenzeitlich gab es tiefe Blicke und auch Schweigen, aber Serafina ist sich nie sicher, ob das einfach Johannes' Art ist, oder ob es wirklich eine Spannung zwischen ihnen gibt. Wie ein Teenager, albern, findet Serafina, aber das macht die ganze Geschichte irgendwie auch spannend.

Johannes erzählte ihr sogar von Magdalena, die er im Sommer als Begleitung dabeihatte. Er hat sich mehr mit ihr vorstellen können, aber sie lernten sich besser kennen und dann passten eben doch einige Dinge gar nicht.

Serafina verbarg natürlich ihren leisen Anflug von Freude darüber. Einfach abwarten und genießen ist weiterhin Serafinas Plan, auch ohne Romanze ist Johannes schließlich immer eine tolle Gesellschaft und sie ist froh, ihn als Freund zu haben.

Als Serafina fertig mit ihren Gedanken ist, steht sie auf und bereitet alles für das Sonntagsfrühstück vor.

Die Pension ist gut gebucht und Serafina kann sich auf einen trubeligen Sonntagmorgen einstellen, weshalb sie den Abend ruhig mit einem Buch verbringt, ohne nochmals das Haus zu verlassen.

Maggie

Zu Hause angekommen, legt sich Maggie erstmal kurz auf ihr Sofa. Die Lesezeit hat Spaß gemacht, aber es ist auch jedes Mal anstrengend, mit so vielen Kindern beschäftigt zu sein.

Sie ist froh, dass sie den Part des Vorlesens übernimmt und ihre Tante sich mit dem Lernen und Üben im Detail beschäftigt.

Maggie grübelt, was sie heute Abend essen könnte und entscheidet sich dann für die Reste vom Vorabend. Spinatlasagne. Eine halbe Auflaufform steht noch im Kühlschrank und solche Gerichte schmecken ja bekanntlich am nächsten Tag meist noch besser.

Während Maggie das Essen im Ofen erneut erhitzt, wirft sie einen Blick in ihr Notizbuch.

Welche Gäste haben zugesagt, welche nicht? Bei Reka hakt sie kurz per SMS nach, ob sie in zwei Wochen sicher wieder da ist, aber sie wird sofort beruhigt: *Dein Weihnachtsessen lasse ich mir auf keinen Fall entgehen.*, schreibt Reka nämlich augenblicklich zurück.

Kurz nachdem sie ihr Essen auf einen tiefen Teller umgefüllt hat, klingelt es an der Tür. Es ist Luca, die fragt, ob sie reinkommen darf. Maggie hat nichts dagegen. Nach den kleinen Kindern der Lesezeit kommt ihr Luca einmal mehr wie eine Erwachsene vor.

„Wie geht's dir? Möchtest du etwas mitessen?", fragt Maggie, aber Luca möchte nur einen Saft.

Die beiden sitzen am Esstisch und Luca erzählt von der Schule und, dass Milan jetzt fertig ist mit seiner Therapie und es ihm wirklich gut zu gehen scheint.

„Und wie läuft es mit Chris?", fragt Maggie neugierig nach, weil sie diese junge Liebe so süß findet. Luca fängt sofort an zu strahlen und Maggie ist fast etwas eifersüchtig.

Wobei sie sich nicht beschweren sollte, seit diesem tollen Kuss von James schreiben sie sich ohne Ende Nachrichten, nur zu einem weiteren Treffen kam es noch nicht.

Maggie vermutet, dass James sich unsicher ist, wo das Ganze hinführen würde, beziehungsweise was es für Konsequenzen hätte, auch für die Kinder.

Maggie ist sich auf jeden Fall sicher, dass es bei einem weiteren ungestörten Treffen nicht bei einem harmlosen Gutenachtkuss bleiben würde, dafür kribbelt es zu sehr in ihrem Bauch, wenn sie an James denkt.

Aber dann reißt Maggie sich wieder zusammen, schließlich sitzt gerade ausgerechnet seine Tochter vor ihr und schwärmt von ihrem Freund.

„Weißt du was? Du solltest Chris mitbringen zum Weihnachtsessen, was meinst du?", fragt Maggie dann.

Luca

„Wirklich? Oh danke, Maggie, das ist toll.", Luca ist ganz überrascht über das Angebot und schickt Chris sofort eine Nachricht. „Er hat Zeit und freut sich.", sagt Luca eine Sekunde später, weil Chris sofort geantwortet hat.

Wie toll, dass macht den Abend bei Maggie in zwei Wochen noch schöner. „Dann wird das ja ein richtiger Pärchenabend. Jonas und Clara, Penny und Tom, Chris und ich.", schwärmt Luca.

„Na Moment mal. Ein paar andere Leute sind ja wohl auch noch anwesend.", lenkt Maggie empört ein.

„Ja, aber es wäre doch toll, wenn zum Fest der Liebe alle etwas näher aneinanderrücken. Du könntest zum Beispiel neben Papa sitzen. Wie wäre das?", sagt Luca und weiß, dass diese Anspielung nicht so feinfühlig war, wie sie es eigentlich mit Milan geplant hatte, aber irgendwie ist es ihr nicht besser gelungen.

„Und das wäre in Ordnung für Milan und dich?", fragt Maggie nach und Luca ist etwas überrascht über diese Reaktion. „Ja, ja klar, auf jeden Fall. Wir fänden das prima. Ich habe vorhin noch mit Milan darüber gesprochen.", gibt Luca schnell zurück. „Gut zu wissen.", sagt Maggie nur und räumt ihren Teller in die Spülmaschine.

Luca hätte mit einer Empörung oder ähnlichem gerechnet, läuft da vielleicht schon mehr als sie weiß? Haben Lucas Anspielungen bei ihrem Vater längst Wirkung gezeigt? Es wäre ja glatt ein Weihnachtswunder, wenn ihr Papa und Maggie wirklich ein Paar würden!

Fantastisch wäre das. Luca verabschiedet sich etwas überstürzt, aber sie muss all das unbedingt Milan erzählen, bevor er schlafen geht und es ist schon halb neun.

Maggie

Was war das denn? Maggie ist etwas perplex, nachdem Luca wie ein Wirbelwind bei ihr aufgetaucht ist und ebenso schnell wieder verschwunden ist.

Als hätte sie nur einen Auftrag zu erledigen. Sie hat mit Milan über ihren Papa und Maggie gesprochen, grübelt sie und überlegt, ob sie selbst wirklich Thema im Haus ihrer Nachbarn war.

Vielleicht hat James seine Gefühle und Gedanken angesprochen oder bei den Kindern vorgefühlt und Luca war einfach zu schlau, um die Andeutungen von ihm nicht direkt für voll zu nehmen.

Maggie hätte wirklich gerne weiter nachgefragt, aber Luca war so schnell weg, dass sie fast eine Staubwolke hinterlassen hat.

Egal, die Aussagen klangen ja auf jeden Fall sehr positiv. Sie hofft, James wird neben ihr sitzen und wenn Luca ihr dabei hilft, soll es ihr nur recht sein.

„Du hättest James an meiner Seite gemocht.", sagt Maggie dann laut zu dem Foto, welches ihren toten Onkel zeigt.

Kurz überlegt Maggie, ob sie James überhaupt auf diese Art kennen würde, wenn ihr Onkel nicht so früh gestorben wäre. Wohnen würde sie hier in diesem Haus dann sicher nicht.

Maggie stellt sich an die große Terrassentür und blickt in den Garten. Ende November wirkt er wirklich etwas trostlos und Maggie ruft sich die Erinnerungen an ihren Geburtstag, das Eisessen in der Sonne, in ihre Gedanken zurück.

Und dann ist da auch sofort wieder der Augenblick mit James in der Küche. Magisch.

Verliebt. Ja, Maggie ist verliebt. Da gibt es keinen Zweifel mehr.

Sie streift noch eine kurze Weile durch ihr Haus, fährt mit der Hand über die große Holzkommode, wirft einen Blick in ihr Gästezimmer, studiert ihr Bücherregal, legt die Decke auf ihrem Lesesessel zusammen und macht es sich dann mit einer Zeitschrift auf ihrem Bett gemütlich.

Das war ein guter Samstag, voll und viel, aber für ihre Arbeitsstunden während der Lesezeit kann sie am Montag einen halben Tag im Verlag machen und hat deshalb einen verlängerten Sonntag vor sich, darauf freut sie sich sehr.

Und auf ihr Essen in zwei Wochen, und auf Weihnachten und das neue Jahr und die Zukunft.

Kapitel 30

Maggie

Der erste Samstag im Dezember. Der Tisch ist gedeckt. Maggie überlegt, welche Speisen sie letztes Jahr angeboten hat. Wäre es schlimm, wenn es genau die gleichen wären? Wahrscheinlich nicht, aber sie ist sich sicher, dass der Fischauflauf nicht mit dabei war und auch die Apfeltarte war nicht der Nachtisch. Ofengemüse, Salat, Aufschnitt und Brot gehören zu jedem guten Abendessen, da wird sich keiner an einer Wiederholung stören, da ist sich Maggie sicher. Und ab jetzt notiert sie ja alles in ihrem neuen Notizbuch.

Auch die Gästeliste hat sich leicht verändert. Wie das Leben so spielt, denkt Maggie, aber etwas Wehmut ist auch dabei. Dass sich Beziehungen innerhalb von einem Jahr so drastisch verändern können, überrascht Maggie trotzdem, wobei es dafür wahrscheinlich nur einen einzigen Moment bedarf.

Zusammengenommen hat David mit nur einer schlechten Entscheidung zwei Menschen verloren. Maggie versucht, den Verlust der Freundschaft zu David mit einem noch engeren Verhältnis zu Nora geradezurücken, zumindest in ihrem eigenen Weltbild. Sie sind Verbündete, Frauen, die zusammenhalten.

Jonas wird dieses Jahr natürlich Clara mitbringen, worüber Maggie sehr froh ist.

Wirklich schmerzen tut sie, dass ihre Tante nicht dabei sein kann. Aber manchmal geht das Geschäft eben vor und sie weiß, wie viel Serafina mit der Pension zu tun hat. Aber

Baby Nola wird die Runde etwas auf Trab halten, da ist sie sich sicher und Luca bringt Chris mit, langweilig wird es sicher nicht.

Maggie überfliegt ihre Checkliste und entscheidet sich dafür, sich erstmal selbst fertigzumachen. Outfitauswahl, duschen — sie überlegt welches Parfum James am besten gefallen könnte.

Danach macht sie sich, sicher hinter einer Schürze versteckt, an die Vorbereitungen für den Nachtisch.

Jonas

„Willst du meine Frau werden?", fragt Jonas kniend vor Clara, die auf dem Sofa sitzt und ein Geschenk für Maggie einwickelt.

Er hält eine kleine Schachtel mit einem funkelnden Ring zu ihr, seine Hände zittern.

Warum sagt sie nichts, fragt sich Jonas und schaut Clara weiter fest in die Augen. Er hat lange überlegt, wann und wie er sie fragt. Aber irgendwann war ihm klar, es muss kein riesiger Aufwand her, es braucht keine Kulisse.

Ihm war wichtig, Clara zu überraschen, das hat er wohl geschafft, denn sie schaut sehr überrascht. Er wollte mit ihr zu Hause sein, in ihrem gemeinsamen Nest.

Aber vielleicht war dies nun doch zu wenig, vielleicht hätte es wenigstens Kerzen und Blumen gebraucht, um sie zu überzeugen.

Clara

Jetzt fragt er mich, denkt Clara. Damit hat sie nicht gerechnet. Ihr Gespräch übers Heiraten liegt einen Monat zurück. Es gab zwei Gelegenheiten, bei denen Clara wirklich fest mit dem Antrag gerechnet hat.

Es gab einen romantischen Abend mit Kerzen zu Hause und ein sehr elegantes Dinner zu ihrem Geburtstag.

Sie war geradezu enttäuscht, aber wahrscheinlich wollte Jonas sie wirklich überraschen und nicht die erstbeste und offensichtlichste Situation nutzen.

Zwischendurch war Clara fast traurig und hat sich über sich selbst geärgert, dass sie einen richtigen Antrag eingefordert hat.

War Jonas' Frage, ob sie nicht einfach ganz schnell heiraten können nicht längst ein echter Antrag gewesen?

Sie hatte richtig Angst, dass er sie nun doch nicht mehr fragt oder erst in sehr ferner Zukunft.

Aber nein, nun kniet er vor ihr, sie ist überrascht und sprachlos. Der Ring funkelt sie an und dann merkt sie erst, wie doll Jonas zittert: „Ja, natürlich will ich. Ja, ja, ja!"

Sie zieht Jonas an sich und sie halten sich so fest, dass Clara kaum noch Luft bekommt, aber die Liebe die sie fühlt, die reicht ihr zum Atmen. Wer braucht schon Luft?

Nachdem sie sich doch voneinander gelöst haben, steckt Jonas ihr den Ring an und sie küssen sich.

Penny

Penny freut sich so auf den Abend, es fühlt sich an, als würde sich ein Kreis schließen. Letztes Jahr zu Maggies Essen war sie schon schwanger, aber hat es noch geheim gehalten, aus Angst, dass es schiefgeht, etwas Schlimmes passiert.

Heute Abend wird sie mit ihrer kleinen Familie zum Weihnachtsessen kommen, die kleine Nola stolz allen präsentieren.

Es ist die erste abendliche Aktion, die sie als ganze Familie mit so vielen anderen und auch fremden Menschen für Nola mitmachen, aber Penny macht sich keine Sorgen.

Sie wird Nola irgendwann in Maggies Gästezimmer schlafen legen, das Babyfon mit zum Tisch nehmen und einen wunderbaren Abend verleben.

Sie ist froh, dass Leni den Laden heute alleine schmeißt, so kann sie sich vorbereiten, eine Babytasche packen, den Weihnachtsstrauß für Maggie in schönes Papier wickeln und sich mal wieder richtig zurechtmachen.

Tom hat schon einen kleinen Pfiff von sich hören lassen, als er Penny beim Probieren ihrer liebsten Kleider beobachtet hat und das unterstützt nur das positive Körpergefühl, welches Penny verspürt.

Natürlich, die Waage zeigt mehr Kilos an, aber Penny ist einfach zufrieden mit ihrem Leben und da strahlen ihre Augen alles Unperfekte weg.

Nora klingelt an der Tür. Ein lustiges Gefühl, nachdem sie eine ganze Weile in diesem Jahr einfach aufgeschlossen und sich hier wirklich zu Hause gefühlt hat.

Sie ist etwas früher als alle anderen da, damit sie Maggie mit den letzten Vorbereitungen helfen kann und sie bringt auch die frischen Sachen aus Paulas Laden mit.

„Und Serafina kommt wirklich nicht?", fragt Nora Maggie, als die beiden in der Küche alles auspacken und auf Platten verteilen.

„Nein, es scheint so. Ich bin wirklich enttäuscht, aber die Pension ist voll und es ist wohl ein Gast dabei, der einen ziemlich erfolgreichen Reiseblog schreibt. Serafina hofft auf eine gute Bewertung und möchte nichts dem Zufall überlassen. Außerdem steht ein Handwerkertermin an, der hat nur heute Abend Zeit, er will einige Sachen zu einem Freundschaftspreis reparieren, da muss sie sich leider nach seinem Kalender richten.", berichtet Maggie und Nora spürt, dass ihre Freundin wirklich traurig ist.

Die beiden schnippeln alles für den Salat und Maggie zeigt Nora die Weinauswahl. Nora ist wie immer etwas beeindruckt von Maggies unbeschwerter Art, so viele Gäste zu bewirten. Aber vielleicht merkt man Maggie ihre Aufregung auch nur nicht an.

„Ich habe dir auf jeden Fall nur die besten Zutaten von Paula mitgebracht. Und mittlerweile weiß ich wirklich, was das bedeutet.", sagt Nora und ist ein bisschen stolz, dass sie sich im Feinkostladen wirklich schnell eingearbeitet hat und sie nicht mehr das Gefühl hat, Kunden nur nach dem schönen Etikett eines Weines oder eines Brotaufstrichs zu beraten, Paula hat ihr richtig viel beigebracht.

James

„Du kannst klingeln oder klopfen Milan.", sagt James zu seinem Sohn, der unter seiner Pudelmütze kaum etwas sehen kann, so tief ist sie ihm in die Stirn gerutscht.

Sie vier sind ein paar Minuten zu früh, aber irgendwie waren sie alle fertig angezogen, Chris war überpünktlich bei ihnen aufgetaucht und dann machte abwarten auch keinen Sinn mehr.

James ist nervös, was natürlich albern ist, aber er freut sich unglaublich auf Maggie und er hat sich fest vorgenommen, sie heute schon für Heiligabend einzuladen.

Vielleicht ist das keine große Sache, schließlich haben sie letztes Jahr auch zusammen gefeiert, allerdings wünscht sich James Maggie als seine Partnerin an diesem Abend an seiner Seite, nicht als seine liebe Nachbarin.

So viel Charme und Reiz ihr Flirten auch hatte, James möchte mutig in das neue Jahr starten, keine Zeit mehr verlieren, er ist sich seiner Gefühle sicher und um seine Kinder muss er sich auch keine Sorgen machen, das weiß James mittlerweile, sie lieben Maggie und wünschen sich für James nur das Beste.

„Du sieht toll aus.", flüstert James Maggie bei ihrer Umarmung ins Ohr und sie drückt ihn direkt noch eine Sekunde länger.

Luca stellt Maggie Chris vor, alle begrüßen Nora, die gerade den Salat und die kalten Platten auf den Tisch stellt.

„Gibt es eine Sitzordnung?", fragt James in den Raum. „Ich würde mich sehr freuen, wenn du neben mir sitzt.", sagt Maggie ruhig und James strahlt.

„Können wir noch etwas helfen?", fragt er dann weiter und freut sich, dass Maggie ihn in die Küche bittet und sich die anderen schon hinsetzen.

Maggie

„Ich muss dir etwas sagen.", fängt Maggie an. James schaut sie nur erwartungsvoll an, vielleicht aber auch ein bisschen ängstlich, da ist sich Maggie nicht sicher.

„Ich auch. Also ich will dich etwas fragen.", gibt James dann zurück und Maggie nickt ihm auffordernd zu. Er soll zuerst sprechen.

„Also, es ist lustig, dass wir jetzt hier in der Küche sprechen. Denn hier in der Küche bei dir wurde mir eine Menge klar.", fängt James an.

Maggie wird ungeduldig, sie hat Angst, dass es an der Tür klingelt oder die anderen sie aus dem angrenzenden Essbereich hören können.

„Hier, an meinem Geburtstag, habe ich mich in dich verliebt, James. In diesem Moment, hier, in der Stille, in der Küche.", platzt es aus Maggie heraus.

James wirft einen Blick rüber zum Tisch, aber alle scheinen beschäftigt und bevor Maggie ihre offenen Worte bereuen oder gar zurücknehmen kann, hat James sie schon gepackt und küsst sie.

Und diesmal ist es ein richtiger Kuss, denkt Maggie. Einer, von dem sie nie genug bekommen wird, da ist sie sich sicher.

Als es an der Tür klingelt, lässt James von Maggie ab, die es sofort schmerzlich vermisst, seine Lippen auf ihren zu spüren.

„Ich geh schon.", hört sie Nora rufen und darüber ist Maggie sehr, sehr froh.

„Was wolltest du mich fragen?", hakt sie nun bei James nach. „Ich wollte wissen, ob du dieses Jahr Heiligabend wieder bei uns verbringen möchtest. Als meine Freundin.", sagt James dann gerade heraus.

Maggie muss lächeln. Als seine Freundin, das klingt so jung, frisch und leicht, dass jeder Gedanke über Verantwortung für seine Kinder, ihre unterschiedlichen Leben aus ihrem Kopf verschwindet und sie nur: „Sehr gerne.", sagen kann.

Am liebsten würde Maggie einen Vorhang vor dem Durchgang zur Küche schließen und auf ewig mit James hier drinnen bleiben, an ihrem Ort. Ihren Moment auskosten, aber sie hat Gäste und die meisten hat sie noch gar nicht begrüßt, also drückt sie James noch einmal ganz fest und die beiden gehen ins Wohnzimmer, wo sich plötzlich richtig viele Leute tummeln.

Alle sind da, Jonas und Clara, die ähnlich fröhlich wirken, wie Maggie sich gerade fühlt, Reka ist eingetroffen und auch Penny, Tom und Nola sind da.

Maggie begrüßt einen nach dem anderen und ist nicht nur über ihren heimlichen Moment mit James glücklich, sondern auch sehr froh darüber, dass sich dieses Essen nun das erste Mal jährt und sie fast alle ihre Liebsten um sich hat, sie sich Zeit für diesen Abend genommen haben.

Neben James reihen sich Milan, Chris und Luca auf. Daneben folgen Jonas und Clara.

„So kann ich zwischen meinen beiden Lieblingsfrauen sitzen, spitze. Nimm es mir nicht übel.", sagt Jonas zu Maggie.

Maggie grinst nur und freut sich auf der anderen Seite Nora neben sich zu haben, gefolgt von Reka, Tom, Penny und ganz am Ende steht der Wagen, in dem Baby Nola liegt.

Maggie erzählt, was es alles zu essen und zu trinken gibt und holt den Fischauflauf aus dem Ofen.

Dann stoßen alle an. Es wird sofort losgeplaudert, was Maggie freut. Keine verhaltene Stimmung. Alle scheinen gute Laune und Hunger mitgebracht zu haben. Schüsseln und Teller werden über den Tisch gereicht, Wein nachgeschenkt. Luca lobt die selbstgemachte Limonade.

Die frischen Aufschnitte, die Nora mitgebracht hat, schmecken himmlisch, aber Maggie hat auch nichts anderes erwartet.

Reka

Für Reka war Maggies Einladung ein guter Grund, ihre Route wieder Richtung Heimat einzuschlagen. Zwei Monate war sie unterwegs und sie fühlt sich regelrecht geheilt, gereinigt, auf dem Boden zurück.

Natürlich ist die Trauer um Matthias nicht vergangen, aber sie kann auch die guten Momente wieder sehen und schöne Erinnerungen wieder genießen.

Sie war viel alleine unterwegs, hat Unmengen an Sport gemacht, aber auch Freunde besucht, Zeit mit ihrer Familie verbracht, entspannt, gut gegessen und fühlt sich nun gestärkt genug, im neuen Jahr ihren neuen Job anzutreten.

„Wie läuft es im Verlag?", fragt sie Maggie und die berichtet, dass es langsam etwas besser mit dem neuen Chef funktioniert, aber Maggie immer noch schwer mit Veränderungen kämpfen muss und vor allem Reka ihr sehr fehlt.

Natürlich will Reka nicht, dass ihre Freundin es schwer hat bei der Arbeit oder traurig ist, aber sie freut sich auch ein bisschen, dass sie für Maggie eine so wichtige Person ist, dass es ihr nicht egal ist, dass sie auf einmal nicht mehr da ist. Das tut Rekas Seele gut und gibt ihr Halt.

Ebenso die familiäre Stimmung bei Maggie, das leckere Essen, die lockeren Gespräche und die gemütliche Atmosphäre.

Maggie hat wieder alles in ein wunderschönes Kerzenlicht getaucht, einfach urgemütlich. Perfekt für einen kalten Winterabend.

Penny

„Magst du mitkommen, wenn ich Nola hinlege?", fragt Penny Maggie und die springt sofort auf. Eine gute Patentante, denkt Penny und drückt ihr Nola in den Arm.

„Hier. Du kannst sie tragen. Ich nehme die Tasche.", sagt Penny und die drei verlassen die große Runde und gehen die Treppe hoch in das Gästezimmer.

„Wir können die Kissen an die Ränder legen. Dann fällt sie nicht raus und fühlt sich sicher.", sagt Penny und die beiden bereiten Nola ein gemütliches Bett.

Sie bleiben noch eine Weile bei ihr liegen. Maggie zählt alle Finger ihres kleinen Patenkindes und Penny singt ein leises Schlaflied. Sie testen das Babyfon und setzen sich wieder zu den anderen.

Tom gibt Penny einen Kuss: „Alles gut?", fragt er. „Ja, ich denke, sie hat es gemütlich da oben. Aber du kannst auch nochmal nach ihr sehen.", sagt Penny aber Tom schüttelt den Kopf.

„Ich kann hochgehen, wenn wir den ersten Pieps von ihr hören. Entspann dich. Bald gibt es Nachtisch.", gibt Tom zurück und legt einen Arm um Penny.

Luca

Luca fühlt sich richtig erwachsen, ihren festen Freund hat sie mitgebracht. Wie cool ist das denn?

Chris scheint sich auch wohlzufühlen. Er kümmert sich wie immer liebevoll um Milan und unterhält sich mit Tom, der schräg gegenüber von ihm sitzt, über Sport und Musik.

Luca schielt ab und an zu Jonas und Clara neben sich. Hoffentlich bleiben sie und Chris auch so ein glückliches Paar. Die beiden sehen so vertraut aus. Luca ist manchmal noch sehr aufgeregt, wenn sie Chris trifft, aber auf eine positive Art und Weise.

„Luca, magst du helfen?", fragt Maggie sie und Luca nickt und steht auf.

Kurz vergleicht sie ihre Gefühle, die sie für Chris empfindet mit denen, die sie mal für Jonas hatte. Ein bisschen ähnlich ist es schon, aber nicht dasselbe.

Froh ist Luca vor allem darüber, dass sie sich gegenüber Jonas wieder ganz normal fühlt, das war ja früher fast ein bisschen peinlich, hoffentlich wird das in so einer Runde nie Gesprächsthema. Und hoffentlich erwähnt nie jemand ihre alte Schwärmerei vor Chris. Das wäre so unangenehm.

„Wollt ihr Kakao?", fragt Maggie Luca jetzt und Luca versucht, sich zu konzentrieren. „Ich bleibe bei der Limo.", gibt Luca zurück, fragt aber Milan und Chris. „Milan möchte Kakao. Ich denke, alle anderen sind mit Filterkaffee zufrieden.", sagt Luca, nachdem sie in die Runde gefragt hat, was für Wünsche es zum Dessert gibt.

Luca trägt die Kuchenteller zum Esstisch, während Maggie Kaffee und Kakao macht. Eine Flasche dunklen Rum und Gläser soll Luca auch schon servieren.

„Geht's dir gut?", fragt Luca leise, nachdem sie wieder neben Chris Platz genommen hat. „Klar. Toller Abend.", gibt er zurück und gibt Luca einen Kuss auf die Wange.

Sie wird ein bisschen rot, aber bei dem schummrigen Licht hat das sicher niemand mitbekommen, also genießt sie die Apfeltarte und plaudert ungezwungen mit Jonas und Clara.

Clara & Jonas

Nachdem die meisten ihren Kuchen aufgegessen haben, schenkt Maggie eine Runde Rum aus und setzt sich mit dem leeren Stuhl am anderen Kopfende zu Clara und Jonas.

„Wie geht's euch?", fragt Maggie und die beiden können nicht anders, als einfach nur zu strahlen. Clara hört gar nicht mehr auf zu grinsen und flüstert Maggie dann ins Ohr: „Ich glaube, bald sage ich Schwägerin zu dir."

Maggie zuckt zusammen und guckt fragend von Clara zu Jonas. Clara zeigt ihr daraufhin unauffällig den Ring.

Jonas und Clara waren sich auf dem Weg hierher einig geworden, dass sie es Maggie erzählen wollen, aber nicht die ganze Aufmerksamkeit auf sich lenken müssen.

„Herzlichen Glückwunsch!", wispert Maggie dann und umarmt die beiden nacheinander.

Jonas ist froh, dass seine Schwester so empathisch ist, dass sie spürt, dass dies keine Information ist, die sie nun über den ganzen Tisch hinausposaunen muss.

Vielleicht hat Luca etwas mitbekommen, glaubt Jonas, aber das ist ja nicht schlimm.

„Ich bin so glücklich, dass Clara ja gesagt hat.", sagt Jonas leise und nimmt Claras Hand und streichelt sie.

„Und ich bin glücklich, dass du gefragt hast.", sagt Clara zu ihm gewandt.

„Ich bin froh, dass es euch gibt.", sagt Maggie mit einem zufriedenen Seufzer, bevor sie wieder zu ihrem eigentlichen Platz am anderen Ende des Tisches aufbricht.

Jonas könnte schwören, dass seine Schwester aber auch ziemlich glücklich und verliebt wirkt. „Läuft da eigentlich etwas zwischen Maggie und ihrem Nachbarn?", fragt Clara dann leise Jonas. „Irgendwas liegt in der Luft.", sagt Jonas und die beiden behalten James und Maggie den restlichen Abend etwas genauer im Auge. Da scheint es sehr zu knistern.

Serafina

Serafina klingelt, aber keiner macht auf. Sie muss gegen das Küchenfenster klopfen, bis sie bemerkt wird. Die feste Umarmung von Maggie zeigt ihr, wie richtig es war, dass sie nach der ganzen Arbeit doch noch zu ihr gekommen ist. Maggie flunkert etwas, als sie sagt, dass sie genau pünktlich zum Nachtisch kommt, denn alle haben bereits leere Kuchenteller vor sich stehen. Aber als Maggie ein Stück Apfeltarte und ein Glas dunklen Rum für sie aus der Küche holt, fühlt sie sich so willkommen, dass sie sich zufrieden auf den leeren Platz am Kopfende gegenüber von Maggie fallen lässt und fragt: „Und Leute, was habe ich verpasst?"

Maggie macht eine kleine Kopfbewegung Richtung Clara und Jonas und Serafina dreht sich direkt zu ihrem Neffen, der aber den Finger über seine Lippen legt: „Psst. Das erzähle ich dir demnächst in Ruhe." Serafina grübelt, nimmt diese Aussage aber erstmal hin.

„Wow, schöner Ring, Clara.", sagt sie stattdessen und spürt während sie spricht, dass sie mit dieser Beobachtung vielleicht genau ins Schwarze getroffen hat. „Danke.", gibt Clara nur lächelnd zurück und nickt Serafina aber bestätigend zu.

„Und, wie geht es Johannes?", fragt Jonas Serafina dann und sie berichtet, dass er kommende Woche für ein paar Tage wieder in der Stadt ist. „Schade, sonst hättest du ihn heute natürlich mitbringen können.", ruft Maggie und Serafina überlegt, ob sie das gewollt hätte.

Am Ende sind sie ja doch einfach nur Bekannte und Johannes eigentlich auch ihr Gast in der Pension.

Und das ist okay für Serafina, viel spannender findet sie, ob der Reiseblogger, der heute bei ihr übernachtet, mit seinem Aufenthalt zufrieden ist.

Zwischendurch unterhalten Clara und Serafina sich über Serafinas Reisepläne für den kommenden Sommer und Serafina überlegt im Stillen, ob Clara nicht genau die richtige wäre, um die Pension ein paar Wochen zu übernehmen, aber diese Idee teilt sie erstmal nur mit sich selbst.

Maggie

Maggie freut sich so sehr, dass ihre Tante doch noch vorbeigekommen ist. Eine richtig tolle Überraschung. Und erst die Verlobung von Clara und Jonas.

Aber von allem übertroffen ist selbstverständlich der Kuss in der Küche.

Maggie ist mehr als zufrieden mit diesem Abend und kann es deshalb gut verschmerzen, als die ersten aufbrechen wollen.

Nach und nach wird sich verabschiedet. Maggie hat das Gefühl, mit jedem Gast Zeit verbracht zu haben und das fühlt sich richtig gut an. Zwischendurch saß sie mit Nora und Reka auf dem Sofa für ein paar Frauengespräche und eine erste kleine Vorwarnung von Maggie, dass sich zwischen ihr und James nun wirklich etwas Ernstes entwickeln zu scheint.

Maggie hat Tom und Penny geholfen, Nola wieder gut für den Heimweg anzuziehen und alle Sachen zu packen und Serafina hat von den Handwerkerarbeiten und dem Reiseblogger berichtet.

„Resteessen morgen?", fragt Maggie als James mit seiner Familie das Schlusslicht in der Reihe der Verabschiedungen bildet. „Sehr gerne.", gibt er zurück und freut sich schon, Maggie morgen direkt wieder zu sehen.

James ist froh, dass sie zwei zu Beginn des Abends alles geklärt haben, so konnte er ihn wirklich genießen und alle Anspannung war nach ihrem gemeinsamen Kuss wie abgefallen von James.

Luca und Chris stehen schon am Straßenrand und verabschieden sich, nachdem James ein klares Nein zu einer spontanen Übernachtung ausgesprochen hat, soweit kommt es noch.

„Danke für den tollen Abend und alles andere.", sagt James und umarmt Maggie fest. Sie seufzt und lässt sich richtig in seine Arme fallen, das genießt James ungemein, aber er muss sie trotzdem loslassen.

Milan muss ins Bett, bevor er seinen Mund zum Zähneputzen nicht mehr aufbekommt vor lauter Müdigkeit.

„Bis morgen!", rufen sie sich alle gegenseitig zu und James wirft nochmals einen Blick zurück zu Maggie, die immer noch durch einen kleinen Spalt in der Tür schaut.

Milan

„Das war lecker.", nuschelt Milan durch die Zahnbürste und tropfende Zahnpasta in seinem Mund. „Ja, das war es.", gibt sein Papa zurück. Milan schaut sich im Spiegel an und sieht sich selbst an, wie müde er ist.

Bald ist Weihnachten. Milan hat schon einen langen Wunschzettel geschrieben. Ob er alles bekommt?

„Feiert Maggie am Heiligabend wieder mit uns? Ich wünsche mir den zweiten Band von dem Buch, das sie mir letztes Jahr geschenkt hat.", fragt er seinen Papa, als der Milans Bettdecke bis zu seinem Kinn hochzieht. „Sie hat heute zugesagt. Ich sage ihr das mit deinem Wunsch.", sagt er auf Milans Frage.

„Das kann ich selber. Bin doch schon groß. Aber ich weiß nicht, ob du morgen nicht trotzdem besser alleine zum Resteessen gehen solltest. Luca und ich haben Pläne.", sagt Milan dann noch. Genau wie er es mit seiner Schwester besprochen hat. Sie wollen, dass die beiden Zeit allein verbringen, dann verlieben sie sich bestimmt und sein Papa wird ganz doll glücklich.

„Pläne, so so. Schlaf gut.", sagt er noch und Milan beobachtet den Lichtschein, der vom Flur unter seiner Tür durchkommt, obwohl sein Papa diese gerade geschlossen hat.

Aber irgendwann schläft Milan ein und träumt von Weihnachtsplätzchen, Limonade, dem Weihnachtsmann und einer wilden Schneeballschlacht mit Chris und Luca.

Maggie

Maggie wischt den Tisch ab und ist froh, dass sie für die Reste ausreichend Frischhaltedosen parat hatte. Nach James' Umarmung zum Abschied ist ihr richtig warm geworden. Oder war das nur der Rum? Morgen kommt er mit den Kindern zum Resteessen. Vielleicht ist das, nach ihrem jährlichen Abendessen, gleich die zweite Tradition, die sich hier entwickelt.

Ihr Handy summt, eine Nachricht von James, ob es okay für Maggie wäre, wenn er alleine zum Resteessen kommt. Es kribbelt in ihrem Bauch und sie schreibt: *„Auf jeden Fall!"*

Zeit zu zweit, nach ihren kleinen Bekenntnissen in der Küche vorhin, darauf freut sich Maggie so sehr, dass sie nochmal richtig wach wird und die Küche und das Esszimmer komplett in Ordnung bringt und keine Putz- oder Aufräumarbeiten für morgen übriglässt.

Ihr Handy summt erneut und Maggie hofft auf eine weitere Nachricht von James, doch sie wird überrascht: *„Wenn ich mich richtig erinnere war heute dein Dinner. Ich hoffe, ihr hattet einen tollen Abend. Ich hasse es, dass ich diese Freundschaft an die Wand gefahren hab. Schöne Adventszeit."* – David.

Maggie stutzt kurz und entscheidet, nicht direkt zu antworten, vielleicht morgen oder in ein paar Tagen. Vielleicht gibt es zweite Chancen, vielleicht will Maggie darüber aber erst im neuen Jahr entscheiden.

Ihr fällt fast das Handy aus der Hand, weil es erneut vibriert, mehrere Nachrichten treffen gleichzeitig ein:

„Danke, dass du meine Freundin bist.", von Reka, *„Es war so schön!"*, von Penny, *„Danke Schwesterherz!"*, von Jonas, *„<3"*, von James, *„Richtig cool, dass ich Chris mitbringen durfte!"*, von Luca, *„Zum Glück bin ich noch auf einen Sprung vorbeigekommen, Liebes! Ich brauche das Rezept von der Apfeltarte!"*, von Serafina. *„Ich freu mich total für dich und James. Das wird gut!"*, von Nora.

Maggie lächelt und legt ihr Handy auf die Anrichte, dann fällt ihr Blick auf das Foto ihres Onkels: „Ja, dir hätte dieser Abend auch gefallen, ich weiß."

Danach öffnet Maggie das Küchenfenster und die Terrassentür für einen guten Durchzug. Tief atmet sie die frische Luft ein.

Dann muss Maggie laut auflachen, als sie ein paar Schneeflocken durch den dunklen Garten tanzen sieht.

Danksagung

Vielen Dank an alle Leserinnen und Leser von *Rucksackmädchen*. Dass es Menschen gibt, die von meinem ersten Buch berührt und begeistert waren, hat mir viel Energie zum Schreiben dieses Romans verliehen.

Danke auch dir, dass du gerade diese Zeilen liest, ich hoffe *Wiedersehen im Dezember* hat dir gefallen!

Ich danke meinem Mann für die Hilfe bei der Titelfindung und all die Unterstützung, die du mir jeden Tag schenkst!

Ich danke Britta für die Namensfindung der *Reederei* und für deine Freundschaft, auf die ich mich immer verlassen kann.

Und natürlich gilt ein riesiges, riesiges Dankeschön meiner Freundin und Lektorin Verena Engelhardt. Du ermöglichst mir die Erfüllung meiner Träume, mit all deiner Hingabe, Zeit und Aufmerksamkeit. DANKE, für jedes Angebot, die Erläuterung das *eh* kein Wort ist, und man wohl eher *sowieso* sagt und auch für jedes Streichen, wenn ich meine Charaktere und Szenen zu sehr erläutere, weil ich möchte, dass jeder versteht, was ich denke, fühle und zum Ausdruck bringen möchte, auch wenn es manchmal gar nicht nötig ist. Die gemeinsame Erkenntnis, dass *ok*, mein neues *haha* ist und *ok* zum Beispiel in Schokolade, aber auch in Bürokomplex vorkommt, macht unsere Zusammenarbeit wunderbar leicht und froh. Ich schreibe diese Zeilen im August, doch das Wetter lässt mich glauben, dass *der Herbst in vollem Gange ist*, du weißt, warum ich das erwähne.

Ich möchte diese Danksagung mit einigen Zitaten abschließen, die während dieses Projektes, oder auch bei meinem ersten Roman oder in irgendeinem Zusammenhang mit dem kreativen Schreiben gefallen sind.

Lustige Erinnerungen, Motivation, Spaß und Liebe:

„Ich schreibe und ihr seid kreativ."
Meike

„Ich mache nur Angebote."
Verena

„Dann schreib!"
Nico

„Wie viele Hände braucht man für ein Apostroph?"
Swantje

„Irgendwann muss man ja sowieso umblättern."
Verena

„Wir müssen das danach ja nie wieder komplett lesen."
Unbekannt

„Schreiben ist einfach besser."
Schriftsteller Weisheit

Bereits erschienen:

Rucksackmädchen
Jeder hat sein Päckchen zu tragen!

Kein Freund mehr, keine Wohnung mehr. Nur ein Rucksack und
wieder alles auf null. Ihr neues Leben in Berlin hat Sophia sich eigentlich anders vorgestellt.
Die Begegnung mit einem Fremden zeigt ihr einen neuen Weg
auf, der einige Überraschungen für sie bereithält.

Eine Geschichte über das Suchen nach dem eigenen Platz in der
Welt, das Erwachsenwerden, besondere Freundschaften, die
Liebe und die Liebe zu den Worten.

©2020 Swantje Lange
Herstellung und Verlag: BoD – Books on Demand, Norderstedt
ISBN: 978-3-7519-3408-4
€ 8,50 [D] Print   € 5,49 [D] E-Book